C'est quand tu veux !

DANS LA MÊME SÉRIE

Gossip Girl
Vous m'adorez, ne dites pas le contraire
Je veux tout, tout de suite
Tout le monde en parle
C'est pour ça qu'on l'aime
C'est toi que je veux
Je suis parfaite, et alors ?
Ma meilleure ennemie
Même pas en rêve
Comme si j'allais te mentir
T'as pas intérêt à m'oublier
Nous étions faits pour nous entendre
Le trio infernal
On n'en a jamais assez

gossip girl

C'est quand tu veux !

Créé par

Cecily von Ziegesar

Écrit par

Annabelle Vestry

Fleuve Noir

Titre original :
Take a chance on me

Traduit de l'américain par
Marianne Thirioux

alloyentertainment

ISBN : 978-2-265-08692-0

Nous savons ce que nous sommes, mais nous ne savons pas ce que nous pouvons être.

Shakespeare, *Hamlet*

gossipgirl.net

thèmes ◄précédent suivant► envoyer une question répondre

Avertissement : tous les noms de lieux, personnes et événements ont été modifiés ou abrégés afin de protéger les innocents. En l'occurrence, moi.

Salut à tous !

C'est la mi-octobre, surnommée l'été indien – cette période schizophrénique de l'année où les filles enfilent leur robe Alice + Olivia préférée sur leurs leggings Tibi en laine, où les cafés que l'on commande ne sont plus glacés mais chauds, et où certaines personnes – vous vous reconnaissez – pensent *encore* que c'est une bonne idée de sortir leur bikini Malia Mills pour prendre le soleil dans Sheep Meadow les après-midi des week-ends, dans l'espoir que les footballeurs amateurs de St Jude's les remarquent.

Selon la légende historique, l'été indien était connu comme l'époque de l'année où les tensions étaient *particulièrement* fortes entre les autochtones et les nouveaux venus. Et ici, dans l'Upper East Side, l'histoire semble se répéter. Un exemple typique ? **O** et **R**, les ex-meilleurs potes dont l'histoire d'amitié urbaine était digne d'un roman, nageaient ensemble, couraient ensemble, et buvaient ensemble – ils semblaient inséparables. Et ils l'étaient… jusqu'à ce que **R** surprenne **O** en train de se faire sa petite copine. **O** s'est retrouvé avec le nez en sang… Mais aussi la fille. Maintenant que **O** a carrément piqué **K** à **R**, ces deux-là refusent même de s'adresser la parole. Triste. J'imagine que partager, ce n'est pas forcément une preuve d'amour, en fin de compte.

Et ce n'est pas le seul accrochage auquel nous ayons assisté cet automne. **J,** la ballerine au visage parsemé de taches de rousseur, et **A**, la jet-setteuse en devenir, ont déjà affronté des contentieux territoriaux dans tous les domaines, de la haute couture à la loyauté entre camarades de classe. Et même si **A** a semblé gagner du terrain quand sa sœur **B** est sortie avec l'ex de **J**, **B** vole à présent en solo, et **A** *se bat* aussi en solo. Heureusement que **A** va passer ses après-midi bien planquée dans des bureaux aux murs de verre où elle a fait son stage dans les médias, objet de tant de convoitises. Et vu que **J** est retournée avec son petit copain, peut-être peut-elle oublier et pardonner. Les miracles *peuvent* arriver, non ? Et pas uniquement sur la 34e Rue ?

Alors que faire si vous sentez d'un seul coup un froid qui n'a *rien* à voir avec un thermostat à la baisse – un froid auquel votre tout nouveau manteau DVF trapèze à chevrons ne peut rien de rien ? Eh bien, pourquoi ne pas prendre exemple sur une nymphe bohème aux yeux étincelants et quitter la ville ? **B** a évité les drames du pays pour explorer seule les plages, les boutiques et les cafés du littoral espagnol à Barcelone. Essaie-t-elle de comprendre après coup sa rupture hâtive avec un certain magnat en devenir de Manhattan ? Fait-elle une introspection ? Ou cherche-t-elle un Espagnol qui venait de visiter NYC ? Une chose est sûre : elle a beau être célibataire, elle est accompagnée. On l'a repérée partout dans Barcelone, constamment suivie par une armée d'admirateurs. Il y en a certaines qui ont le cul bordé de nouilles !

ON A VU :

A, dans un kiosque à journaux à l'angle de la 72e et de Lex, prendre un numéro de *Vogue*, du *Vogue* français, du *Vogue* italien, de *Harper's* et de *Tatler*. On potasse sur la concurrence avant son gros stage chez *Metropolitan* ? Ou on va seulement faire un collage très ambitieux ? **O** et **K,** se peloter à côté d'un présentoir de chips dans une épicerie portoricaine sur Madison et à la hauteur de la 62e. Et sur un banc dans Central Park. Et dans le train numéro 6 pour le centre-ville. Soit ces tourtereaux ne savent pas qu'il existe des terrasses sur le toit à l'abri des regards, soit ils prennent sérieusement leur pied à se faire des câlins en public… **J** et **J. P.**, qui viennent de se retrouver, partagent un *latte* chez Corner Bakery sur la 93e, les trois puggles de **J. P.** dans leur sillage. **R**, jeter des douzaines de photos déchirées dans l'East River, et pleurer tout au long de l'opération. Quand noyer son chagrin revêt un tout nouveau sens… Et une **B** toute souriante, sur les Ramblas dans Barcelone, se faire siffler par tout le monde sur son passage. *Hola, bébé**[1] !

VOS E-MAILS :

Q: Chismosa,

J'ai entendu une rumeur sur une splendide fille châtain à Barcelone, qui cherchait un homme qu'elle avait rencontré à New York. Je crois que c'était moi. Peux-tu lui dire que je suis à Majorque, dans mon sous-marin, et que j'adorerais la voir ?

— Latin Lover

1. Les mots ou expressions en italique suivis d'un astérisque sont en français dans le texte. *(N.d.T.)*

R: Cher LL,

C'est triste, mais je ne sais pas non plus où se trouve ta beauté bohémienne débraillée, nous espérons qu'elle rentrera bientôt à la maison.

— GG

Q: Chère GG,

Je suis en terminale à Barnard[1] et j'étais censée décrocher ce stage génial chez *Metropolitan*, le magazine de mode légendaire de New York, qui fait littéralement décoller la carrière de tout un chacun dans ce métier. Et voilà que d'un seul coup, j'apprends qu'une fille qui est en première dans un lycée a décroché le stage ? C koi ce bordL ? Je te garantis qu'elle serait bien incapable de reconnaître sa Joan Didion[2] de sa Mary McCarty[3]. Qu'est-ce qui ne tourne pas rond dans ce monde ? Sérieux, je suis prête à lâcher New York.

— editennui

R: Chère EE,

Malheureusement, parfois c'est *ton* carnet d'adresses qui fait tout, donc peut-être que cette fille a des contacts légendaires. Mais regarde le bon côté des choses : peut-être que tu n'as pas intérêt à connaître ces gens de toute façon ?

— GG

1. Prestigieuse université de sciences humaines située à New York. *(N.d.T.)*

2. Auteure américaine, entre autres de *L'Année de la pensée magique. (N.d.T.)*

3. Journaliste et romancière américaine, militante politique et critique littéraire (1912-1989). *(N.d.T.)*

L'APPEL DES FRINGUES

Il est de ces jours étranges, où le matin vous vous dites que vous devriez prendre le soleil à Sagaponack au lieu de trimer en cours de calcul et, le lendemain, revient le froid glacial. Pour ma part, je pars chez Barney's faire le plein de cardigans en cachemire TSE ultraconfortables. On n'est peut-être pas en mesure de contrôler l'opinion publique, mais son propre confort, *si*. Quel que soit le froid qu'il fait – ou qui caractérise le comportement de vos ex-meilleurs potes – que cela ne vous empêche surtout pas de rester chaude !

Vous m'adorez, ne dites pas le contraire,

gossip girl

l'amour que l'on fait est équivalent à l'amour que l'on prend

— Aïe ! grommela Owen Carlyle lorsqu'un bagel heurta ses épaules carrées de plein fouet.

Il virevolta d'un coup et regarda les nageurs qui traînaient sur les marches de l'Y en fronçant ses sourcils blonds. Chadwick Jenkins l'efflanqué et Ken Williams, le linebacker, le gratifièrent d'un sourire angélique, comme s'ils étaient des jeunes choristes de la cathédrale St Patrick et non des lycéens pleins de testostérone.

— Vous me lâchez, d'accord ? marmonna Owen en détournant les yeux vers le trafic bloqué sur la 2e Avenue.

Owen était pour que des liens affectifs se forment au sein de l'équipe de natation, surtout avant leur première rencontre de la saison. Mais c'était quelque peu gênant d'être entouré de ces garçons quand ils se comportaient en tout-petits sous Ritaline. Surtout quand Kelsey, sa nouvelle petite copine, était censée le retrouver d'une minute à l'autre.

— Hé, bébé.

Owen se retourna d'un coup et vit Kelsey avancer vers lui. Il avait plu à verse toute la matinée, mais en début d'après-midi la pluie avait fini par faire place à un crachin léger et brumeux. Les cheveux blond roux de la jeune fille étaient légèrement humides, comme si elle les avait séchés après la douche, et ses bottes en caoutchouc roses étaient assorties à son trench-coat ajusté, lâchement noué autour de sa taille de guêpe. De loin, on aurait dit qu'elle ne portait rien en dessous. L'esprit d'Owen s'emballa.

Bon, tant ce n'est *que* son esprit…

Chaque fois qu'il apercevait Kelsey, son cœur martelait sa poitrine. Il ressentait cet émoi depuis la première fois où il l'avait vue, au mois de juillet, lors d'une soirée à Nantucket. Il traînait dans une de ces fêtes typiques sur la plage et elle était venue avec des amis du Cap, en vacances de New York. Ils s'étaient vus en même temps et, à la fin de la soirée, ils s'étaient retrouvés de l'autre côté de la plage, où ils avaient perdu ensemble leur virginité. C'était une nuit quelque peu sauvage, mais également la plus romantique de la vie d'Owen. Quand il emménagea à New York quelques mois plus tard, il espérait sans cesse tomber sur elle par hasard. Et par un ridicule caprice du destin, c'est ce qui se passa. Le jour de la rentrée, Rhys Sterling, le capitaine de l'équipe de natation de St Jude's et nouvel ami d'Owen, présenta son copain à Kelsey – *sa* petite amie. Quelques semaines et un nez en sang plus tard, Owen avait perdu un ami et gagné une petite copine. Il n'avait jamais été plus heureux.

Ou plus shakespearien ?

Kelsey tapa la tempe d'Owen avec un ongle mince et verni de pêche clair.

— Ouh ouh ? fit-elle, feignant d'être blessée par sa distraction.

— Désolé !

Owen arracha rapidement ses pensées de la Kelsey imaginaire. La vraie était bien mieux. Il l'attira contre lui, frotta ses mains dans son dos de haut en bas. Il posa doucement sa bouche sur la sienne. Son gloss avait un goût de poisson suédois.

Derrière eux, les garçons se mirent à siffler et à les acclamer. Owen se détacha, la mort dans l'âme, de la jeune fille et fusilla ses coéquipiers du regard.

— Ce que vous pouvez être lourds, les gars ! cria Kelsey avec bonhomie, en tirant la langue à l'équipe. Owen continuait à sourire comme un idiot. Lorsque Kelsey était là, tout allait bien *mieux*. Bien sûr, persistait ce sentiment de culpabilité d'avoir complètement foutu en l'air la vie de son meilleur copain.

Il y a toujours quelque chose…

— Tu m'as manqué aujourd'hui. Je pensais à toi, murmura Kelsey en jouant avec un collier en argent fin en forme de fleur qui atterrit au milieu de sa poitrine. Les gouttes de pluie donnaient à sa peau un aspect brillant, comme couvert de rosée, et Owen regrettait qu'ils ne se trouvent pas dans son lit recouvert de flanelle plutôt qu'en plein milieu de la rue. Il arracha son regard du soupçon de décolleté et le riva plutôt sur les lèvres corail de Kelsey. Dieu qu'elle était sexy !

Il l'attira de nouveau contre lui et enfouit son nez dans ses cheveux miel légèrement humides.

— Noisettes fraîchement grillées ! cria le vendeur du coin de la rue.

Derrière lui, les garçons de l'équipe ricanèrent comme si c'était la chose la plus drôle qu'ils n'eussent jamais entendue. Owen, frustré, se détacha de Kelsey.

— Allons nous balader, proposa-t-il en regardant de tous côtés comme un espion aux aguets.

La 92e Rue était pratiquement vide, à l'exception d'une femme qui promenait à la hâte son labrador noir baveux que chaque arbre grillagé retenait.

— OK. Mais je ne veux pas te retarder pour la rencontre, dit Kelsey en se mordant la lèvre.

Owen sourit : il adorait qu'elle s'inquiète de la sorte. C'était agréable que l'on prenne soin de lui.

— Non, assura-t-il en refermant ses doigts autour de son poignet.

Il caressa la surface usée de sa gourmette en argent Tiffany, mémorisant les rainures dans les lettres KAT gravées en anglaises. C'était le bracelet que Kat avait laissé sur la plage de Nantucket cet été. Owen l'avait rapporté à New York et dormait avec lui sous son oreiller, tentant de faire apparaître Kat, la fille de ses rêves. Il ne savait alors pas que les trois lettres étaient ses initiales : Kelsey Addison Talmadge. Le mystère que cachait son nom lui allait bien, comme la façon dont elle était tout simplement *apparue* dans sa vie.

Dès qu'ils furent hors de vue des nageurs, il poussa délicatement Kelsey contre le mur de briques rouges de l'Y et l'embrassa. Il se moquait bien que cela se passe en plein jour. Après des semaines à devoir garder leur désir secret, Kelsey et lui pouvaient *enfin* être ensemble. Il sentait ses longs cils contre sa joue, et c'était si *bon* et…

— La grande classe, Carlyle !

Une voix interrompit la rêverie d'Owen. Il se détacha de Kelsey, essuya timidement sa bouche du dos de la main. Hugh Moore, un nageur et camarade de classe de première, remontait la rue en balançant gaiement son sac de natation Speedo bordeaux de St Jude's d'une main et en caressant une barbe blonde fournie de l'autre. Tandis que tous les nageurs de l'équipe s'étaient laissé pousser la barbe dans le cadre d'un pari ridicule, Hugh était le seul qui l'avait gardée car elle lui donnait quelques années de plus, et lui permettait d'entrer sans pièce d'identité dans tous les bouges qui émaillaient la 2e Avenue.

— Salut Hugh, marmonna Owen avant de se retourner vers Kelsey.

Il passa les doigts dans les cheveux de la jeune fille et se pencha vers elle. Il l'embrassa dans le cou et serra le bas de son dos, nullement gêné par la présence de Hugh qui enregistrait probablement le tout sur son iPhone pour le télécharger sur YouTube. Il colla son corps au sien et elle lui rendit son étreinte avec ardeur. Ils s'embrassaient passionnément et Owen avait pratiquement oublié où il se trouvait lorsqu'il entendit un raclement de gorge embarrassé de la part de Hugh. Furieux, il leva les yeux.

Rhys Sterling venait d'apparaître au coin de la rue. Son blazer bordeaux de St Jude's était froissé et il avait les traits tirés et le teint gris. Ses épaules carrées tombaient et il n'essayait même pas d'éviter les flaques de pluie sur le trottoir.

Hugh rebroussa chemin et flanqua une main sur l'épaule de Rhys, le propulsant à toute allure devant Owen et Kelsey.

— Prêt à ratatiner les Orioles, mec ? demanda Hugh d'un ton jovial.

Rhys repoussa la main épaisse de Hugh en se tortillant et resta cloué au trottoir. Il savait que son copain essayait de le distraire de la scène qui se déroulait sous ses yeux. Comme s'il pouvait espérer oublier ce qu'il avait vu : son ex-petite copine et son ex-copain, ensemble. Les cheveux blond roux de Kelsey tombaient en cascade dans son dos, elle souriait. On aurait dit qu'elle ne souriait que pour le contrarier.

— Prêt à *déchirer* ? répéta Hugh, qui sentait clairement le malaise de Rhys.

Il tendit sa paume et Rhys la frappa avec maladresse comme s'il se fichait éperdument que son ex-copine et son ex-ami couchent pour ainsi dire ensemble.

— Hugh, on va être en retard, annonça Rhys d'une voix forte et fausse, tout simplement parce qu'il ne savait pas quoi dire d'autre.

Dès qu'il entendit ses paroles, il eut envie de rentrer sous terre. On aurait dit une *soccer mom*[1] névrosée. Il regarda par terre en plissant les yeux, se forçant à faire avancer l'une devant l'autre ses chaussures John Varvato édition limitée. Peut-être devrait-il continuer à marcher jusqu'au Canada, ou dans tout autre foutu pays où rien ne lui rappellerait que sa petite amie – la personne qu'il aimait le plus au monde – l'avait vraiment pris pour un gros con et trahi.

— Rhys ? fit Kelsey.

Elle se tourna vers lui, l'implorant de ses grands yeux bleu océan.

— Ce n'est pas à toi que je parle, Kelsey, cracha Rhys, furieux.

Il crut qu'il allait mourir de honte. C'était ça, ce qu'il pouvait sortir de mieux ? Il eut envie de se donner des coups quand il se dirigea vers la porte de l'Y d'un pas chancelant, évitant de croiser les yeux d'Owen.

— Je devrais… dit Owen en haussant les épaules, comme pour s'excuser, en relâchant la main de Kelsey.

— Je te vois plus tard. Si tu gagnes, j'aurais peut-être une surprise ultraspéciale pour toi, le taquina-t-elle d'un ton allumeur, les yeux étincelants.

Owen se fendit d'un grand sourire, sa culpabilité presque volatilisée.

C'est pas avec du libidineux que l'on fait du neuf !

1. Femme de milieu bourgeois qui accompagne ses enfants et les encourage lors de leurs séances d'entraînement de foot. *(N.d.T.)*

a comme stagiaire

— Merde ! s'exclama Avery Carlyle quand elle marcha dans une grosse flaque d'eau devant l'immeuble de Dennen Publishing Entreprises vendredi après l'école.

C'était son premier jour de stage chez *Metropolitan*, le magazine de mode urbain légendaire et voilà que ses bas couture Wolford noirs osés style secrétaire étaient trempés à la cheville et ses chaussures Prada vintage à fermeture en T couinaient à chacun de ses pas.

La tour de Dennen Publishing, située en face de la gare de Grand Central, était une merveille d'architecture toute neuve d'inspiration art déco qui se fondait sans détonner dans le paysage new-yorkais. Des femmes maigres en Jimmy Choo très hauts et grosses bottes Stella McCartney étaient regroupées devant les portes tambour où elles tiraient sur des Parliament, tout en aboyant dans leurs BlackBerry. Des coursiers descendaient de leur vélo d'un bond, les bras chargés de sacs et de paquets lourds, tandis qu'un convoi de berlines noires brillantes attendait patiemment le long du trottoir.

Avery respira un bon coup et poussa nerveusement une porte tambour. Aujourd'hui était le premier jour du reste de sa nouvelle vie. Elle avait connu des débuts pour le moins chaotiques en ville : elle s'était fait d'emblée une ennemie en la personne de Jack Laurent, la fille la plus garce, la plus vaine et la moins sûre d'elle de leur classe de première. Avery avait ensuite décroché un poste de leader extrêmement convoité au lycée, mais pour découvrir qu'il l'obligeait à des réunions hebdomadaires avec le conseil des superviseurs de Constance Billard, qui n'était en réalité qu'un groupe d'octogénaires tout aussi garces, et probablement alcooliques.

Mais, se rappela Avery en tapotant l'épais ruban Marc Jacobs noir et argent perché sur sa tête blonde comme les blés, sa chance tournait, visiblement. Ticky Bensimmon-Heart, la rédactrice en chef de *Metropolitan* mondialement connue – elle faisait partie du conseil des superviseurs de Constance – l'avait sauvée en lui proposant un stage au sein du prestigieux magazine. Bien vite, tous les médias new-yorkais aimeraient Avery, et Jack Laurent et sa clique de pétasses feraient pipi de jalousie dans leur culotte.

Elle se dirigea d'un bon pas vers le comptoir de la sécurité au dessus en marbre, dans un coin. Un homme aux cheveux blancs qui s'ennuyait ferme la jaugea de la tête aux pieds.

D'un œil de spécialiste, bien entendu.

— Avery Carlyle. J'ai rendez-vous chez *Metropolitan*, annonça-t-elle de son ton le plus professionnel.

L'entrée, impressionnante, était agrémentée de chutes d'eau de part et d'autre des escalators et de splendides sols en marbre blanc. Elle réprima le besoin urgent de virevolter sur elle-même, façon *Drôle de Frimousse*[1].

— Pièce d'identité ? demanda le vigile d'une voix monocorde, insensible au grand moment que vivait Avery.

1. Film musical américain (1957) de Stanley Donen avec Audrey Hepburn. *(N.d.T.)*

Elle extirpa son permis de conduire du Massachussets du tout nouveau sac Hermès qu'elle avait acheté ce week-end à SoHo en guise de cadeau « je commence un nouveau job ».

— Bonne chance. (Le vigile la gratifia d'un clin d'œil quand il lui tendit son passe, un pauvre autocollant « visiteur ».) Étage trente-cinq. Au-dessus de la masse. Assurez-vous de porter le passe jusqu'à ce que l'on vous en donne un permanent.

Avery flanqua l'autocollant sur sa jupe, où elle pourrait le camoufler avec son sac – pas moyen qu'elle le porte en guise de pauvre badge nominatif. Elle suivit la horde de gazelles dans l'escalator puis en direction des ascenseurs, feignant de savoir où elle se rendait. À l'étage trente-cinq, l'ascenseur s'ouvrit sur une zone de réception toute blanche, ornée d'immenses agrandissements des couvertures de *Metropolitan* les plus célèbres. Avery regarda fixement les photos d'Andy Warhol, d'Edie Sedgwick et de Jackie Kennedy. Elle inspira un bon coup. Elle était *in*.

— Puis-je vous aider ?

La fille assise derrière le bureau ne prit pas la peine de lever les yeux de son iMac immaculé étincelant. Elle avait des cheveux bruns raides qui arrivaient à mi-dos et une épaisse frange qui effleurait ses yeux. Elle ressemblait à Angelina Jolie dans sa période gothique « je porte une fiole de sang ».

— J'ai rendez-vous avec Ticky Bensimmon-Heart, répondit Avery, ravie que son annonce ait l'air aussi officielle. Elle était encore plus excitée que le jour de la rentrée des classes.

— Et vous êtes ?

Le sosie d'Angelina leva les yeux de son ordinateur.

Avery lui adressa son sourire de premier jour de travail et redressa les épaules. La photo de Jackie semblait lui sourire.

— Avery Carlyle ? (Elle ne supportait pas que cela ait l'air d'une question.) Avery *Carlyle*, répéta-t-elle, en insistant sur son nom de famille. Je suis *la* stagiaire, ajouta-t-elle.

— Vous êtes une stagiaire, répéta-t-elle, comme elle aurait dit : « Vous conduisez le camion des éboueurs » ou « Vous êtes une proctologue. » Vous ne verrez pas Ticky, croyez-moi. Je vais appeler McKenna qui va venir vous chercher. C'est elle, le cow-boy des stagiaires.

Avery fronça les sourcils. *Cow-boy* des stagiaires ? Pour qui la prenaient-elles ? Pour un animal de ferme ?

Elle se posa sur le canapé de cuir noir et feuilleta le dernier numéro du magazine. Une double page mode présentait des tops langoureusement étendus sur le pont de Brooklyn, sur le point de se faire écraser par les voitures qui arrivaient. Le titre hurlait : « *Le Danger du Look Downtown* » suivi d'un texte qui tournait en ridicule le style bobo. Avery partit d'un rire moqueur, en pensant à toutes les filles de Constance qui tâchaient de dévaloriser l'élégance simple de leur uniforme en y ajoutant des tongs, des chèches et des leggings déchirés. Elle allait se plaire ici, c'était *clair*.

— C'est elle ?

Avery leva les yeux. À la porte de verre se tenait une fille super grande et super mince, avec une coupe au carré blonde austère et une frange légère qui encadrait son visage en forme de cœur. Elle sortait probablement tout juste de l'université et portait un jean droit agrémenté d'un blazer Thakoon rose qu'Avery avait repéré dans le *Vogue* de ce mois-ci.

— Avery, voici McKenna Clarke, annonça miss Gothique en retournant à son iMac.

— Avery Carlyle. (La jeune fille se leva et tendit formellement la main.) Enchantée de faire votre connaissance, McKenna.

— Suis-moi.

McKenna se tourna, acerbe, sur ses *low boots* Christian

Louboutin en daim bordeaux aux talons de dix centimètres. Avery dut pratiquement courir pour rester à sa hauteur quand elles empruntèrent un couloir blanc.

— Alors depuis combien de temps travaillez-vous ici ? pépia Avery en s'efforçant de suivre la démarche de McKenna qui se pavanait comme un supertop.

Le bureau abritait de nombreuses rangées d'alcôves. Elles passèrent devant une salle de conférences aux murs de verre, pleine de tops élancés qui faisaient la moue. Une blonde à l'air tourmenté prenait frénétiquement des Polaroids de chacune d'elles.

McKenna soupira sans ralentir le pas et fila comme une flèche entre des portants de manteaux de fourrure installés dans le couloir comme un labyrinthe.

— Un an. Et écoute, en général, les stagiaires, on les voit et on ne les entend pas. C'est comme ça, chez *Metropolitan*.

Ah bon ?

Enfin, Mc Kenna ralentit devant un bureau d'angle vitré. Avery y distingua Ticky qui tenait un téléphone à cadran d'une main et tapait frénétiquement sur une machine à écrire de l'autre. Ses cheveux roux vif méchés au henné étaient crêpés sur huit bons centimètres au-dessus de son front hyper Botoxé, et elle portait une veste Chanel dorée, ornée de perles.

— Je vais juste faire un petit coucou à Ticky, elle m'attend, expliqua Avery en obliquant vers le bureau rétro style années cinquante.

— Chuuuut ! siffla McKenna en serrant ses doigts minces autour du poignet d'Avery et en la tirant dans le couloir.

Elle ouvrit une porte sans nom, poussa Avery à l'intérieur et referma derrière elle.

La pièce était dépourvue de fenêtres, mais agrémentée de tas d'étagères de produits de beauté. Des boîtes qui contenaient encore plus de produits jonchaient le sol. Trois filles, assises devant un long bureau, étaient penchées sur des ordinateurs portables, et un téléphone ne cessait de sonner dans un coin.

— Hum, je pense que je suis censée parler à Ticky pour voir ce qu'elle veut me faire faire. Mais merci de votre aide, dit poliment Avery en se dirigeant de nouveau vers la porte.

McKenna la fusilla du regard.

— Écoute, je suis responsable de tous les stagiaires. Je pense qu'il vaut mieux que tu restes quelques jours dans le placard, jusqu'à ce que tu sois un peu plus au courant de la culture de *Metropolitan*. Gemma ?

Une brune assise devant un ordinateur se retourna, arqua un sourcil et se leva.

— Viens ici, stagiaire ! cria Gemma d'un ton impatient en se dirigeant vers une immense commode en plastique stratifié.

Elle remonta ses lunettes Prada noires sur son nez en forme de tremplin de ski et jaugea Avery de la tête aux pieds.

Stagiaire ? On ne l'appelait même pas par son *prénom* ?

— Bon, j'imagine que ce que je vais te faire faire, c'est ranger ces tiroirs.

Gemma se tourna vers Avery. Un bouton menaçait de percer sur son menton anguleux, et son teint était barbouillé, mais elle portait une robe-pull Dries van Noten grise sur un legging noir avec des fermetures éclair le long des mollets qui mettaient sa taille en valeur. Elle avait un look cool, et elle le savait.

Avery tâcha de sourire malgré sa déception. Elle ouvrit rapidement un tiroir et se mit à en sortir des rouges à lèvres, à les éparpiller sur un comptoir blanc qui courait le long d'un mur. D'accord, ce n'était pas du reportage d'investigation. Ni coiffer des tops sur un shooting. Mais ce n'était pas non plus traîner avec des vieilles dames à l'odeur étrange, ce qu'elle avait fait après les cours ces dernières semaines.

Avery était en train de créer un tiroir d'échantillons de rouges à lèvres rose clair lorsque la porte s'entrouvrit de nouveau. McKenna.

— Qu'est-ce que le bordeaux fiche ici ?

McKenna prit un échantillon MAC dans le tiroir de rose clair et le brandit d'un air accusateur devant le visage d'Avery.

Celle-ci le reprit, l'air coupable : elle avait l'impression d'être en maternelle et qu'on lui criait dessus pour ne pas avoir correctement rangé ses crayons.

— Désolée, marmonna-t-elle.

— Tu dois faire plus attention, l'avertit Gemma, regardant le tiroir en plissant les yeux.

— De toute façon, comme c'est trop compliqué, il y a des soldes privés Stella dans le Meatpacking District. Je t'ai noté deux ou trois choses. Pourrais-tu aller les chercher pour moi ? Je suis un peu plus petite que toi donc tout ce qui est trop juste pour toi devrait m'aller.

McKenna se fendit d'un sourire angélique et donna une AmEx à Avery.

Avery fronça les sourcils. McKenna voulait-elle qu'elle aille faire son shopping personnel *à sa place* ?

— J'espère qu'ils acceptent les cartes de crédit ! Ah, au fait, tant que tu es dans le coin, peux-tu rapporter ça chez Jeffrey ? Ces chaussures ne le font vraiment pas sur moi. Ni au magazine.

McKenna arqua son sourcil.

Le téléphone d'Avery se mit alors à sonner bruyamment dans son nouveau sac Hermès, un mélange de Madonna et de techno, que Baby avait défini comme sa sonnerie personnelle rien que pour embêter sa sœur.

— Est-ce un appel privé ? demanda McKenna qui tapait carrément du pied, comme un chef de rayon dans un magasin.

— Désolée.

Avery, furieuse, régla son téléphone en mode silencieux et aussitôt un texto de sa sœur apparut à l'écran : *De retour d'España* ! Super. Sa sœur était allée en Espagne et elle, tout ce qu'elle devait faire, c'était se rendre dans le Meatpacking District.

Avery attrapa les lourdes poignées du sac Jeffrey de McKenna et tourna sèchement les talons. Elle se fraya un chemin hors du bureau, passa d'un bon pas devant Angelina la Goth, la tête haute. Si ça se trouve, le job de ses rêves ne serait qu'un cauchemar, mais elle n'allait pas craquer devant tout *Metropolitan*.

Il y a les banquettes arrière des taxis pour cela…

le divan

Les tongs Havaiana blanches et sales de Baby Carlyle claquaient sur le sol en bois dur étincelant de Constance Billard ce vendredi après-midi. Officiellement, les tongs ne faisaient pas partie de l'uniforme de cette école élitiste pour filles, mais Baby avait transgressé tellement de règles ces derniers temps qu'elle doutait que quiconque s'en soucie. Son avion avait atterri deux heures plus tôt, et tout ce qu'elle désirait, c'était se traîner au lit et piquer un long somme. Mais dès qu'elle avait allumé son portable dans l'aéroport, elle avait entendu un message affolé de sa mère déclarant que Mme McLean, la directrice de Constance Billard, voulait voir Baby *immédiatement*. Celle-ci savait qu'elle devrait bien finir par affronter la directrice : après tout, elle avait séché une semaine de cours pour prendre ses vacances improvisées.

Donna, la secrétaire aux cheveux filasse, passa la tête hors du bureau à la minute où Baby apparut.

— Mme McLean vous attend, annonça-t-elle d'un ton suffisant.

— Merci, marmonna Baby en se traînant dans le bureau de la directrice.

Elle n'avait pas besoin d'indication. Elle s'y était déjà rendue quatre fois le mois précédent.

— Baby! s'exclama Mme McLean en passant son gros visage terreux par la porte du bureau.

Baby la gratifia de son plus beau sourire : « Je ne suis qu'une ado idiote mais attachante qui agit sur des coups de tête. » C'était une attitude qu'elle avait maîtrisée durant son bref passage à Constance. Elle espérait simplement qu'il suffirait à persuader Mme McLean de fermer encore une fois les yeux sur son comportement.

Baby s'affala au milieu de la causeuse en velours bleu roi.

— Bienvenue. Votre mère a appelé pour me dire que je vous verrai aujourd'hui, commença Mme McLean en prenant place derrière son bureau en chêne massif. En temps normal, elle préférait les tailleurs-pantalons aux couleurs audacieuses de chez Talbots, mais aujourd'hui elle portait une veste et une jupe noires toutes simples.

Baby opina poliment. Plus que tout, elle désirait se trouver sur les Ramblas, assise dans un bar ouvert toute la nuit en train de siroter un *trifásico*, le café arrosé d'alcool superdélicieux qu'elle avait découvert là-bas. Un sourire s'ébaucha sur ses lèvres lorsqu'elle se rappela que l'un des serveurs mignons avait essayé de lui apprendre le catalan. C'était si absurdement sexy même s'il ne parlait que de son amour pour sa Vespa.

L'expérience dans sa totalité avait été magique. Quand elle était partie, cela la démangeait de *s'enfuir* simplement quelque part, de déserter le monde de l'Upper East Side obsédé par la position sociale, où elle n'avait toujours pas trouvé sa place.

— Baby, je me fais du souci pour vous. (Mme McLean posa ses avant-bras grassouillets sur le bureau et regarda l'adolescente d'un air songeur.) Et *vous*, vous faites-vous du souci pour vous ?

— Je suis désolée, répondit Baby, contrite. Je croyais que je pourrais tout arranger.

Elle haussa les épaules.

À l'évidence, s'enfuir à Barcelone n'était pas la chose la plus responsable à faire, mais elle savait que ses camarades de classe séchaient les cours pendant quelques semaines pour des séjours de ski à Gstaad ou des safaris en Afrique avec leurs parents. Ce n'était pas comme si elle avait manqué quelque chose d'important.

— Ce ne sont pas vos notes, reprit Mme McLean avec regret, déplorant clairement que ce ne soient pas les notes de la jeune fille afin de pouvoir engager un professeur particulier et d'en finir avec cela une bonne fois pour toutes. Franchement, c'est votre attitude. Je vous ai donné des chances et nous avons essayé à beaucoup d'égards de rendre Constance plus agréable pour vous. Peut-être est-il temps que vous mettiez du vôtre et que vous me prouviez pour de bon que vous voulez faire partie de cette communauté – et que vous le méritez. Vous affirmez que c'est le cas, mais votre comportement prouve le contraire. (Mme McLean pinça les lèvres en signe d'impatience.) La seule raison pour laquelle j'accepte que vous restiez, c'est votre investissement, quoique bref, dans *Rancœur*.

Elle fit glisser un fin magazine sur le bureau.

Baby regarda attentivement la couverture, où on lisait *GROS PLAN SUR LA MODE* en lettres rondes et roses. Elle se fendit d'un grand sourire. Elle et Sydney Miller, sa camarade de classe, une féministe autoproclamée qui nourrissait un penchant pour les piercings, avaient signé tout un reportage mode qui présentait des garçons habillés en filles et *vice versa*. C'était cool et audacieux, et Baby était triste de ne pas avoir été présente lors de la sortie du numéro.

— Cela a fait beaucoup de bruit, déclara Mme McLean avec un sourire crispé. Autant j'aurais souhaité discuter de votre, comment dire, vision *artistique*, autant j'apprécie combien Mlle Miller et vous-même avez travaillé dur pour ce magazine.

— Je peux écrire un papier sur le voyage si cela peut servir à quelque chose.

Elle se concentra sur le bouton entre les sourcils broussailleux à la Bert et Ernie de la directrice. Les enseignants adoraient que les élèves proposent de faire du travail supplémentaire. À Nantucket, elle avait écrit plus d'une dissertation de merde hors programme pour que Tom, son petit copain adepte de la fumette, ne se fasse pas virer.

— Non, ce ne sera pas nécessaire, répondit Mme McLean d'un ton dédaigneux.

Elle se mit à feuilleter un immense Rolodex[1].

Baby plissa les yeux. Qu'est-ce que Mme McLean pouvait bien avoir en tête ? Lui faire récurer la vitrine de trophées de Constance ? Lui faire décoller les chewing-gums sans sucre du dessous des tables en bouleau de la cafétéria ?

— J'aimerais que vous tourniez votre penchant pour la découverte vers *l'intérieur*, entonna Mme McLean. (Elle extirpa une carte de la pile et la posa avec un morceau de papier sur le bureau.) J'en ai déjà parlé à votre mère. Vous devrez effectuer vingt heures de thérapie et faire signer ce formulaire à un thérapeute quand votre traitement sera terminé. J'ai pris d'autorité votre premier rendez-vous pour cet après-midi, 16 heures. C'est dans un quart d'heure, ajouta la directrice sur ton d'avertissement.

— Merci, marmonna Baby en examinant l'épaisse carte ivoire d'un air suspicieux.

« *Dr. Rebekah Janus, psychothérapeute* » était tout ce qu'elle mentionnait, ainsi qu'une adresse sur la 5e Avenue. Dans un

1. Carnet d'adresses se présentant sous la forme d'un classeur rotatif, d'allure cylindrique, et monté sur un socle pour pouvoir être posé sur un bureau. *(N.d.T.)*

établissement fréquenté par des accros du shopping narcissiques et mélos, c'était *elle* qui avait besoin d'une thérapie ?

Mme McLean se pencha, ses coudes sur le bureau.

— Le docteur Janus est une thérapeute que je recommande à de nombreux étudiants, mais si vous avez votre propre praticien, alors très bien. Toutefois, si vous ne vous acquittez pas de vos vingt heures de thérapie d'ici la fin du mois, alors vous n'aurez plus qu'à trouver une école qui vous convienne mieux.

Baby hocha la tête.

— Je crois que vous allez apprécier un voyage de l'esprit, conclut Mme McLean tout sourire en raccompagnant l'adolescente à la porte.

— J'imagine, répondit Baby d'un ton faible.

Elle n'avait guère le choix.

Baby se dirigea vers un bâtiment de grès brun sur la 80e Rue Est et entra dans ce qui ressemblait à une salle d'attente, décorée de reproductions de Van Gogh de mauvais goût au mur. Des piles de vieux numéros du *New Yorker* et *The Economist* trônaient sur une vieille table basse en chêne. Une porte s'ouvrit brusquement.

— Vous êtes en retard, fit, doucereuse, une grande femme blonde habillée avec soin.

— Désolée, répondit Baby en haussant les épaules et en sautillant d'un pied chaussé d'une tong sale sur l'autre.

— Souvent la ponctualité d'un patient en dit long sur ses sentiments envers le processus, observa la femme, comme si elle avait lu dans l'esprit de la jeune fille. Je suis le docteur Janus.

Elle tendit la main et Baby la prit avec précaution.

— Suivez-moi, dit-elle en la poussant dans son bureau. (Les murs et le plafond étaient nus et blancs, mais les immenses bow-windows orientés à l'ouest donnaient un éclat joyeux à la pièce par ailleurs austère.) Maintenant, allongez-vous, ordonna-t-elle en désignant le divan en cuir à assise basse au centre. On aurait dit qu'elle essayait d'enseigner un nouveau truc à un chien.

Reste, Baby, reste!

— Je vais juste m'asseoir, dit Baby en étalant le tissu bordeaux vaporeux de la robe qu'elle avait achetée à un vendeur dans la rue à Barcelone.

— Allongez-vous, réitéra le docteur Janus. C'est mieux ainsi.

Ne voulant pas paraître impolie, Baby se retourna sur le divan et s'étendit sur le dos en remontant les genoux. Une collection de statuettes d'éléphants en bois sculpté était amassée sur une étagère, à côté de plusieurs rangées de livres de et sur Freud. Elle se demanda ce que les pachydermes étaient censés évoquer.

— Maintenant parlez-moi de vous, reprit le docteur Janus, sa voix baissant d'une octave.

Baby contempla fixement le plafond.

— Je m'appelle Baby Carlyle. J'ai seize ans et j'ai un frère, Owen, et une sœur Avery, nous sommes des triplés. Avant, nous vivions à Nantucket. Nous avons déménagé à New York il y a un mois. Et je viens de rentrer d'un voyage à Barcelone voilà trois heures et je suis très fatiguée, ajouta-t-elle.

Peut-être que le docteur Janus aurait pitié d'elle, remplirait son formulaire et la laisserait rentrer chez elle faire la sieste.

— Et? reprit le médecin depuis son bureau.

Baby se retourna et posa la tête sur sa main. Quoi d'autre? Elle regarda la thérapeute dans l'espoir qu'elle lui pose une autre question moins difficile, de la même façon qu'en cours de français Mme Rogers avait toujours recours à l'anglais dès qu'elle s'apercevait que personne n'avait la moindre idée de ce qu'elle racontait.

— Ne me regardez pas, assena le docteur.

Baby soupira et se vautra de nouveau sur le divan. Une horrible tache d'eau brun clair souillait le plafond tout blanc. Était-ce une espèce de test de Rorschach ?

— Et vos parents ? Maman ? Papa ? insista le Dr. Janus.

— Je vis avec ma mère. Elle est super. Nous ne connaissons pas notre père. Nous étions une surprise, probablement un cadeau de Burning Man.

Avant qu'ils ne naissent, Edie était une groupie qui avait voyagé dans tout le pays à l'arrière de bus de groupes de rock. Avery était mortifiée par cette partie de leur histoire, mais Baby la trouvait plutôt cool.

— Et ? la pressa le docteur Janus.

— C'est tout, répondit Baby d'un ton ferme.

Elle ne voulait pas être de ceux qui déblatèrent sur leurs parents, sous prétexte qu'ils ont gâché leur vie. Bien sûr, leur mère était timbrée, mais elle était aussi plutôt rigolote dans son genre.

— Bien. (Le docteur Janus eut l'air déçu.) Parlez-moi de Barcelone, dit-elle enfin.

— Barcelone, c'était sympa, répondit Baby, se souvenant.

Ça *avait* été sympa, mais elle avait aussi eu l'impression qu'il manquait quelque chose. Elle tira distraitement ses cheveux vers sa bouche, en mâchouillant les pointes. Elle avait l'habitude de le faire rien que pour dégoûter Avery quand elles étaient plus jeunes, mais c'était devenu une habitude réconfortante.

— Je me suis dit que quitter New York me ferait du bien. Vous savez, m'éloigner de ma famille, des uniformes d'école. Je devrais peut-être devenir nudiste, non ? fit Baby au hasard. (Elle jeta un œil pour voir si le docteur Janus allait ébaucher un sourire, mais celle-ci se contenta de hocher la tête d'un air ébahi, comme si la jeune fille avait bel et bien l'intention de se déshabiller. Baby tira timidement son sweat-shirt Nantucket High plus près de son corps.) Je plaisantais, c'est tout, ajouta-t-elle d'un ton piteux.

Qu'est-ce que le docteur Janus voulait d'elle au juste ? En plus de deux cent cinquante dollars de l'heure ?

— Que recherchiez-vous ? demanda le praticien d'un air songeur.

Au fond, un galet sonore blanc rappela à Baby le bruit qui précédait une tempête en été.

Elle croisa les bras puis les décroisa. Tout cela était tellement peu naturel et censé *être* relaxant que c'était l'inverse qui se produisait.

— Eh bien, je cherchais Mateo ; ce n'était juste qu'un ami que j'ai rencontré ici en ville, commença-t-elle.

Il lui avait raconté qu'il était venu à New York pour relever un défi lancé avec son meilleur ami. Cela lui avait paru si unique et si spontané qu'elle avait voulu expérimenter le même genre de chose.

Elle entrecroisa les doigts et étira les bras au-dessus de sa tête. Si elle se contentait d'expliquer rationnellement la situation, le docteur Janus comprendrait-elle que Baby était parfaitement normale et qu'elle n'avait pas besoin de vingt heures de thérapie obligatoires ?

— Je me suis dit que lui et moi pourrions nous éclater. Je ne l'ai pas trouvé, mais je me suis bien amusée toute seule. C'est vrai, je voulais juste explorer un nouveau pays…

— Bien, mais que *cherchiez-vous* ? redemanda le docteur comme si elle avait décidé de parler en boucle.

— Peut-être une aventure, j'imagine ? Je me suis dit que ce serait sûrement rigolo. (Baby fronça les sourcils. Ça avait vraiment l'air nul.) Je me suis dit que ce serait un bon moyen de me trouver.

Voilà. Ça faisait plus approprié au jargon de psy.

— J'ai une théorie différente, répliqua le docteur Janus, sa voix montant d'une octave sous le coup de l'excitation. Et si je vous disais que vous cherchiez votre père ?

Baby cilla. Pardon ? Parfois elle fouillait dans les vieilles cassettes piratées d'Edie, tâchant de deviner si certaines chansons étaient écrites pour sa mère au cas où son père serait un rocker hippie hyperconnu. Mais en fait, elle y pensait rarement.

— Non, je cherchais Mateo, déclara-t-elle d'un ton ferme.

Elle s'assit, balançant les jambes en dehors du divan. Les thérapeutes n'étaient-ils pas censés vous laisser trouver vos *propres* réponses ?

Le docteur Janus poussa un gros soupir. Comme par enchantement, le galet sonore passa de l'océan à une tempête de pluie. Un faux coup de tonnerre retentit.

— On dirait que vous passez plus de temps à traquer les garçons qu'à essayer de vous découvrir. Que répondriez-vous à cela ?

Le docteur Janus tenait son stylo prêt, tel un chroniqueur judiciaire.

Baby soupira de frustration.

— Vous êtes résistante, observa le docteur Janus d'un ton doucereux. C'est très bien. C'est un espace sûr. Vous n'êtes pas obligée de parler. Vous pouvez rester allongée jusqu'à la fin de l'heure, fit-elle en examinant ses ongles vernis de « *nude* ».

— N'est-ce pas plus ou moins vain ? demanda Baby avec insolence.

Si elle devait simplement rester allongée, autant le faire dans son propre lit, merci bien.

— Ce n'est pas vain du tout.

Le docteur Janus ouvrit encore plus grand les yeux, et Baby s'aperçut qu'elle avait un léger strabisme. Un œil bleu resta fixé sur la jeune fille tandis que l'autre regardait le papier. C'était très déconcertant.

— Ce dont vous avez besoin, c'est d'apprendre vos motivations intérieures. Et cela prendra un moment, expliqua-t-elle, l'air détaché. Vous aurez probablement besoin de venir ici tous les jours, conclut-elle en fermant son petit carnet relié de cuir.

— Quoi ?

Baby, méfiante, leva les bras. De quoi pourrait-elle donc parler tous les jours ?

— Nous allons entreprendre un voyage dans votre psyché ensemble. (Le docteur Janus frappa dans ses mains, de ravissement et d'impatience.) Qui sait ? Je suis l'un de mes patients depuis près de vingt ans. Si vous saviez le travail que nous avons accompli ensemble !

Elle hocha la tête d'un air important.

— Puis-je y réfléchir et vous rappeler ? s'enquit Baby.

Sans attendre de réponse, elle se leva puis se dirigea droit vers la porte et la claqua.

— *En réalité*, vous n'avez pas fermé la porte à l'édification personnelle, vous savez ! hurla le docteur Janus, désormais invisible.

Baby ignora le portier quand elle sortit à toute allure.

Liberté !

*rien de rien**

— J'ai besoin d'une brésilienne – personne ne veut m'accompagner ? demanda Sarah Jane Jenson alors que Jiffy Bennett, Geneviève Coursy, Jack Laurent et elle sortaient de Constance Billard.

Elles passèrent devant les fenêtres en coup de vent pour être hors de vue du bureau de la directrice.

Jack réprima le besoin urgent de rouler des yeux. Pourquoi Sarah Jane Jenson, qui n'avait pas eu un seul petit ami depuis la colo en quatrième et n'avait pas l'intention d'aller à la plage de sitôt, avait-elle *raisonnablement* besoin d'une épilation brésilienne du maillot ? Plusieurs filles de troisième regroupées sur les marches de Constance les regardèrent, impatientes d'entendre la réponse de Jack.

— J'aimerais bien, mentit Jack. (Elle fouilla dans son maxi sac Balenciaga bleu d'où elle extirpa un paquet de Merit. Elle en alluma une et passa le paquet à Geneviève, tout en guettant J.P. Cashman, son petit copain. Il n'aimait pas qu'elle fume et après leur brève rupture, quelques semaines auparavant, elle ne voulait pas semer le trouble.) Je vois J.P. cet après-midi.

— Mais ce serait comme un cadeau pour lui ! justifia Jiffy.

Jiffy n'avait jamais eu de véritable petit copain, mais Béatrice, sa mondaine de sœur, âgée de trente-deux ans, avait été mariée trois fois et de fait elle se prenait pour une experte ès-garçons.

— Quel point de vue de mec ! lança Geneviève dédaigneusement en soufflant la fumée au visage de Jiffy.

Elle venait de commencer à lire Simone de Beauvoir dans le but d'être choisie pour jouer dans le nouveau film biographique sur Sartre qu'allait réaliser son père, et cela commençait vraiment à déteindre sur elle. Elle n'allait pas tarder à se faire percer les mamelons et à traîner avec Sydney, cette bizarre et probable lesbienne. Jack fronça le nez. Elle était *tellement* contente d'avoir un petit copain.

— Où est le mal à ça ? riposta Jiffy en dégageant sa frange châtaine effilée bien trop longue de ses yeux noisette. (Elle se tourna vers Jack.) S'il te plaît, viens ! On ne te voit quasiment plus depuis que tu ressors avec J. P. ! l'implora-t-elle.

— Je ne peux pas. De plus, s'épiler n'est pas vraiment une activité de groupe, répondit Jack d'un ton ennuyé, bien qu'un rendez-vous rapide – *seule* – à l'Elizabeth Arden Red Door Salon ne soit pas une si mauvaise idée.

Avec J. P. cela se passait particulièrement bien ces derniers temps. Peut-être était-il temps qu'ils fassent le *grand* saut. Jack tourna brusquement les talons en direction de la 5e Avenue. Immédiatement, comme elle l'avait prévu, les autres la suivirent.

— Tu sais, le problème, quand on a un point de vue de mec, c'est que les garçons n'aiment pas ça. Les mecs aiment bien les filles qui s'en tapent, expliqua Geneviève, exaspérée, en soufflant un autre nuage de fumée.

Sarah Jane hocha la tête d'un air songeur.

— Baby Carlyle s'en tape royalement, dit Jiffy en trottant pratiquement pour suivre les longues enjambées de Jack.

Cette dernière virevolta sur elle-même et la foudroya du regard.

Jiffy était-elle assez abrutie pour parler de cette connasse de Baby Carlyle devant elle ? Baby était brièvement sortie avec J. P. et, aux dernières nouvelles, elle s'était enfuie en Espagne ou en Suisse, quelque chose comme ça. Et cela lui convenait parfaitement.

— Désolée, Jack ! s'exclama Jiffy en voyant l'expression de la jeune fille. Mais je me demande bien où elle est passée. C'est vrai, qui disparaît comme ça ?

— Il paraît qu'elle a changé de sexe, expliqua Geneviève en haussant les épaules. Enfin bref, qu'est-ce que ça peut faire puisque Jack et J.P. sortent ensemble !

Jack sourit à Geneviève, ravie d'avoir au moins une amie sensée. Les filles continuèrent à parler, mais Jack coupa le son, marchant quelques pas devant elles. Elle avait bien mieux à faire que de penser à Baby Carlyle – par exemple, songer à l'itinéraire du lendemain. Elle passerait chez Elizabeth Arden pendant le cours de double photographie, puis rentrerait chez elle avec J. P. après la classe et s'allongerait nonchalamment sur son lit et…

— Hé, les filles ! cria J.P., en face, interrompant le petit fantasme classé X de Jack. Celle-ci jeta sa Merit, dangereusement près des ballerines Tory Burch noires de Geneviève.

Elle battit de ses cils maquillés de Black Out de Dior à son intention, comme pour dire « Je suis innocente ! »

— Hé, beauté !

Jack se jeta à son cou dès qu'il eut traversé, pour faire bisquer ses amies. Il portait une chemise en oxford bleu parfaitement repassée, et une malheureuse casquette de base-ball Riverside Prep qui ne rendait pas service à ses cheveux châtains.

— Voilà pour toi, princesse, dit J.P., tout sourire, en tendant à Jack un gobelet de Starbucks bouillant extralarge. Vous n'avez besoin de rien, les filles ?

Il les gratifia de son séduisant rictus et Sarah Jane et Jiffy gloussèrent. Jack eut brusquement très envie de donner un coup de pied dans leurs tibias en bas Wolford.

J. P. était le fils de Dick Cashman, un grand magnat de l'immobilier, mais il ne se comportait pas pour autant en gros con. Il était généreux, drôle et intelligent, et ils sortaient ensemble depuis *toujours*. Sauf, naturellement, lorsqu'il avait rompu avec Jack quelques semaines auparavant pour sortir avec Baby, un couple super qui avait duré une bonne semaine. En guise de représailles, Jack avait feint de sortir avec Owen, le frère de Baby, dans le but de le pousser dans les bras d'une pouffiasse de Seaton Arms. À présent Jack et J. P. étaient réconciliés, et Baby était Dieu savait où, en train de devenir un homme ou n'importe quoi d'autre, et tout le monde était content.

Un conte de fées de l'Upper East Side.

— On se voit plus tard, les filles, cria Jack en entraînant J. P. à la hâte en bas de la rue.

Les filles eurent l'air déçues de les voir partir. Dommage. Et si elles se trouvaient leur *propre* petit copain ?

Jack se concentra sur la sensation de la main de J. P. fermement posée sur la chute de ses reins tandis qu'ils se dirigaient vers l'ouest, en direction de Central Park. Les feuilles tombaient des quelques arbres solitaires, et le ciel était nuageux, mais elle adorait les journées comme celle-ci. Ils avaient l'air tellement européens, l'idéal pour une grande histoire d'amour. Elle sirota une bonne gorgée de son *latte*, sentit le liquide tiède se répandre dans sa gorge. Quel bonheur de sortir avec quelqu'un qui se rappelait qu'elle avait besoin de deux édulcorants en guise de sucre.

— Tu m'as manqué ! déclara J. P. en serrant affectueusement le bras de Jack.

Son estomac palpita. Elle avait envie de hurler à tout le monde dans la rue, de la nounou avec les deux enfants dans une poussette jusqu'à un costume Oscar de la Renta élégant qui naviguait sur le trottoir avec sa canne, que c'était son *petit copain*.

La vie de Jack avait été merdique ce mois-ci. Son banquier de père leur avait coupé les vivres à sa mère et à elle, les avait obligées à déménager de leur luxueux manoir pour se réfugier dans son grenier, refusant de payer quoi que ce soit hormis l'école. Mais les choses commençaient à s'améliorer. Premièrement, son père avait fait marche arrière au cours d'un dîner au Cirque la semaine dernière et lui avait donné une carte prépayée mensuelle à débit immédiat. C'était le programme de finances personnel qu'il avait mis en place pour les demi-sœurs de Jack en maternelle, mais c'était agréable de ne pas devoir mendier des pièces de vingt-cinq cents pour acheter des Coca light au distributeur automatique. Elle avait également décroché deux auditions en vue d'obtenir une bourse pour son cursus de danse classique et attendait simplement un coup de fil qui lui annoncerait si elle avait été admise dans le prestigieux programme d'apprentissage de l'Ecole de danse classique américaine. Et, cerise sur le gâteau, J.P. et elle étaient de nouveau ensemble.

— Tu es beau, dit Jack en tendant la main pour ôter sa casquette Riverside Prep vulgaire de sa tête.

Elle la rangea dans son sac à main. *Voilà*. Encore plus beau comme cela.

— Tu veux venir chez moi? proposa J.P. alors qu'ils approchaient des gigantesques sculptures des *C* entrelacés qui symbolisaient les résidences Cashman, l'un des nombreux immeubles que possédait le père de J.P.

Il vivait dans un appartement de luxe avec son père et sa mère, un ex-top model européen.

— Pas aujourd'hui, répondit Jack en souriant d'un air mystérieux.

En réalité, elle avait d'autres projets. Bien qu'elle fût quasi sûre de décrocher la bourse de danse, elle n'avait pas encore reçu un « oui » définitif. Cela signifiait qu'elle devrait suivre des cours prépayés au Steps, un studio dans l'Upper West Side, situé au-dessus d'un supermarché Fairway et qui sentait toujours le bacon. De plus, même si elle adorait ressortir avec J.P., elle ne pouvait pas être sûre à cent pour cent qu'il ne la plaquerait pas une fois de plus. Avec la chance qu'elle avait, Baby Carlyle reviendrait sûrement en homme et J.P. décréterait qu'il était gay. C'est vrai qu'il était toujours tiré à quatre épingles…

— OK, acquiesça J.P. en hochant aimablement la tête. Je t'appelle ?

Il attira son visage vers le sien et l'embrassa. Sa bouche avait un goût familier et rassurant, comme de l'eucalyptus mélangé à un chewing-gum à la menthe.

— À plus, bébé, ajouta-t-il en agitant la main et il franchit la porte tambour de son immeuble comme une flèche.

— Bye ! cria Jack, comme pour elle-même.

Elle frissonna brusquement, serra son bomber en cuir Marc by Marc Jacobs sur ses épaules. Cette veste avait été une grosse erreur, achetée en solde sur l'un de ces vulgaires sites web de créateurs à prix cassés – ce qui lui rappelait une fois de plus combien les choses avaient changé depuis la dernière fois où J.P. et elle étaient sortis ensemble.

Elle continua à descendre la 5e Avenue, marqua une pause lorsqu'elle parvint à la 72e Rue, où résidaient les Carlyle. Elle leva les yeux en direction du dernier étage, mais toutes les fenêtres étaient sombres et il était impossible de rien distinguer depuis la rue. Non pas qu'elle cherchât quelque chose. Après tout, Owen et elle n'étaient pas sortis ensemble *pour de vrai.*

Enfin elle se dirigea vers son hôtel particulier – elle disait toujours qu'il était à elle, même si une autre famille habitait en bas – sur la 63e, entre la 5e et Madison, où elle se changerait avant de se rendre au Steps. Elle se faufila discrètement par l'entrée de derrière et monta jusqu'au grenier, en espérant que son ex-ballerine de mère hypermélo ne serait pas là.

— Ah, chérie !

Elle sortit de sa chambre en voletant et entra dans leur hall minuscule, trébuchant d'excitation sur un porte-chapeaux branlant. Ses cheveux roux étaient tout de travers autour de son visage comme un feu de camp non maîtrisé.

— Salut, maman.

Jack s'assombrit. Sa mère portait une robe provenant d'une vente privée Diane von Furstenberg style muumuu[1] sur un corps qui avait perdu de sa sveltesse. Elle affichait encore une certaine élégance en revanche, et ressemblait un peu à Norma Desmond, l'actrice folle vieillissante du film *Sunset Boulevard*.

— Aujourd'hui Paris, demain le monde ! s'exclama Vivienne Restoin. Je boirai du vrai sancerre au coucher du soleil.

Une Gitane pendillait mollement entre ses doigts. Un jour, elle mettrait le feu à la maison dans un de ses accès dramatiques.

Du coup elles pourraient déménager, dans un endroit plus sympa.

— OK, alors, bon voyage, lança Jack en haussant les épaules.

Pour une nouvelle… Vivienne se rendait toujours à Paris pour voir ses vieilles copines ballerines et commérer sur le bon vieux temps, quand elles sortaient toutes avec des hommes bien plus âgés et bien plus riches. C'est ainsi que Vivienne et le père de Jack s'étaient rencontrés.

Jack frôla sa mère en passant et jeta son sac à main sur l'affreux

1. Robe hawaïenne, longue et ample aux motifs et couleurs vifs. *(N.d.T.)*

divan vert épinard du séjour. La mansarde était meublée avec dans le mauvais goût de sa mère, qui faisait ressembler tout l'appartement au *showroom* du dépôt-vente Housing Works.

— Bon voyage ! *Ma comédienne** ! s'exclama affectueusement Vivienne en suivant Jack. *Nous* partons. Je viens de recevoir le coup de fil pour mon téléfilm. Tu appelles ton père – *le bâtard** – et tu lui demandes de tout arranger pour ta scolarité, ordonna-t-elle, sa cigarette tournoyant au-dessus de sa tête.

Jack s'arrêta. Une semaine auparavant, sa mère avait vaguement mentionné un éventuel rôle dans un soap opera français, mais Jack avait supposé qu'elle l'avait confondu avec un rêve étrange qu'elle avait fait ou une pièce qu'elle avait vue. Mais voilà que sa mère semblait à cent pour cent sûre d'elle. C'était quoi, ce bordel ? Cela signifiait-il qu'elle était censée déménager à Paris pendant que sa mère effectuait un come-back totalement minable à la télévision française ?

— Je ne pars pas, annonça catégoriquement Jack.

— Mais tu dois partir. Toi et moi, nous sommes une équipe. Tu ne peux pas m'abandonner maintenant. Et ce n'est que le début pour nous, poursuivit Vivienne, les yeux brillants.

Elle se dirigea vers le manteau de cheminée en chancelant et s'empara d'un cadre Tiffany en argent qui contenait une photo d'elle lorsqu'elle était danseuse étoile à l'Opéra de Paris. Jack voulait attraper le cadre, le jeter par terre et le piétiner. Sa mère pourrait-elle être *un peu* moins obsédée par elle-même et comprendre, rien qu'une seconde, qu'elle *gâchait* la vie de sa fille unique ?

— Comment as-tu pu me faire ça ? Et moi alors ?

Jack s'efforça de garder une voix ferme. Elle avait l'air d'une actrice de troisième zone dans une mauvaise émission de téléréalité. À ce rythme, ils l'embaucheraient pour partager la vedette avec sa mère dans cette émission à la con.

La Folle à Lier ?

— *La Folie des jeunes**, annonça Vivienne d'un ton dédaigneux, en balançant astucieusement la main de sorte que la cendre de sa cigarette qui brûlait encore tomba sur le parquet en bois éraflé.

Elle s'approcha de Jack et passa ses bras maigres autour de la taille de la jeune fille. Celle-ci, raide comme un piquet, refusa d'étreindre sa mère et de la laisser croire *un seul instant* qu'elle l'approuvait.

— Ta vie n'a pas encore commencé, chérie, roucoula Vivienne à son oreille. Nous partons dimanche. *Nous devons nous préparer** !

Comme pour insister sur ce point, elle ouvrit le placard de l'entrée à la volée, en sortit un manteau en chinchilla et en couvrit son corps.

Jack entra dans sa chambre d'un pas lourd et claqua la porte. Des larmes de colère coulèrent sur son visage. Elle les essuya du revers de la main. Elle prit son Treo et composa le *1* pour J.P.

— J'arrive, annonça-t-elle catégoriquement.

Elle ne parviendrait sûrement pas à se concentrer dans un cours de danse cet après-midi. Elle avait besoin d'un autre type d'activité physique, pour la distraire de ce qui se passait. Elle rangea son jean Citizens gris moulant et un pull Theory gris dans son sac à main. Puis elle sortit d'un tiroir deux culottes Cosabella roses achetées chez Barneys au printemps dernier ainsi qu'un soutien-gorge La Perla en dentelle noire. Elle fronça les sourcils. La combinaison de couleurs avait-elle le sens d'un : « Prends-moi » ? Elle achetait toujours des dessous sexy, mais jusque-là, elle ne les avait jamais enlevés pour J.P.

Il y a une première fois pour tout…

Les notes de « *Non, rien de rien, Non, je ne regrette rien* », la chanson préférée d'Édith Piaf de sa mère retentirent derrière la porte. D'habitude, Vivienne ne l'écoutait qu'après avoir bu une bouteille de vin entière. Jack ne voulait rien voir de cela. Elle n'avait pas le temps de penser – il fallait qu'elle *s'en aille*. Elle fourra la lingerie dans son sac, sortit de la pièce à toute allure et descendit bruyamment l'escalier, sans prendre la peine de dire au revoir. Si sa mère croyait qu'elle fuguait, elle en éprouverait peut-être du remords.

Dans l'obscurité grandissante, elle fila vers les quartiers résidentiels, tâchant d'imaginer Paris. Elle y vivrait l'été en tant qu'élève danseuse de l'Opéra. Oui, c'était une ville magnifique, mais ce n'était pas New York. Elle alluma furieusement une Merit avec son briquet Tiffany. C'était une urgence. De plus, pourquoi arrêter maintenant ? Tout le monde fumait, bordel, en France !

Tu vois, il faut toujours voir le bon côté des choses – même derrière un écran de fumée.

il y a plus d'une façon d'épeler « chagrin d'amour »

Rhys Sterling, hébété, avança au bord de la piscine de l'Y sur la 92e Rue, ayant passé un blazer par-dessus son uniforme d'écolier. Il n'avait pas envie d'aller aux vestiaires et de courir le risque de tomber sur Owen. Il pouvait craquer à tout moment. Le fait d'être entouré était déjà beaucoup trop dur. Tout ce qu'il souhaitait, c'était de rester allongé dans une chambre noire jusqu'à l'université.

Il regarda les lumières vives et fluorescentes de la piscine en plissant les yeux. Les jeunes nageurs et ceux de haut niveau se trouvaient tous au bord du bassin, agglutinés autour du coach Siegel, les yeux apeurés. Le coach avait été champion de natation et de la fête à Stanford et il adorait prodiguer des conseils à ses nageurs sur les filles en dehors de l'entraînement. Mais pendant celui-ci, et surtout lors des rencontres importantes, il se montrait super dur. Et pour l'heure, il n'avait pas l'air ravi ravi. Son visage jeune et bien ciselé était empourpré et sa mâchoire, serrée. Prudemment, Rhys se fraya un chemin vers le groupe.

— Sterling, mon vieux, il y a un problème ! hurla Siegel dès qu'il remarqua Rhys.

Il sortit un maillot Speedo du grand carton à ses pieds et le lui jeta. La mort dans l'âme, Rhys tendit le bras, mais il le manqua et le slip de bain atterrit par terre, sur le carrelage mouillé. Il baissa les yeux. Il arriva clairement à distinguer les lettres brodées sur le tissu : ST DUDES.

Rhys se creusa la tête. C'était un miracle qu'il se soit souvenu d'envoyer les commandes de maillots de bain au magasin de sport la semaine dernière, vu qu'il venait de surprendre Kelsey et Owen ensemble. Sans doute était-il bouleversé et distrait, mais *St Dudes?* Le fabricant ou, zut alors, le *brodeur*, ne s'étaient-ils pas aperçu de l'erreur ? Rhys, incrédule, secoua la tête, et mit ses paumes sur ses yeux. Lorsqu'il regarderait de nouveau, tout serait peut-être revenu à la normale.

— Je suis désolé, coach, dit-il enfin, sans savoir que dire d'autre.

Siegel hocha lentement la tête.

— Eh bien, nous ne pouvons rien faire pour l'instant. Les gars, allez vous échauffer. Essayez de rester sous l'eau afin que personne ne puisse lire vos maillots de bain. Sterling, on va avoir une petite discussion.

Les garçons commencèrent par râler, puis se séparèrent et se dirigèrent vers les starting-blocks. Le coach fit signe à Rhys de le suivre.

Il le conduisit vers des gradins vides en métal bleu. Rhys s'assit lourdement.

— Sterling, mon vieux, tu as intérêt à te bouger le cul !

Le coach posa ses yeux d'un bleu intense sur lui. Rhys avait l'impression que ses oreilles étaient remplies d'eau. Il aurait droit au discours : « *Tu es nul et tu es censé être un leader.* » Et la vérité, c'est qu'il était nul, oui. Il n'était même pas foutu de commander les bons *maillots de bain.*

— Je vais commander de nouveaux maillots, coach, désolé, dit Rhys d'un ton égal en regardant droit devant lui.

Il tâcha de ne pas remarquer Owen qui plongeait dans le bassin ; en dépit du fait qu'il était en retard à l'échauffement, il fendait l'eau sans problème, toujours aussi rapide. Rhys mit ses mains sur ses yeux.

— Mon vieux, oublie les maillots une seconde.

Le coach se glissa sur le gradin à côté de lui et tapota maladroitement son épaule.

— Je sais que tu t'es fait plaquer. J'entends des choses. Tu ne le croiras pas, mais cela m'est arrivé, à moi aussi.

Le jeune homme gloussa. Rhys hocha la tête, sans détourner les yeux du sol. Savoir que le coach s'était fait plaquer était-il censé le rassurer sur le fait que toute sa putain de vie était merdique à souhait ?

— Mais tu dois aller de l'avant. (Le coach tapait vigoureusement du poing dans sa main, de plus en plus vite.) Tu es le capitaine. Et quand tu souffres, l'équipe souffre. Et cela me fait souffrir. (Ses sourcils châtains tirant sur le roux se froncèrent d'inquiétude.) Je me moque bien de ce que vous faites, les gars, mais toi, tu dois te reprendre. Tu es mon capitaine. Maintenant y a-t-il quelque chose que tu souhaites me dire ?

— C'est… compliqué, finit par marmonner Rhys.

S'il ne faisait que prononcer le nom de Kelsey, il se mettrait à pleurer. Et s'il prononçait le nom d'Owen, il…

Pleurerait encore plus ?

— L'amour est compliqué ! lança le coach d'une voix tonitruante. Essayons de trouver une solution. Je ne veux pas que tu ressasses à la piscine, cela ne ferait que te ralentir. Je me souviens, quand j'étais au lycée, il y avait cette joueuse de volley canon, une bombe atomique. Elle s'appelait Sunny, elle était en première et ses nichons étaient…

— Hum, monsieur ? fit Rhys en jetant un œil à la Rolex éraflée en or au poignet de l'entraîneur. (L'équipe de natation était censée commencer dans cinq minutes.) Et si j'allais m'assurer que tout le monde est prêt ?

— Quoi ? (Le coach, tiré de sa rêverie, se leva.) Oui. Et tu sais quoi ? Je suis content que nous ayons eu cette conversation. Les filles sont des casse-couilles. (Il se caressa le menton d'un air songeur.) Émotionnellement parlant, ajouta-t-il.

Rhys opina mollement, jouant avec la fermeture Éclair de son sac de natation.

— OK, va t'échauffer. Nous devons rester concentrés, Sterling. (Le coach lui tapa dans le dos, d'homme à homme.) Celle-là va être serrée, et je compte sur Carlyle et toi pour arriver premier et deuxième au cent mètres libre. Compris ?

D'un seul coup, l'arbitre en short blanc au bord du bassin siffla, signalant la fin de la période d'échauffement. Rhys se dirigea vers les vestiaires pour se changer. Il n'était même pas sûr d'avoir l'énergie de nager aujourd'hui.

— Mec, c'est quoi ce bordel ?

Ken Williams poussa brutalement Rhys quand il passa devant lui. Ken ressemblait plus à un linebacker qu'à un nageur de fond, et ce n'était un secret pour personne que ses parents l'envoyaient encore en camp d'amaigrissement tous les étés. Son corps était moulé dans son Speedo. Ce n'était *pas* un look séduisant.

— Putain de St Dudes ? On passe pour de gros cons. Ce n'est pas comme ça que je vais me faire des nanas !

— Désolé, mec, dit Rhys qui ne prit pas la peine de s'arrêter.

Son esprit ne cessait de faire des flash-back sur l'image de Kelsey et Owen devant l'Y. Ils étaient carrément collés l'un à l'autre. Et s'ils étaient *aussi* proches en public, il préférait ne pas imaginer ce qu'ils devaient faire en privé…

En fait si. Et c'était plus que ce que Kelsey et lui avaient jamais fait en trois ans.

Le temps que Rhys se soit ressaisi aux toilettes, changé et soit retourné au bord du bassin, la rencontre était déjà bien entamée. Les gradins étaient parsemés de fans des Orioles, qui venaient d'une espèce d'école privée de Long Island.

— Sterling ! (Le coach l'attrapa par l'épaule.) C'est à nous, Carlyle et toi, vous devez courir *immédiatement* et toi, pendant ce temps, tu te branles dans les vestiaires. Qu'est-ce que t'attends, vas-y ! cracha-t-il, leur petite conversation à cœur ouvert de toute évidence oubliée.

Rhys grimpa sur le bloc du cent mètres nage libre, sa meilleure discipline. Il vit Owen balancer les bras d'avant en arrière, sans problème, pour s'échauffer.

— Nageurs, à vos marques, entonna l'arbitre et Rhys se pencha au-dessus de l'eau.

D'un bip, le départ fut donné et il plongea. Dès que Rhys fit surface, il comprit que tout allait mal. Il se mit à pousser l'eau avec ses bras, mais ils étaient en plomb et tout ce qu'il voyait, c'était Owen devant lui. Alors qu'il avançait péniblement, il comprit que cela ne servirait à rien de rien, bordel. Après le virage-culbute, il devint évident qu'Owen allait remporter la course. Comme il avait remporté Kelsey. Comme il s'était emparé de toute la putain de vie de Rhys.

Celui-ci glissa jusqu'à la ligne d'arrivée, voyant les Orioles prendre le virage un à un alors qu'il s'emparait nonchalamment de la dernière place. L'un d'eux se pencha au-dessus de la ligne de fond pour lui serrer la main, mais Rhys fit non de la tête et sortit de l'eau. Il se dirigea vers les tribunes, prit son sac de natation, le balança sur son épaule et ignora les gars de St Jude's qui s'agglutinaient autour de lui. Il vit le visage du coach devenir écarlate de colère dans les tribunes, mais il s'en moquait.

— Duuuuuudes ! (L'équipe des Orioles se mit à chanter à tue-tête depuis les tribunes.) *Vous êtes géniaux, St Duuuuudes !*

Rhys contempla l'eau bleue et calme les yeux à demi fermés. Elle lui rappelait les yeux de Kelsey. Il ne pouvait plus rester ici.

Le coach le rejoignit en courant.

— Sterling, c'était quoi, cette merde ?

— Je démissionne, annonça-t-il.

Sa voix se cassa sur les murs en béton de la piscine, et il prit conscience que tout le monde le regardait. Il s'en fichait bien. Se trouver dans la même pièce que Carlyle était carrément trop. Il avait le cœur gros et la rage bouillonnait dans ses veines. Il entra dans les vestiaires, pataugeant avec ses tongs sur le sol mouillé. L'autre équipe continuait à les huer.

— Les gars. Réunion. Mon bureau. Immédiatement ! hurla le coach, dont la voix résonnait sur les murs sans fenêtre.

— Coach ?

Owen se tenait à sa gauche, toujours dégoulinant. Quelqu'un devait faire *quelque chose*. Owen sentit un frisson dans son dos. C'était sa faute si Rhys avait connu cette dégringolade, pour commencer.

— Tout le monde dans mon bureau immédiatement, répéta le coach dont la voix n'était plus qu'un grommellement bas.

Un à un, les garçons se regroupèrent dans le minuscule bureau multifonctions au sol humide, au fond des vestiaires. Nul ne semblait savoir ce qui se passait, ni si l'on devait partir à la recherche de Rhys. Owen scruta les expressions hésitantes de ses coéquipiers, mais aucun ne lui rendit son regard. Il croisa les bras sur sa poitrine et regarda par terre.

Le coach surgit d'un coup et claqua la porte. La pièce sembla brusquement se réchauffer de cent degrés.

— Ce n'est pas l'équipe que je me suis engagé à entraîner. Si je voulais du drame, je deviendrais un putain de prof de théâtre. (Il frappa bruyamment de la main le bureau en plastique laminé fissuré et se mit à faire les cent pas, ses mules Adidas produisant des bruits de succion, alors qu'il tournait en rond autour de l'équipe.) L'un d'entre vous sait-il ce qu'a Rhys, bordel de merde ?

Le coach regarda chaque nageur. Owen retint son souffle. L'un des garçons allait-il expliquer dans le détail pourquoi Rhys avait démissionné ? Si le coach apprenait qu'il lui avait piqué Kelsey... Owen soupira profondément.

— Carlyle ? aboya le coach, qui posa directement les yeux sur lui.

Owen se sentit rougir jusqu'au torse.

— Non, coach, mais ne vous inquiétez pas, nous allons nous reprendre, dit-il.

Qu'était-il censé dire d'autre ?

— Vous avez intérêt, les gars, répondit le coach en se dirigeant vers la porte d'un bon pas. Carlyle est notre nouveau capitaine. Mieux vaut vous reposer car la semaine prochaine sera un enfer. (Il sortit du bureau en trombe, puis repassa la tête à l'intérieur.) Les gars, vous pouvez perdre tout seuls le reste de la rencontre. Je n'y assisterai pas. Réglez cette putain d'histoire de maillots avant que je ne vous revoie.

Owen regarda fixement ses coéquipiers. Ils étaient encore sous le choc. Les yeux de Chadwick et de Ian étaient écarquillés et terrifiés. Owen se leva et se dirigea vers la porte. Personne ne le suivit.

— Les gars ? fit-il, la voix tremblante et hésitante. Chadwick se tourna vers Hugh.

— Sortons d'ici, espèce d'homos. Allons finir la rencontre ! hurla Hugh, bien plus sûr de lui qu'Owen.

Il prit l'un des sifflets orange du coach dans un pot à crayons sur le bureau et souffla bruyamment dedans. Un à un, les garçons se levèrent lentement.

— Voilà qui est mieux ! les acclama Owen alors qu'ils rejoignaient le bord du bassin en traînant les pieds.

Voyez ? Ils avaient juste besoin de se regrouper et tout irait *bien.* On y retourne !

Oui, mon capitaine !

o prend une décision uniforme

De : Owen.Carlyle@St.Judes.edu
À : EquipeDeNatation_Tous@St.Judes.edu
Date : vendredi 15 octobre ; 18 h
Objet : St Dudes.

Salut les gars,

J'ai passé une commande urgente de nouveaux maillots et j'ai vérifié l'orthographe à deux fois ! Je les récupère dimanche au Paragon Sports sur la 18e à 17 h. Faisons donc une sortie officielle de l'équipe de natation et ensuite on pourrait se mettre en « condition » avec des mousses ? Nous devons laisser derrière nous la défaite contre les Orioles et nous concentrer sur la saison qui nous attend.

Paix,
Owen

tant qu'ils sont là... l'un pour l'autre

— Ma vie est nulle, annonça Avery Carlyle haut et fort lorsqu'elle pénétra dans l'appartement luxueux des Carlyle ce vendredi soir.

Elle claqua la porte et jeta son trench Miu Miu beige sur la causeuse en velours bleu de l'entrée qui servait en gros de porte-manteaux hors de prix.

— Ouh ouh ! cria-t-elle de nouveau car personne ne lui répondait.

Il y avait intérêt que quelqu'un fût à la maison. Tout ce qu'elle désirait, c'était commander une pizza, ingurgiter le maximum de bouffe qui fait grossir et oublier *Metropolitan*, les gloss et les connasses d'assistantes le temps d'un week-end.

— Salut ! dit Baby en levant la tête depuis le divan Jonathan Adler gris foncé métallisé au milieu du gigantesque séjour. Bienvenue au club, ma vie aussi est nulle ! cria-t-elle.

— Quel est ton problème ? Tu rentres de *vacances* !

Avery regarda sa toute petite sœur d'un œil critique et se dirigea vers le divan d'un pas alerte. Les cheveux de Baby étaient empilés n'importe comment sur sa tête, dans une espèce de coiffure très haute et laquée à la Amy Winehouse, et elle portait un short baggy et un T-shirt trop grand pour elle, mais elle ressemblait malgré tout plus à un supertop qu'à une paumée droguée.

Elle était entourée des petits albums photos reliés en cuir qu'ils avaient apportés de Nantucket. Avery prit l'un d'eux aux pieds de sa sœur et le feuilleta rapidement. C'étaient des photos de l'été de fin de quatrième, quand elles passaient chaque après-midi à la plage. Sur tous les clichés, Baby souriait, en général entourée de plusieurs garçons qui la regardaient. Avery choisit un autre album, celui des triplés quand ils étaient bambins. Une photo d'eux, où ils n'avaient que trois ans, montrait Baby qui courait et sortait du cadre. Classique. Avery était obsédée par la création de listes et de plans, tandis que Baby se contentait de traverser la vie en flottant.

— Mme McLean n'est pas trop contente de moi, annonça Baby avec un sourire triste. Je dois suivre vingt heures de thérapie. Elle me force. (Elle haussa les épaules.) Ma première séance a eu lieu aujourd'hui.

Avery s'affala sur le divan, ce qui fit miauler bruyamment le chat Rothko qui déguerpit. Était-elle censée partager les problèmes de Baby ou non ? En fait, sa sœur l'exaspérait. *Bien sûr* sa sœur pouvait sécher l'école une semaine et n'être punie que d'une tape sur la main et d'une thérapie obligatoire.

— Qu'a dit le thérapeute ? finit par dire Avery, dont la curiosité était plus forte que tout.

— Apparemment je suis overdépendante des hommes et je n'ai pas totalement achevé le processus de détachement de notre père – quel qu'il soit.

Baby roula ses yeux marron foncé et se rallongea sur le divan, fixant le plafond. La thérapie n'était-elle pas censée vous réconcilier avec vous-même ?

— Eh bien ! dit Avery. Et comment vas-tu régler cela ?

— Je n'en ai aucune idée.

Baby se força à sourire. Elle prit un autre album photos, cherchant une espèce d'indice sur sa psyché intérieure. Jusque-là, elle n'avait rien. Peut-être était-ce là son problème. Elle ne *réfléchissait* jamais à ce qu'elle faisait, qu'il s'agisse de retourner à Nantucket à toute allure ou de s'envoler pour Barcelone ; elle se contentait… d'agir. Et en général, il y avait un garçon dans l'histoire. Le Dr. Janus avait-il raison ? Se servait-elle des garçons pour se cacher d'elle-même ? Elle poussa l'album photos qui tomba par terre dans un grand bruit.

— Ouuuuuuh ouhhhhh ? fit la petite voix chantante de leur mère, Edie Carlyle, depuis l'entrée.

Edie avait quarante-cinq ans, et hormis les rides de rire sur son visage bronzé, elle aurait pu passer pour la sœur aînée des triplés. Elle avait des cheveux blond foncé au carré actuellement coiffés en deux minuscules macarons et portait une jupe paysanne rose vif teinte à la main avec un pull marron en fourrure qui semblait avoir été confectionné avec des poils de gorille.

— Alors, vous êtes là !

Elle frappa dans ses mains, tout excitée.

Youpi !

— Je sors avec Remington. Mais oui, je vous ai parlé de lui.

Avery et Baby se regardèrent. À Nantucket, leur mère ne sortait jamais avec personne, préférant s'engager à fond dans son *art* – ce qui pouvait faire référence soit à ses enfants, soit aux sculptures bizarres de poulet en fils de fer en 3 D dans leur jardin de derrière.

Voyant l'expression confuse du visage de ses filles, Edie poursuivit :

— Vous ne vous rappelez pas, chéries ? Mon amour de lycée ? C'est fantastique. Il a surgi carrément de *nulle part* à l'expo de Red Hook la semaine dernière et j'ai eu du mal à en croire mes yeux. Il est très différent aujourd'hui, bien sûr, mais toujours aussi beau… (Les yeux bleus d'Edie devinrent vitreux quand elle songea à son amour de jeunesse.) J'étais une artiste. Il préparait une école de commerce, et en fin de compte, chacun de nous a suivi des chemins différents. Il a travaillé dans la finance pendant des années et des années, mais à présent il investit dans le monde de l'art, c'est la raison pour laquelle nous nous sommes retrouvés ! *Imaginez-vous* ?

Avery fixa sa mère d'un air interdit. Elle n'imaginait pas, vraiment pas.

— Nous allons à Brooklyn à pied. De quoi ai-je l'air ?

Edie pivota sur elle-même et jeta un coup d'œil impatient à ses filles.

— Tu es très… *colorée*, finit par sortir Avery, qui adressa un sourire espiègle à Baby.

En réalité, sa mère était magnifique. Elle ne se rappelait pas la dernière fois où elle l'avait vue si… rayonnante.

— Oh les filles, vous êtes impossibles. (Les boucles d'oreilles d'argent fin en forme de tortue d'Edie se balançaient résolument d'avant en arrière.) Je suis sûre que je suis fabuleuse ! gazouilla-t-elle en s'évaporant. Ne m'attendez pas ! cria-t-elle quand la porte d'entrée de leur appartement luxueux claqua après son passage.

— Pousse-toi. (Avery roula du bras du divan et tomba sur le coussin. Comment cela se faisait-il que sa *mère* ait un chéri et pas elle ? Elle était une moins que rien sans amoureux, qui faisait des courses pour les autres.) Tu savais qu'on m'appelait « la stagiaire » au boulot ? demanda Avery, qui se sentait au plus bas d'elle-même.

Elle frappa légèrement le bras de sa sœur pour s'assurer qu'elle écoutait. Si Avery voulait organiser une soirée apitoiement, alors Baby avait intérêt à se montrer de bonne compagnie.

— Et alors, tu n'es pas la stagiaire ? demanda Baby en haussant les épaules.

— Laisse tomber.

La suite de son année scolaire s'étirait devant elle : des semaines de travail ingrat. Elle avait l'impression d'être Cendrillon avant le bal, sans prince charmant en vue.

— Tu veux faire des cookies ? reprit Baby contre toute attente, en descendant du divan d'un coup et en se dirigeant avec nonchalance vers la cuisine. Avery la suivit d'un pas lourd. Les cookies n'arrangeraient *rien de rien.*

Sauf s'il s'agissait d'énormes cookies au chocolat et aux pépites de chocolat de City Bakery, évidemment.

Baby se mit à ouvrir des meubles, et balança sur le comptoir les paquets mal assortis d'épeautre, de müesli, et de sucre roux qu'Edie achetait à son épicerie préférée de Park Slope. Leur mère ne faisait pas confiance aux petites épiceries de luxe qui parsemaient Park Avenue. Avery fronça les sourcils quand elle examina les ingrédients éparpillés sur le grand îlot de cuisine nickel au centre de la pièce.

— Appelons ça « *Cuisiner nos démons* » ! lança Baby en faisant un clin d'œil, imitant les ridicules incantations de magie blanche d'Edie.

Avery sourit malgré elle. Baby était irresponsable et exaspérante, mais c'était aussi sa sœur et elle ferait n'importe quoi pour tâcher de lui remonter le moral. Elle s'empara d'un sachet marron de graines de lin à moitié ouvert et le jeta à la poubelle.

— J'ai besoin de chocolat, annonça-t-elle.

Elle grimpa sur le comptoir en granite et ouvrit l'un des meubles du dessus, puis lança un sachet de pépites de chocolat à Baby.

Alors que les deux filles se mettaient au travail, Avery se sourit intérieurement. Peut-être que sa vie n'était pas si nulle, en fin de compte. Vraiment, qu'y avait-il de mal à passer un vendredi soir à faire des cookies ?

Bon, en plus de *tout le reste* ?

Une heure plus tard, la cuisine était remplie de l'odeur des gâteaux qui cuisaient et Avery et Baby, assises côte à côte sur le comptoir de granite noir, balançaient leurs jambes d'avant en arrière en donnant des coups de pied dans les meubles en dessous, tout en buvant une bouteille de vin rouge bio qui trônait là depuis des lustres. Avery but une grande gorgée à même la bouteille, faisant délicatement tourner le liquide dans sa bouche. Chez elle à Nantucket, elle avait toujours imaginé qu'elle siroterait du champagne dans de fabuleuses soirées à New York City, pas du vin de fabrication artisanale *chez elle*. Ce stage devenait un désastre de plus qu'elle pourrait ajouter à une liste déjà longue d'erreurs qu'elle avait commises dans l'Upper East Side. Et elle était à New York depuis moins de deux mois.

— Ne te prends pas la tête pour cette histoire de stage. Ce n'était que ton premier jour, dit Baby comme si elle lisait dans ses pensées. De plus, c'est plutôt cool que personne ne connaisse ton vrai nom. Comme ça tu peux voler sous le radar.

— Merci, répondit Avery, sincère. Tu veux de la vraie bouffe ? ajouta-t-elle.

Elle descendit du comptoir d'un bond et se mit à fouiller dans un panier rempli de menus, de publicités et de magazines hippies New Age, qui venaient d'arriver au courrier. Edie ne l'ouvrait jamais. Par chance, un comptable s'occupait de toutes les factures, sinon leurs créanciers les auraient poursuivies depuis longtemps.

— Je vais prendre ça, dit Baby en attrapant un magazine qui s'appelait *Inner Healing*.

La photo d'un cœur qui semblait avoir été dessiné par un enfant de quatre ans ornait la couverture.

— Pourquoi as-tu besoin de cela ? demanda Avery d'un ton suspicieux. Tu as *déjà* un thérapeute.

Avery sortit la carte de John's Pizza et composa le numéro. John's, sur Times Square, était destiné aux touristes, mais ils avaient d'autres enseignes et celle située sur York à la 63e proposait la meilleure pizza au feu de bois du monde.

— Je ne crois pas que ce soit pour moi, avoua Baby après que Avery eut commandé.

Au verso, le magazine était émaillé de publicités bizarres pour des guérisseurs alternatifs. *Faites disparaître votre confusion en la coloriant avec des crayons.* Non merci. *Renaissez en votre moi authentique.* Non. *La thérapie par les hurlements.* Ah ah ! *Trouvez votre océan intérieur.* Baby marqua alors une pause. *Cherchez-vous à redécouvrir votre moi intérieur ?* disait le texte. Ça n'avait pas l'air trop loufdingue. Et c'était bien mieux que la fixation flippante que faisait le docteur Janus sur le complexe d'Œdipe.

— Qu'est-ce que c'est que ça ? demanda Avery.

Baby lui retira le magazine d'un coup sec. Elle ne tenait pas à confier à sa sœur qu'elle envisageait réellement de trouver son océan intérieur.

— Enfin, bref, dit Avery qui se désintéressa de ces problèmes et ouvrit la porte en chrome poli du four qui n'avait jamais été utilisé jusqu'à présent.

— Vous faites des cookies ?

Owen surgit dans la cuisine. Leur frère possédait une sorte de radar qui le conduisait toujours vers la nourriture.

— Miam !

Il en fourra trois dans sa bouche.

— Où est ta petite amie ? demanda Baby en arrachant la page

relative à l'océan intérieur du magazine, et en la pliant dans la poche de son short en velours marron.

— Elle avait… un match.

Owen marqua une pause. Était-ce du hockey sur gazon ? Du tennis ? Il se souvenait vaguement de Kelsey lui expliquant pourquoi ils ne pourraient pas se voir ce soir, mais impossible de se rappeler ce qu'elle avait dit. Dès qu'ils étaient ensemble, il avait du mal à se concentrer.

On se demande bien pourquoi…

— Peut-être un match de tennis, reprit Owen en haussant les épaules et en prenant deux autres cookies. Avez-vous déjà commandé à manger ? interrogea-t-il en parcourant les menus.

— Ouais, j'ai commandé la saucisse-pepperonni-crise cardiaque spécialement pour toi, le taquina Avery. Mais attends, tu n'avais pas une rencontre de natation aujourd'hui ?

— Si, acquiesça Owen en hochant la tête. En fait, ils m'ont nommé capitaine.

Le dire ainsi faisait vraiment cool, même s'ils avaient perdu la rencontre.

— Oh mon Dieu ! s'écria Avery d'une voix perçante. Félicitations ! (Elle serra affectueusement le bras de son frère.) Qu'a dit Kelsey ?

— Je ne le lui ai pas encore annoncé, avoua Owen.

En fait, ce serait bizarre de l'en informer étant donné que, en gros, il avait pris la place de Rhys, et plutôt deux fois qu'une.

— Quoi ? demanda Avery. (La seule chose qu'elle aimait le plus, à part fouiner dans les affaires de sa sœur, c'était de fureter dans celles de son frère.) Comment ça se fait que tu ne le lui aies pas encore dit ? Qu'est-ce que vous fichez ensemble, vous deux, de toute façon ?

Les oreilles d'Owen devinrent rouge vif.

— Boooouh ! cria Avery d'une voix perçante.

Owen se fendit d'un grand sourire. C'était plus fort que lui. Rien que le fait de penser à Kelsey le rendait gai. Ou l'excitait. Ça se ressemble.

— Vous devez sortir pour de bon ensemble, ordonna Avery en examinant le visage de chien excité dégueulasse de son frère.

Quand allait-il apprendre que les filles de la ville étaient plus sophistiquées, plus matures et plus *tout* que les filles de Nantucket ?

Plus coincées aussi ?

Elle sortit son Treo rose et, en experte, tapa avec un ongle verni de bordeaux. Owen fourra deux autres cookies dans sa bouche. Un rendez-vous ? Ce ne serait pas une si mauvaise idée.

— Je fais une réservation pour vous à One if by Land, Two if by Sea pour demain soir. C'est super romantique. (Avery opina d'un air autoritaire, comme si le marché était conclu. S'il voulait s'accrocher à Kelsey, il devait prendre soin d'elle.) Passe la prendre en berline et n'oublie pas d'apporter des fleurs.

Owen sourit quand il sauta sur l'un des tabourets de bar en acier alignés autour de l'îlot de cuisine. C'était mignon de la part de sa sœur d'organiser cela, mais n'était-ce pas *elle* qui avait besoin d'un rendez-vous ? Il était sur le point de lui proposer de la caser avec l'un des garçons de l'équipe de natation lorsque l'interphone sonna, annonçant leur livraison de pizzas.

Sauvé par le gong.

*qui dit que **j** ne peut pas rentrer à la maison ?*

— 'Jour, beauté.

Jack sentit une main caresser son épaule nue. Elle se réveilla d'un coup, regardant fixement le mur vert écume inconnu au-dessus d'elle. Où se trouvait-elle donc ?

Elle se tourna et vit J.P. en peignoir de bain en cachemire, debout à ses côtés, un mug orné d'un *C* en or à la main.

— Café ? demanda-t-il.

— Merci !

Elle prit la tasse, tout en essayant de se rappeler comment elle avait atterri chez J.P. Elle portait encore son jean et son pull sans manches ultrafin C&C California d'hier soir. Enfin, elle se souvint qu'elle était venue chez lui, avait descendu six vodkas soda à la suite tout en déblatérant sur sa mère et Paris et son ridicule *revival* d'actrice, puis qu'elle s'était endormie.

L'odeur de noisette du café lui donna d'un seul coup mal au cœur.

— Tu vas bien ? demanda J.P., inquiet. Mon père veut que nous prenions le petit déjeuner avec ma mère et lui. Ça te va ?

Jack secoua la tête en signe d'assentiment, bien que l'idée de manger la rendît plus que malade.

— Mais j'ai besoin de prendre une douche, annonça-t-elle en jetant un bras sur sa tête qui l'élançait.

— Tu veux de la compagnie ? demanda J.P., plein d'espoir.

Quand elle avait quitté son appartement la veille au soir, elle avait envie qu'ils fassent l'amour, mais ça lui avait paru soudain stupide de perdre sa virginité alors qu'elle venait d'apprendre que soit elle quittait le pays, soit elle devenait SDF. Au lieu de cela, elle s'était donc bourré la gueule et s'était écroulée ivre morte, tout habillée.

Bonne solution.

Comme Jack ne répondait pas, J.P. se contenta de bouger sur le bord du lit et caressa ses longs cheveux roux. C'était un peu bizarre d'être ensemble le matin, lui pieds nus et en peignoir. Elle avait déjà dormi chez lui, mais uniquement lorsque ses parents n'étaient pas en ville et que leurs amis occupaient les autres lits et canapés disponibles.

— J'ai besoin d'une douche, répéta Jack en s'éloignant.

Elle avait besoin de beaucoup de choses : d'une famille normale, d'un endroit où vivre, d'un massage suédois. Mais pour l'heure, une douche ferait l'affaire.

Après ses ablutions, Jack se sentit légèrement moins dégoûtante, bien que ses seuls sous-vêtements de rechange soient ceux, hyper sexy, qu'elle avait prévu de porter en venant. Elle s'examina d'un œil critique dans le miroir de la salle de bains. Tout ce stress l'avait-il fait maigrir ? Son visage semblait anguleux, et maintenant que ses mèches blondes avaient pris une teinte brun-roux plus naturelle, elle faisait plus âgée et plus sophistiquée. Elle passa les mains dans ses cheveux et lava son visage, puis se servit de la brosse à dents de J.P. Elle savait que c'était complètement antihygiénique, mais une haleine de chacal serait encore plus crade.

Elle sortit de la suite de J.P. et se fraya lentement un chemin en direction du bureau du bas. Elle y trouva J.P. plongé dans un numéro de *The Economist* en train de boire une grosse tasse de café. J.P. pouvait faire tellement *quinquagénaire* parfois.

— Gon-flant, annonça-t-elle en s'emparant du magazine et en s'affalant sur le fauteuil club en cuir à côté de lui. Des têtes d'animaux étaient accrochées au mur, dans une vaine tentative d'imiter le décor d'un pavillon de chasse britannique. Au début, Jack ne supportait pas que tout, dans les résidences Cashman, soit un bric-à-brac vraiment lourdingue : du design moderne qui côtoyait des antiquités près d'un jouet super cher que Dick Cashman s'était offert. Mais elle s'y était faite, et ce décor hétéroclite devenait presque accueillant.

Roger, le majordome britannique des Cashman, entra furtivement dans la pièce et lui proposa un verre d'eau glacée avec un citron. Jack le prit avec reconnaissance et soupira intérieurement. Pour ce qu'elle en savait, d'ici la semaine prochaine, elle habiterait à Paris, dans un appartement dégueulasse et humide. C'était trop déprimant pour y penser.

— Regardez un peu qui est là ! lança Dick Cashman d'une voix tonitruante en franchissant les doubles portes à l'autre bout de la pièce, suivi de deux blondes qui tenaient une écritoire et portaient des tailleurs Prada assortis.

— Jeannette ? Candice ? Voici ma chère Jack, dit Dick en lui donnant une tape dans le dos. (Jack tâcha de ne pas tousser.) Jeannette et Candice travaillent avec moi pour faire la promo de notre nouvelle antenne au centre-ville.

Dick lui adressa un clin d'œil. Avec son visage rubicond, son petit chapeau de cow-boy et son pantalon moulant, il avait tout du propriétaire jovial d'un restaurant à barbecue au Texas, et rien du magnat de l'immobilier le plus riche de New York. Sa toute dernière acquisition, les lofts Cashman, était un immeuble de luxe écolo-chic dans TriBeCa où tout était vert.

— J'ignorais que vous aviez une fille, murmura poliment l'une des femmes, en tendant une main élégamment manucurée en direction de Jack.

Celle-ci la serra mollement. Elle ne tenait pas à divertir les employées de Dick. Tout ce qu'elle souhaitait, c'était se traîner sous la couverture Asprey de J. P. et se rendormir.

— Ce n'est pas ma fille – mais elle le deviendra dans quelques années ! Elle est la petite demoiselle de mon fils, expliqua Dick. Tenez, allons chercher à manger dans le coin-repas !

Dick se retourna brusquement, leur fit traverser l'appartement jusqu'à une immense cuisine italienne au sol de marbre. Si le bureau ressemblait à un pavillon de chasse anglais, la cuisine semblait tout droit sortie d'un bungalow de Santa Monica clair et spacieux. Il était étonnant que Dick soit un si bon promoteur immobilier en affichant des goûts personnels archinuls.

— Bien asseyons-nous, annonça-t-il.

— Merci beaucoup de m'avoir invitée à petit-déjeuner, Dick, lança Jack en souriant de toutes ses dents.

Même après toutes ces années, c'était bizarre d'appeler le papa d'un ami « Dick[1] ».

— Te font-ils bosser trop dur dans tes cours de tutu ? demanda Dick, inquiet, une fois que tout le monde se fut installé autour de la table en bois brut. Ou est-ce que mon fils ne prend pas soin de toi ? Tu n'as pas très bonne mine !

Il regarda Jack en plissant ses yeux globuleux, comme pour essayer de mieux la voir.

— Je vais bien, marmonna Jack.

1. Dick : bite en anglais. *(N.d.T.)*

Elle se demanda pourquoi elle avait accepté de prendre le petit déjeuner avec la famille de J.P.

— Jack est énervée parce qu'elle a appris que sa mère déménageait à Paris, expliqua J.P., obligeant.

Jack le fusilla du regard. Elle n'avait pas du tout envie d'entrer dans les détails de sa tarée de famille devant tous ces gens. C'était déjà assez dur de le faire seule. Roger versa du café et déposa des paniers de scones au milieu de la table. Jack se demanda si elle pouvait se lever de table sans paraître grossière.

— Déménager ? fit Dick d'une voix tonitruante alors que sa femme entrait, deux minuscules puggles dans les bras.

Tatyana était un ex-supertop russe qui avait pris vingt-cinq kilos depuis qu'elle était dans la fleur de l'âge et arborait désormais un décolleté absurde. Elle portait un kimono en soie rouge, ses cheveux étaient coiffés en chignon et elle avait mis bien trop de rouge à lèvres vif, comme si elle allait se présenter à une remise de prix dans les années quatre-vingt-dix.

— Qui déménaze ? demanda-t-elle avec son accent prononcé en fourrant un scone dans sa bouche. L'un des chiens gémit, espérant clairement hériter de quelques miettes.

— Ma mère déménage à Paris pour le travail et elle espère que je vais l'accompagner, expliqua Jack qui avait envie de poignarder J.P. avec une fourchette pour avoir mis le sujet sur le tapis.

— Déménage à Paris ? Jackie, bébé, tu ne peux pas quitter New York ? Tu *es* New York. (Dick fit un clin d'œil pour la vingtième fois en dix minutes. D'un seul coup, son visage rosit encore plus. Il tapa dans ses mains.) Tu sais, l'appartement de luxe des lofts Cashman nous fait office de showroom et quel meilleur moyen d'ajouter un peu de glamour à la cabane qu'une jolie petite jeune fille ?

— Elle est barfaite.

Tatyana jaugea Jack du regard comme un cheval de course, et se pencha pour examiner son visage. Jack tâcha de ne pas tousser incommodée par l'odeur surpuissante de son parfum épicé.

— Elle pourrait être le vizage des lofts Cashman ! Élégance et modernité. Z'est la fille qu'il nous faut !

Jack cilla. De quoi parlaient-ils ? Pourquoi un immeuble aurait-il besoin d'un visage ?

— Ça pourrait marcher, acquiesça Candice en gratifiant Jeannette d'un signe de tête. Ou Jeannette fit un signe de tête à Candice. C'était impossible de le savoir, dans la mesure où elles avaient toutes les deux des cheveux aux épaules brushés, des fronts Botoxés et des clavicules superosseuses. Les deux femmes sortirent leur BlackBerry et se mirent à taper frénétiquement.

— Alors qu'en penses-tu, Jack, ma belle ? Tu veux emménager ? Être le visage du mouvement vert ?

Jack, incrédule, regarda Dick. Il voulait qu'elle vive dans les lofts Cashman ? Elle ne serait pas obligée de suivre à Paris sa mère folle et théâtrale ?

— J'adorerais, répondit-elle d'un ton suave.

Elle résista à l'envie pressante d'étreindre tout le monde, même la mère, grosse et bizarre, de J.P. et les assistantes robots de Dick.

— Super, super. Ce sera super. Nous allons appeler *Page Six*, *New York*, *Harper's*, *Metropolitan* et les faire venir. Leur montrer le nouveau visage de l'habitat écolo à New York. Ce sera *très* chaud.

Jeannette se frotta les mains. Jack, grisée, opina de la tête.

— Bravo ma petite ! (Dick frappa dans ses mains en signe d'assentiment.) Maintenant que cela est réglé, qu'on apporte à manger ! ordonna-t-il.

Presque immédiatement, Roger et un tas d'autres personnes sortirent de la cuisine brandissant plusieurs assiettes en argenterie recouvertes d'œufs, de pancakes, et de fruits frais. Jack se fendit d'un grand sourire. Elle s'habituerait *sans problème* à cela, c'était clair.

— Devine ce que l'on fera quand j'emménagerai, murmura Jack à J.P. tandis que Tatyana et Dick attaquaient leur omelette et que Candice et Jeannette étaient blotties autour de leur BlackBerry. Elle était ravie d'avoir été trop saoule pour faire l'amour hier soir. Ils le feraient une fois qu'ils s'installeraient dans les lofts. Ce serait la meilleure façon de commencer sa nouvelle vie parfaite. Et le mieux dans tout cela, c'était que tout était *gratuit*.

Vous savez ce que l'on dit : tout a un prix…

r comme tRès pathétique

— Rhys, chéri, tu vas bien ?

En ce samedi après-midi, lady Sterling passa la tête dans la chambre de son fils. Sa stature altière, ses cheveux blancs élégants et son visage sans ride la faisaient ressembler à Nicole Kidman avec une perruque.

— Ouaip, murmura Rhys.

En vérité, il s'était réveillé une heure plus tôt et n'avait qu'un seul souhait : se rendormir. Dans ces moments-là, la plupart des autres ados fileraient tout droit vers la réserve de somnifères de leurs parents. Mais ils n'avaient pas de mère comme lady Sterling, l'animatrice hyperénergique de *Thé chez lady Sterling*, l'émission culturelle et de bonnes manières qui faisait un tabac. Être de bonne humeur et savoir tirer le meilleur parti des choses étaient sa religion personnelle.

— Es-tu sûr ?

Lady Sterling dressa le nez comme un berger allemand qui flaire les problèmes. Rhys leva les yeux, sans enthousiasme. S'asseoir dans son lit nécessitait bien trop d'énergie. Sa télé écran plat dans le coin était réglée sur un match de base-ball, les Yankees contre les Red Sox. Comme s'il en avait quelque chose à foutre du vainqueur.

Parce que sur Channel Rhys, c'est Sterling contre Carlyle, tout le temps.

— Ouais, bien.

Rhys se leva péniblement et passa devant sa mère en l'effleurant sans rien dire. Il s'assit à son bureau bordélique jonché de livres et alluma son Mac Air. Sa mère penserait peut-être qu'il faisait ses devoirs et lui ficherait la paix.

— J'ai dû attraper froid, quelque chose comme ça. Je dois être contagieux, mentit-il.

— Rhys, chéri, tu ne vas pas bien. Tout le monde peut voir que tu es en pleine crise. Tu as démissionné de l'équipe de natation.

Rhys soupira et secoua la tête, regrettant pour la millième fois de ne pas avoir de parents comme ceux de Hugh qui passaient le plus clair de leur temps à l'Opéra ou dans leur maison de campagne en Provence. Au lieu de cela, sa mère adorait fourrer son nez dans les moindres détails de sa vie, impatiente de découvrir un nouveau type de tendance qu'elle pourrait exploiter, en général avec son fils en guest star. Dans le passé, c'était supportable parce que Kelsey le rejoignait souvent. Pour l'une des émissions, ils avaient essayé les cours de trapèze dans le West Side, et pour une autre, expérimenté les techniques de sauvetage dans la piscine du sous-sol des Sterling. Mais, à présent, les seules qu'il pourrait tourner s'intitulaient « Comment Être un Loser » ou « Comment Ne Pas Remarquer Quand Votre Meilleur Copain Couche avec Votre Petite Copine. »

— Ton père et moi avons parlé, reprit lady Sterling, les sourcils froncés d'inquiétude. Tu as besoin de quelque chose pour te faire renaître après cette récente brouille avec Kelsey. Nous allons à Londres le week-end prochain au mariage de cousine Elfie, et tu devrais peut-être venir. Il y aura de magnifiques jeunes filles.

Lady Sterling opina, pensant sans nul doute aux branches éloignées de leur arbre généalogique.

N'est-ce tout de même pas, hum, dégueulasse ?

En réalité, malgré son accent, lady Sterling était originaire de Greenwich, Connecticut, et non de Greenwich, Royaume-Uni. Mais tout le monde, y compris certaines cousines les plus éloignées, semblaient l'oublier : elles croyaient que lady Sterling en personne – et non son mari, le mince et modeste Algernon Sterling – descendait directement de la royauté.

— Je crois que ta cousine germaine Jemimah a quinze ou seize ans. Et il paraît qu'on vient de lui enlever son appareil dentaire. Je suis sûre qu'elle est adorable, roucoula-t-elle.

— Quoi ? (Rhys se redressa, l'idée de sortir avec une cousine réveillant enfin son cerveau.) Hé, attends, comment es-tu au courant pour Kelsey ?

Il regarda sa mère en plissant les yeux. Il n'en avait justement pas parlé pour être tranquille.

— Kelsey m'a appelée pour me le dire. Mais que seraient les amours de jeunesse sans drame ? Sans intrigue, sans la poursuite ? Rhys, je vois bien que cela est un moment formateur pour toi. (Lady Sterling eut un sourire rayonnant quand elle alla avec énergie remonter les stores.) Ce que nous devons faire, chéri, c'est nous asseoir et tâcher de trouver comment la reconquérir.

Rhys se prit la tête dans les mains et soupira. Donc, pendant que Kelsey couchait avec son ex-meilleur pote, elle faisait aussi copine-copine avec sa mère ?

Lady Sterling se percha sur le bord du lit de son fils, prit son cahier d'anglais au hasard parmi d'autres en tas sur le parquet.

— Et si on commençait le brainstorming ? demanda-t-elle d'un ton impatient en tournant une page vierge.

D'un seul coup, la chambre de Rhys, immense, parut minuscule, et tout – depuis les photos encadrées sur le mur de Kelsey et lui s'embrassant dans Central Park jusqu'à un tas de médailles poussiéreuses qu'il avait éparpillées n'importe comment sur son étagère – lui rappela l'homme qu'il était avant. Maintenant, il ne connaissait même plus son identité.

— Je vais… marcher, marmonna-t-il en fourrant son portefeuille Lacroix noir dans sa poche arrière et en attrapant son iPod.

La dernière chose dont il avait besoin, c'était des conseils conjugaux de sa mère.

— Une bonne balade, c'est bon pour la circulation, dit lady Sterling en se levant et se dirigeant vers la porte.

Elle hocha la tête d'un air appréciateur comme si elle avait trouvé l'idée toute seule.

— Veux-tu que je t'accompagne ? Ce pourrait être un bon sujet d'ouverture pour l'émission ? « Comment Casser Sans se Casser la Tête. » Je peux appeler David pour savoir si l'équipe peut se réunir.

— Non merci, répondit Rhys.

Sa vie était déjà pathétique. La voir représentée dans *Thé chez lady Sterling* ne ferait qu'empirer les choses.

Dehors, Rhys se dit qu'il pouvait enfin respirer. Il emprunta Madison Avenue, sans savoir même où il allait. En temps normal, il aurait descendu la 5e Avenue pour être près du parc, mais il ne voulait pas courir le risque de tomber par hasard sur Kelsey qui vivait sur la 77e et la 5e.

Il fourra les mains dans les poches de son treillis. L'automne était bien là. L'an dernier, Kelsey et lui passaient des heures à se balader dans le quartier, à ramasser les feuilles qui tombaient des arbres qui bordaient les trottoirs et à s'arrêter dans les minuscules cafés sur Madison pour partager des cappuccinos et des mille-feuilles. Kelsey avait toujours été impulsive et pleine de vie. Il tenta d'imaginer son avenir sans elle. Pas de natation. Pas de Kelsey. Que ferait-il ?

Arrête. Nous sommes à Manhattan. Il y a toujours quelque chose à faire – ou quelqu'un à *se* faire.

Après qu'il eut dépassé la 77e Rue sans encombre, il obliqua à l'ouest et entra dans le parc. Il s'assit sur un banc près de l'East Lawn, où un groupe de garçons jouait à Hacky Sack au milieu de la pelouse. C'était là que Kelsey et lui avaient l'habitude d'aller pique-niquer l'été, qu'elle passait l'après-midi allongée sur le ventre, à lire les romans d'Henry James et à dessiner. Même s'il trimballait toujours *Ulysse* ou *Amants et fils*, de D.H. Lawrence, ou un autre livre pour impressionner la jeune fille, Rhys passait le plus clair de son temps à la regarder, parfois à passer les mains dans ses cheveux blond roux.

Rhys observa les garçons béats donner des coups de pied dans le Hacky Sack sous le soleil de l'après-midi. Quel était l'intérêt ? Il n'y avait pas de compétition. Jouer au Hacky Sack était tellement débile. Ce n'était pas un sport, c'était une activité curative pour les fumeurs de shit auxquels il manquait la capacité de concentration et les muscles nécessaires pour pratiquer un *vrai* sport. Mais ils paraissaient si… heureux. Rhys savait qu'il n'avait jamais l'air heureux quand il nageait, mais stressé et en colère.

D'un seul coup, comme par un accord tacite, le groupe se dirigea tranquillement vers un grand chêne. Rhys vit l'un des garçons sortir quelque chose de sa poche, l'allumer puis le passer aux autres. Ils se défonçaient. Personne autour d'eux ne semblait s'en soucier, en revanche. Quand ils eurent terminé, ils retournèrent sur la pelouse. Quelques-uns reprirent la partie, mais deux se contentèrent de rester allongés sur le dos, à regarder le ciel.

Rhys se laissa maladroitement tomber du banc et s'allongea à son tour. Il savait que cela faisait un peu homo, mais il voulait voir ce que *voyaient* les fumeurs de shit. Le ciel était d'un bleu céruléen magnifique, bien qu'un énorme nuage tacheté de gris planât juste au-dessus de lui. Logique.

Il se leva et ôta l'herbe de son treillis Hugo Boss. À ce moment le Hacky Sack fendit l'air et vint le heurter.

— Aïe ! s'écria Rhys en se frottant la tête.

Ça faisait vachement mal.

— Désolé, man ! cria l'un des fumeurs de shit. Un coup de main ?

Il tendit la main, prêt à recevoir le Hacky Sack. Rhys ramassa la bizarre petite balle de chanvre. Tant pis. Il la déposa sur ses Converse John Varvato édition limitée et l'envoya d'un coup de pied en direction des garçons. Alors que la balle s'envolait, Rhys perdit l'équilibre et atterrit sur les fesses. Dur.

Il cligna des yeux. Le même nuage menaçant les surplombait, et son dos lui faisait mal, hypermal. Il se mit prudemment en position assise. Au moins, il ne s'était rien cassé. Pourtant c'eût été la meilleure solution : il serait resté allongé sur un lit d'hôpital, le moral à zéro, sans personne pour le juger.

— Man, tu vas bien ? C'est la pire gamelle au Hacky Sack que j'aie jamais vue !

Un garçon chaussé de Birkenstock le regardait en fronçant les sourcils. Il portait un T-shirt jaune moulant avec la photo d'une baleine souriante qui disait JE ME MARRE COMME UNE BALEINE À WASHINGTON. Ses cheveux châtains sales étaient emmêlés en dreadlocks grasses et il arborait au nez un piercing en argent qui brillait au soleil.

— Je vais bien, aboya Rhys.

Il se sentit rougir. La gamelle qu'il venait de se prendre au Hacky

Sack était une nouvelle preuve de son incapacité à entreprendre quelque chose de bien. Il se leva d'un pas chancelant.

— Bye, ajouta-t-il en donnant au type une sorte de poignée de main tremblante qui était presque un coup de poing.

Il avait l'impression d'avoir remporté l'Oscar du plus bel abruti de l'année.

— Relax, frangin ! cria le type derrière lui.

— Je vais bien, répéta Rhys en se dirigeant à petits pas vers le chemin sinueux qui sortait du parc.

Il se frotta maladroitement la tête. Peut-être pourrait-il aller jusqu'à la 77e Rue et s'effondrer juste sous l'auvent vert de l'immeuble de Kelsey. Elle le ferait entrer, prendrait soin de lui jusqu'à ce qu'il guérisse, et oublierait vite ce connard d'Owen Carlyle.

Ou peut-être devrait-il se faire admettre à l'hôpital pour commotion cérébrale.

o et *k* redéfinissent l'intimité au restaurant

One if By Land, Two if By Sea était un restaurant qu'abritait ce qui était autrefois la remise pour carrosses de la maison coloniale du XVIIe siècle d'Aaron Burr. Situé sur Barrow Street, une petite rue pavée du Village, il n'était pas tendance, mais clairement indiqué pour les couples. Et absolument pas son genre, comprit Owen à la minute où il posa la main sur la hanche de Kelsey et l'escorta du taxi à la petite porte étroite. Le jeune homme préférait les bouges au sol poisseux qui proposaient des bières et des burgers pour moins de cinq dollars. Il ne savait pas pourquoi les gens détestaient les fast-foods à ce point. Personne n'était donc jamais allé à l'In-N-Out Burger en Californie? Cette cochonnerie était si bonne qu'il aurait pu l'épouser.

À ma frite, pour toujours?

— Waouh, comme c'est mignon! s'exclama Kelsey alors qu'ils s'accoudaient au bar en chêne, et qu'elle réglait la bretelle de sa robe chocolat qui ne cessait de glisser. Elle se retourna d'un coup et embrassa Owen.

— Nom? fit un type maigre et très vieux, à la réception, l'air désagréable.

À l'évidence, le restaurant n'était pas habitué à recevoir des adolescents qui sortaient en couple. Owen était, dans ce domaine, un novice. Il leur paraissait plus naturel à tous les deux d'être nus dans son lit plutôt que tout chic dans un restaurant classe.

— Carlyle, répondit Owen en s'éclaircissant la gorge, et en desserrant légèrement sa cravate Armani bleue. (Avery l'avait forcé à porter une veste, et il se sentait très coincé.) Owen Carlyle.

— Par ici, dit le maître d'hôtel en leur faisant signe de le suivre dans un escalier bancal puis dans une salle à manger feutrée au parquet de bois sombre, agrémentée de tapis orientaux délavés et de murs en briques rouges apparentes. Kelsey gloussa, donna une petite bourrade à Owen en lui montrant un homme à moitié endormi sur son soufflé au chocolat. Sa femme maigre continuait à discuter avec le couple à côté d'eux, sans se soucier de lui.

Owen sourit et secoua la tête, incrédule. C'était typique d'Avery de recommander un restaurant parfait pour fêter votre soixante-quinzième anniversaire. Il espérait simplement qu'ils ne servaient pas de parts conçues pour les seniors.

— Voilà, dit le maître d'hôtel en leur désignant une petite table recouverte d'une nappe blanche en lin, dans un coin. En partant il reprit la carte des vins, histoire de bien leur faire comprendre qu'il savait parfaitement quel âge ils avaient. Une seule rose et une bougie rouge qui gouttait ornaient la table.

— Merci encore d'avoir organisé cela, Owen. C'était une super idée.

Kelsey sourit, exhibant son incisive gauche adorablement de travers. Owen eut instantanément envie de l'embrasser. Pourquoi n'étaient-ils pas sur le lit bateau d'époque de Kelsey, ou sur sa terrasse sur le toit, ou dans leur coin à eux à Central Park… ?

— Alors, comment ça va, la natation ? demanda-t-elle en lui adressant un sourire penaud, comme si elle essayait de chasser de force de son esprit les mêmes pensées cradingues que le jeune homme.

— Ça va…, commença-t-il.

Il se concentra sur le léger décolleté de sa robe. Sa peau étincelait. Owen remarquait tout le temps cela chez les filles. S'il n'avait pas vécu avec Avery, il aurait cru que c'était naturel, et non dû à la poudre étincelante pour le corps Kitten Goes to Paris de Benefit.

— Raconte ! Je veux *tout* savoir sur toi !

Kelsey le regarda en arquant son sourcil blondasse, alors qu'un serveur aux cheveux gras se traînait vers la table et leur distribuait les cartes.

— Bonsoir. Souhaiteriez-vous connaître le plat du jour ? demanda-t-il d'une voix agacée.

On aurait dit qu'il avait au moins cent ans.

— Bien sûr, on est toujours partants pour ce genre de proposition, répondit Kelsey d'un ton taquin, mordant son adorable lèvre inférieure corail.

Owen sentit le bout de ses doigts danser doucement sur sa jambe.

Bar, saumon grillé… À mesure que le serveur débitait la liste d'une voix monotone, Owen tentait d'ignorer les doigts de Kelsey qui tapotaient son genou. À ce rythme, il n'était pas sûr de pouvoir tenir tout le repas.

Couché mon grand ! La patience est une vertu.

— Je vais prendre le bar, annonça Kelsey d'un ton aimable. Le serveur lui fit un clin d'œil, soudain animé d'une vie qui semblait l'avoir déserté.

— Moi aussi, s'empressa de dire Owen, sans trop savoir ce qu'ils avaient commandé.

Mais qui se *souciait* donc de manger ?

— Alors où en étions-nous ? demanda Kelsey en ôtant sa main et Owen sentit la déception l'envahir.

— La natation…

— Ouais.

Il ne savait toujours pas s'il voulait dire à Kelsey qu'il avait été nommé capitaine. Cela ne servirait qu'à lui rappeler Rhys, et ensuite ils auraient tous les deux les boules – une fois de plus. Mais elle finirait bien par l'apprendre.

— En fait, on m'a nommé capitaine. Rhys a démissionné.

Voilà, c'était dit.

— Rhys a démissionné ? (Kelsey fronça brièvement les sourcils avant de se fendre d'un sourire ensoleillé.) Eh bien, c'est génial pour toi ! Chapeau !

— Ouais, acquiesça Owen, qui ne savait trop quoi ajouter.

Il y avait tant de choses qu'il ignorait d'elle. Il savait qu'elle fréquentait Seaton Arms, qu'elle embrassait fabuleusement bien, qu'elle avait un magnifique lit bateau d'époque, et un corps sublime… et c'était presque tout.

— Alors fais-tu du sport ? Fais-tu partie d'un club ? demanda-t-il maladroitement.

— Du tennis, tu ne t'en souviens pas ? fit elle, taquine.

— Mais oui, bien sûr ! s'exclama Owen comme un idiot.

Exact. Il était passé chez elle quelques jours plus tôt et elle portait une jupe blanche coquine qui lui arrivait à mi-cuisses et une visière dégageant adorablement sa frange.

— C'est vrai, c'était une question bête. Ce que je voulais savoir, en fait, c'était quelles sont les autres choses que tu aimes faire ? bafouilla Owen.

— Toi d'abord ! s'exclama Kelsey. C'est toi qui as tenu à organiser ce dîner chic. Dis-moi quelque chose que je ne sache pas sur toi.

Elle haussa les épaules et sourit.

Heureusement, leurs salades arrivèrent juste à ce moment-là. Owen jeta un œil au mélange de crudités dans son assiette. Il se creusa les méninges, mais ne trouva pas une seule chose intéressante à dire. Il avait lu un article dans le journal quelques jours avant sur les communautés d'ours polaires qui se raréfiaient, mais cela lui parut brusquement trop nul à raconter. Il avala une bonne bouchée de salade.

— Je vais aux toilettes, tu pourrais peut-être m'aider à les trouver ? lança Kelsey.

Les yeux de la jeune fille brillaient de malice quand elle racla le sol en repoussant sa chaise.

— Bien sûr.

Suggérait-elle ce qu'il *pensait* qu'elle suggérait ? Owen se leva si vite que la chaise en noyer faillit tomber par terre dans un grand bruit. Ensemble, ils se frayèrent un chemin à travers le dédale de tables et descendirent l'escalier, ignorant les regards curieux des autres clients.

— Je crois que c'est par là, dit Kelsey en prenant la main d'Owen et en le conduisant vers une porte près du bar. Owen serra affectueusement sa main, le cœur battant la chamade.

— Entre avec moi, exigea-t-elle dans un murmure sexy.

Owen n'hésita pas. Il la suivit à l'intérieur, referma rapidement la porte. Plusieurs bougies éclairaient les toilettes, ce qui les rendait presque romantiques. Il la poussa contre un mur et l'embrassa avec passion sur les lèvres. C'était excitant, explosif et romantique, comme la première fois qu'ils s'étaient rencontrés. Kelsey lui rendit avidement son baiser, puis mordit dans l'épaule de sa chemise blanche boutonnée.

Soudain, un coup sur la porte les interrompit. Kelsey et Owen s'immobilisèrent lèvres à lèvres, yeux dans les yeux, puis recommencèrent à s'embrasser goulûment.

— Sortez immédiatement ! fit une voix sévère de femme alors que la poignée de la porte s'agitait.

Foutus. Mais cela excita davantage Owen. Il fit tomber la bretelle de la robe de Kelsey de ses épaules, exposant sa peau blanche crémeuse.

— Oui ! gémit-elle, le désir affleurant dans sa voix.

— Sortez immédiatement ! cria la femme.

— On doit y aller, dit Owen en se détachant à contrecœur, puis il ouvrit la porte.

— Hum, nous... bafouilla-t-il en se retrouvant nez à nez avec une bande de serveurs qui leur barraient le passage.

— J'étais malade, expliqua Kelsey à une serveuse maigre d'une cinquantaine d'années qui se trouvait là.

— Vous *êtes* malade, fit la serveuse en roulant des yeux.

— Veuillez quitter l'établissement immédiatement, ordonna le maître d'hôtel en se frayant un chemin vers Owen et Kelsey. Owen acquiesça. Il ne pouvait pas regarder Kelsey parce qu'il savait que s'il le faisait, ils se mettraient à rire.

Et recommenceraient à se peloter ?

— Suivez-moi, aboya le maître d'hôtel en lançant le grand cartable Marc Jacobs bleu de Kelsey vers elle comme s'il était contaminé. Tout de suite, ajouta-t-il en frappant l'épaule d'Owen.

— Désolés, marmonnèrent Owen et Kelsey en même temps.

Le maître d'hôtel les conduisit, en bas d'un escalier branlant, à une porte quelconque qu'il ouvrit.

— Dehors ! gronda-t-il.

— Bien sûr, monsieur ! dit Owen.

Il ne put résister à l'envie d'attraper une rose sur une table inoccupée tout en poussant Kelsey dans une rue latérale pavée.

Enfin tous deux éclatèrent de rire quand la porte fut refermée dans un grand bruit.

— Madame ? la taquina Owen en lui tendant la rose légèrement fanée.

— Mon héros ! répondit Kelsey d'un ton niais en acceptant la fleur.

Sur la pointe des pieds, elle l'embrassa délicatement. Owen soupira de joie. Se faire virer d'un restaurant n'était peut-être pas très classe, mais très rigolo.

— Et si nous allions dans un endroit plus confortable ? demanda-t-elle pleine d'espoir.

Owen accepta avec insouciance en levant la main pour héler un taxi. Avery avait raison. Sortir en tête à tête était une super idée. Un taxi se gara dans un crissement de pneus, et en gloussant, Kelsey grimpa dedans à toute vitesse. Owen la suivit, s'écrasa contre elle, leurs cuisses se touchant.

— 72e et 5e.

Owen donna son adresse en glissant sa main dans celle de Kelsey alors que celle-ci faisait comme par hasard tomber la bretelle de sa robe de son épaule brillante.

Voilà un chauffeur de taxi qui n'est pas au bout de ses surprises.

gossipgirl.net

thèmes ◄précédent suivant► envoyer une question répondre

Avertissement: tous les noms de lieux, personnes et événements ont été modifiés ou abrégés afin de protéger les innocents. En l'occurrence, moi.

Salut à tous !

FLASH INFOS :

De la lingerie placardée sur un bus ? Passé de mode ! Ce qui est super tendance en revanche, c'est un panneau publicitaire plus vrai que nature qui vante les fabuleux lofts Cashman en plein centre-ville. Et le visage parfait de ces lofts n'est autre que notre chère **J**. Surpris ? Pas moi. Elle est la crème de la crème, et elle arrive *toujours* au top. Ce qui nous amène à…

GRIMPER L'ÉCHELLE

Pour une ville conçue sur un réseau de quadrillage et émaillée de gratte-ciel, est-ce étonnant si les New-Yorkais sont obsédés par le fait de savoir *précisément* où ils se trouvent tout le temps ? Je ne parle pas de ces filles qui envoient des messages avec leur BlackBerry à toutes leurs connaissances pour les informer qu'elles commandent un café à l'EAT sur Madison ou qu'elles essayent une robe Thakoon chez Bergdorf's. Je parle du fait de savoir où nous en sommes avec nos amis, nos ennemis, et tous ceux qui comptent. C'est la nature humaine de vouloir savoir si vous êtes à votre place. Après tout, comment sauriez-vous autrement quelle distance il vous reste à parcourir ? Mais quand vous sentez que vous tremblez dans vos Sigerson Morison, alors que vous levez le pied pour gravir le prochain échelon, n'oubliez pas : mieux vaut avoir escaladé la moitié d'une échelle désirable que vous retrouver au sommet de celle où vous n'avez jamais voulu grimper.

ON A VU :

O, seul et triste, planté, devant **Paragon Sports**... Y en a un qui s'est fait poser un lapin ? Au moins jusqu'à ce que **K** arrive et entreprenne de lui faire des câlins dans le magasin. Quel, hum... couple athlétique ! **A**, esquiver le vestiaire du spa **Bliss** après un massage Blissage 75. Qui évite-t-elle cette fois ? **B**, lire *I am Okay, You're Okay*, dans les bacs devant la librairie du **Strand**. Mon verdict : *not okay*. **R**, dans une boutique pour touristes sur St Marks Place, regarder les *hacky sacks*. Nouvelle passion ? **J**, accompagner sa mère à JFK puis monter dans une Lincoln Town Car et se faire déposer aux studios **Industria** sur Jane Street pour un shooting au profit des lofts Cashman. On sourit !

VOS E-MAILS :

Q: Chère Gossip Girl,
Je suis thérapeute et je crains de perdre le contact avec mes plus jeunes clients. Comme vous semblez une experte ès jeunesses d'aujourd'hui, merci de me dire quels sont d'après vous les rêves, les désirs et les objectifs de votre génération
Votre réponse pourrait aider des millions d'individus jeunes et perdus.
— ListeningtoElephantsPhD.

R: Chère LE,

Si je suis flattée que l'on me considère comme une experte, je crois que vous feriez mieux de vous adresser directement à la source – tâchez de lire les blogs de vos clients. Ou contentez-vous de les écouter. Au lieu, hum, des éléphants.

— GG

Un dernier mot sur l'escalade : plus haut vous grimpez, plus vous tomberez de haut. Et parfois, il n'y a pas de filet pour vous rattraper.

Vous m'adorez, ne dites pas le contraire

gossip girl

— Voilà.

Jack remit en place la photo géante d'une demi-pointe encadrée sur le mur à côté de son nouveau lit California extralarge. Sur cette photo d'art, le satin rose de la chaussure semblait presque doux, tandis que les éraflures sur l'orteil prouvaient la violence de ces contacts avec le sol. Elle exprimait tout ce qui lui plaisait tant dans le ballet : l'équilibre exact entre la beauté et le cran.

Ça ne vous dit rien ?

L'interphone sonna, un doux carillon à trois tons, et le visage du portier des lofts Cashman apparut sur la vidéo.

— Allô ? dit Jack en coinçant le combiné contre son épaule tout en contemplant les environs.

C'était un monde complètement différent du grenier. Comme l'appartement était censé servir uniquement de showroom, il avait déjà été aménagé pour faire la pub de l'immeuble. Le loft, peint dans des tons gris discrets, avait été décoré par Gavin Palmer, un designer d'intérieur célèbre pour avoir rendu le mouvement écolo cool et à la mode en déco. Un lustre réalisé à partir de parties d'avions recyclables pendillait au-dessus d'une longue table de bambou, un tapis multicolore en soie et laine recouvrait le sol en liège et la lumière se déversait à flots à travers une lucarne sur le lit aux draps en coton bio à l'autre extrémité de la pièce.

— Miss Jack, vos invités sont arrivés, annonça le portier.

— Faites-les monter, répondit royalement Jack qui attacha ses cheveux auburn en queue de cheval bordélique, et roula la taille de son pantalon de yoga noir Stella Mc Cartney pour Adidas. Enfin, sa vie semblait se mettre en place. Elle avait déposé sa mère à l'aéroport ce matin, où Vivienne s'était montrée aussi ridicule que dramatique, comme à l'accoutumée. Mais un au revoir embarrassant à l'aéroport était un petit prix à payer pour une liberté totale. Chaque fois que Jack passait le loft en revue et prenait conscience qu'il était à *elle*, elle n'avait qu'une envie : sauter sur le lit de joie. En fait, c'est ce qu'elle avait fait, brièvement, jusqu'à ce qu'elle s'aperçoive que le bambou recyclable n'était peut-être pas aussi solide que ça.

De plus, n'y a-t-il pas *autre chose* qu'elle devrait faire sur le lit ?

Après un bref shooting au centre-ville pour la nouvelle campagne de pub des lofts, elle était arrivée dans l'immeuble pour trouver l'appartement intégralement meublé. Bien sûr, elle commença par inviter Sarah Jane, Geneviève et Jiffy à venir voir son nouvel appartement. Après tout, elles l'avaient soutenue quand elles avaient appris qu'elle était pauvre. Elle voulait qu'elles se rendent compte qu'elle était de de nouveau au top. Elle ouvrit la porte à la volée, impatiente de les voir arriver, après avoir poussé à la hâte sa valise Louis Vuitton sous son lit. Elle n'avait même pas commencé à défaire ses bagages, mais les bonnes ne servaient-elles pas à cela ?

— Hou là là ! hurla Jiffy quand elle fit irruption dans l'appartement. (Elle était suivie par Geneviève et Sarah Jane qui portaient chacune des tonnes de sacs et de paquets.) C'est trop cool ! C'est comme si tu étais adulte ! C'est encore mieux que chez Béatrice, ajouta-t-elle en se dirigeant, impressionnée, vers les immenses baies panoramiques.

— Merci, répondit Jack modestement, en jetant un coup d'œil à travers le loft comme s'il n'avait rien d'exceptionnel. Mais en réalité il *était* sensationnel.

— Qu'est-ce que c'est que tout cela ? demanda-t-elle en regardant d'un air renfrogné les sacs que Sarah Jane et Geneviève entassaient sur la table de la salle à manger.

— Je ne sais pas, répondit Geneviève en haussant les épaules et en faisant passer ses cheveux blondasses ondulés par-dessus son épaule. Ton portier nous a demandé de les monter.

Jack s'empara avidement d'un gros paquet jaune et rouge et l'ouvrit d'un coup. Un tout nouveau sac à main Marc Jacobs noir se trouvait à l'intérieur, accompagné d'une enveloppe crème qu'elle ouvrit.

Chère Jack,

Juste un petit cadeau de bienvenue. Pensez à nous si vous êtes dans le coin – serions ravies de vous aider à notre façon.

Amitiés,
Jane et les filles de Tender Heart,

Jack sourit. Tender Heart était une boutique cool de Nolita où elle adorait faire du shopping avant qu'on lui coupe les vivres. Ils avaient manifestement entendu parler de sa nouvelle vie. Ses yeux se posèrent sur le tas de boîtes. Étaient-ce des cadeaux ?

Et dire que ce n'est même pas son anniversaire !

— Oh mon Dieu ! s'écria Geneviève. (Elle arracha brutalement le carton épais des mains de son amie.) Je n'arrive pas à croire que

J.P. ait fait ça pour toi ! Quand je sortais avec Breckin, il n'a même pas réussi à nous faire entrer chez Area. Un *mardi*.

Elle soupira, toujours pas remise de l'aventure de moins de cinq minutes qu'elle avait eue à L.A. l'été d'avant avec un acteur de l'un des films de son père.

— J.P. n'a pas fait cela pour moi. C'est son *père*, corrigea Jack en reprenant la carte des mains de Geneviève et en la jetant sur le comptoir en granite. (Oups ! Ça n'était pas tout à fait juste.) Enfin, j'ai rencontré l'équipe de R.P. de son père et elle a décidé que je devrais être le visage des lofts, clarifia-t-elle.

— Mais ils ne t'auraient pas choisie si tu n'étais pas la petite amie de J.P., pas vrai ? susurra Jiffy en passant la tête dans le réfrigérateur Sub-Zéro, que l'un des employés de Cashman avait rempli avec prévenance de produits bio.

— Peux-tu me préparer une vodka cranberry, Jif ? demanda Jack en ignorant la pique de son amie.

Manifestement, que la mère de J.P. ait lancé l'idée avait aidé, mais ce n'était pas la seule raison qui avait fait d'elle le visage des lofts.

Jiffy opina d'un air absent, sortit la vodka du congélateur et quelques-uns des tout nouveaux verres Riedel d'un placard. Elle se mit activement au travail sur le comptoir d'ardoise.

— Vous pouvez ouvrir les lettres et tout et tout si vous voulez, proposa généreusement Jack à Sarah Jane et Geneviève, qui examinaient le moindre recoin de l'appartement comme s'il s'agissait d'une vente immobilière.

Sarah Jane prit une bougie au soja et la renifla en fronçant le nez.

— Merci.

La voix de Geneviève dégoulinait de sarcasme. Tant pis.

Jack feignit de se rendre compte de rien et se dirigea vers les grandes fenêtres pour contempler pour la millionième fois la publicité qui venait d'être dévoilée. C'était elle, en robe fleurie Oscar de la Renta verte, qui admirait une marguerite, comme si elle allait faire ce truc débile : *« Il m'aime un peu, beaucoup, à la folie, pas du tout »* avec les pétales. Elle avait l'air rêveuse, heureuse, et amoureuse. La légende, en bas de la photo, disait VIVEZ ET AIMEZ EN VERT. Cela ne signifiait pas grand-chose, mais elle s'en moquait. Avec la publicité dans la ligne d'horizon de Manhattan, Jack regardait la ville de haut, telle une reine plus grande que nature qui observait avec bienveillance le peuple en contrebas.

Elle était *de retour*.

Sarah Jane se faufila à son côté.

— C'est vraiment génial ! lança-t-elle, en tenant encore la bougie idiote qu'elle avait prise sur une table. Et tout cela est bio ?

Elle jeta un coup d'œil sceptique au fauteuil club en cuir niché sous une lucarne. La mère de Sarah Jane était la rédactrice en chef de *Bella*, un magazine de mode et de déco, et elle faisait donc toujours semblant d'être au courant des toutes dernières tendances design.

— J'imagine, répondit Jack en haussant les épaules. (Qu'est-ce que ça pouvait donc foutre ?) Qu'ai-je reçu d'autre ?

Elle s'affala sur un tabouret à côté de Geneviève et passa en revue avec impatience la pile d'invitations aux couleurs vives éparpillées sur le comptoir noir.

Nous avons le plaisir de vous convier vous et votre invité à la première de…

Veuillez assister au cocktail et au dîner au Daniel en l'honneur de…

Le Whitney Museum et le magazine Vogue *espèrent que vous assisterez…*

— À vos calendriers, les filles ! lança Jack, tout sourire, en attrapant l'une des vodkas cranberries que Jiffy avait préparées et dont elle but une longue gorgée. (Elle la méritait.) Nous avons des fêtes qui nous attendent !

Quel plaisir de voir la reine traiter ses sujets avec tant d'égards !

À ce moment, Jack entendit des bruits de pas derrière la porte. Elle regarda Jiffy, sûre qu'elle avait invité l'une de ses copines nulles de seconde. Puis une clé tourna dans la serrure. *Qu'est-ce que c'était que ce bordel ?*

La porte s'ouvrit d'un coup, sur J. P. Il arborait un treillis bien repassé, une chemise boutonnée Thomas Pink bleue et affichait un grand sourire.

— Que fiches-tu là ? demanda Jack.

Elle crut qu'elle allait mourir de honte. Elle n'avait pas voulu être aussi salope et accusatrice, mais elle avait prévu de passer l'après-midi à frimer un peu devant ses copines et elle ne pouvait pas se le permettre en présence de J. P.

— Ça a l'air génial. Mon père me confiait que tout le monde était super enthousiaste pour cette campagne, annonça-t-il, en lui donnant un baiser.

— Ton père t'a donné une clé ?

Avant que J. P. ne puisse répondre, Henry, le portier, apparut, un sac marin Tumi balancé sur chaque épaule.

— Voilà pour vous, monsieur, annonça-t-il majestueusement à J. P. en déposant les sacs à ses pieds.

— Tu t'installes ? demanda Jack d'un ton brusque.

Jiffy dégagea sa longue franche châtaine de ses yeux et le fixa avec curiosité.

— Quoi, tu ne veux pas de moi ? la taquina J. P. en traînant ses sacs en direction du lit. Je me suis dit que je devrais laisser des affaires ici. C'est mieux que de prendre des taxis tout le temps qui détruisent ou polluent l'environnement, ajouta-t-il en faisant un clin d'œil.

Jack hocha la tête, sans trop savoir que penser. Vivre toute seule dans un appartement meublé, cool et sans surveillance était une chose, mais vivre en compagnie de son petit ami avec lequel elle venait tout juste de se réconcilier était complètement différent. Elle ne savait pas si elle était prête à ce que J.P. la voie manger de la pâte à cookie à même le tube et regarder des séries TV de merde. De plus, ils devraient partager la salle de bains. Ça n'avait rien de très romantique.

— Que faites-vous, les filles ? demanda-t-il en se hissant sur l'un des tabourets de bar en acier impeccable alignés devant le comptoir.

— On trinque au nouvel appart, répondit Geneviève en buvant une généreuse gorgée de sa vodka cranberry. Tout cela grâce à toi !

Geneviève leva son verre déjà maculé de rouge à lèvres à l'intention de J.P. mais sourit à Jack.

Jack la fusilla du regard. Ne venait-elle pas à l'instant de lui expliquer que J.P. n'était *pas* responsable du fait qu'elle ait décroché la campagne pour les lofts ? Geneviève aurait-elle développé une amnésie provoquée par la vodka ?

— Merci ! dit J.P. d'un ton aimable, en prenant le verre que lui tendait Jiffy.

Furieuse, Jack le reprit de la main de J.P. et le descendit d'un trait. Au moins, quand elle buvait, elle n'était pas obligée de parler. Parce qu'elle avait deux ou trois choses à dire à J.P. N'était-il pas censé affirmer qu'elle était sublime et talentueuse, et que c'était *la* raison pour laquelle l'équipe de R.P. de son père tenait à ce qu'elle fasse la campagne ?

— Tu vas bien, Jack ? demanda J.P. en ouvrant le congélateur pour prendre d'autres glaçons.

Il semblait vraiment chez lui dans l'appartement, heureux de traîner avec toutes ses amies à elle.

— Parfaitement, répondit Jack d'un ton acerbe.

Pour l'heure, elle désirait que tout le monde rentre chez soi pour qu'elle puisse simplement se planter devant la baie panoramique et contempler sa publicité.

À chacun ses hobbies.

On frappa de nouveau à la porte. Jack soupira profondément et s'éclipsa pour aller ouvrir. C'étaient probablement les parents de J.P. qui étaient prêts à s'installer eux aussi.

En fait, c'était Henry. Il portait un minuscule chien blanc terne dans les bras. Celui-ci essayait de s'échapper, visiblement terrifié que ses quatre pattes soient si loin du sol.

— Vas-y, annonça Henry en déposant le chien par terre.

Il sortit tandis que le chien courait vers Jack, ses griffes cliquetant sur le sol. Immédiatement il se mit à vouloir escalader sa jambe.

— Trop chouuuuu ! s'exclamèrent Jiffy et Sarah Jane en même temps.

Jack décolla le minuscule chien de sa jambe d'un coup de pied brutal.

— Ooooh, regardez ! s'écria Jiffy en essayant de défaire un ruban rose du collier du chien.

— C'est de la part de ma mère, expliqua J.P. en prenant le mot des mains de Jiffy et en le tendant à Jack.

Celle-ci se fendit d'un sourire crispé. Tatyana avait carrément déposé un baiser au rouge à lèvres bordeaux sur le devant. Jack ouvrit délicatement l'enveloppe sans toucher l'empreinte de lèvres, comme si la vulgarité de Tatyana pouvait se transmettre par l'intermédiaire de son rouge à lèvres mat années 1980.

Un chien aussi beau que la femme de mon fils! Un million de baisers dans ton nouveau chez-toi, disait le mot. L'anglais était la deuxième langue de Tatyana, mais on aurait dit qu'elle comparait Jack au petit monstre dégueulasse et visiblement obsédé sexuel.

— C'est un maltipoo[1], expliqua J. P. obligeamment.

Jiffy roucoula comme une idiote, en se laissant glisser par terre pour caresser le chien. Peut-être qu'elle pourrait le prendre une fois que J. P. s'en irait.

— Trouvons-lui un nom, lança J. P. en prenant la main de Jack.

Jack s'adoucit légèrement. Oui, tout était hyperbizarre en ce moment, mais le principal était que J. P. l'aimait. Peut-être que vivre ensemble ne serait pas si nul. Ça faciliterait tellement les choses quand il s'agirait de B-A-I-S-E-R quand ils le voudraient. Ce pourrait être drôle, même. Ce pourrait être parfait.

— Nous pourrons faire ça plus tard, sourit Jack en tâchant d'ignorer son impatience. Après tout, la journée avait été longue.

— Bien, j'imagine que nous devrions probablement aller la promener. Lui faire connaître le quartier. J'aimerais bien jeter un œil moi aussi, dit J. P. impatient.

Jack hocha la tête, sa bonne humeur s'éteignant comme un interrupteur électrique. Et s'il prenait Geneviève, Sarah Jane et Jiffy avec lui ?

Et le petit chien aussi ?

1. Croisement entre un bichon et un caniche toy. *(N.d.T.)*

rue des rêves

— Elle est là !

La voix d'une élève de seconde d'humeur joyeuse entra dans la sombre salle de classe de M. Beckham ce lundi midi. Avery foudroya du regard la minuscule ouverture dans la porte en bois. C'était la quatrième fois que le cours avait été interrompu par un troupeau de secondes ridicules qui essayaient désespérément d'apercevoir Jack Laurent, comme si elle était une *véritable* célébrité et non une camarade de classe qui venait juste d'avoir sa photo dans une campagne de pub débile pour de l'immobilier.

Avery jeta un coup d'œil à M. Beckham en espérant qu'il les chasserait, mais les yeux du professeur restaient fixés sur l'écran. Elles étaient *censées* regarder *Innocents*, un film de Bertolucci hyper crade sur un frère, une sœur, et leur meilleur ami qui faisaient ça n'importe où dans le Paris des années 1960. Bien sûr, Jack et ses pétasses de copines ne faisaient même pas semblant de regarder le film, mais examinaient la photo de Jack dans le *New York Post* en riant bêtement. C'était complètement injuste.

Ce matin, le visage de Jack parsemé de taches de rousseur figurait dans tous les blogs de potins et tous les quotidiens, et faisait parler tout le monde alors que, merci mon Dieu, cette pub ridicule n'était affichée qu'au centre-ville. Toutefois, même la minuscule photo noir et blanc de la taille d'un timbre-poste insérée en encadré page six en faisait trop. Jack ressemblait à une putain de *top model*. Et elle le savait.

Enfin la cloche sonna. Jack passa devant le bureau d'Avery et, comme par hasard, elle rentra dedans, de sorte que la bouteille d'Évian vide tombe par terre.

— Désolée, murmura Jack, qui n'avait pas l'air désolée du tout. On se voit au déjeuner, ajouta-t-elle d'un ton menaçant. Avery contempla d'un air piteux la bouteille d'eau vide sur le sol. Même si toutes les élèves de Constance traitaient Jack comme si elle était inoffensive, il était évident qu'elle n'avait pas oublié sa mission de faire de la vie d'Avery un enfer, par tous les moyens possibles et imaginables. Le reste de la classe sortit en file indienne, se précipitant dans le sillage de Jack.

Avery rassembla ses affaires et passa la salle de classe en revue. La dernière chose dont elle avait envie était d'aller à la cafétéria et d'affronter Jack et sa clique.

— Puis-je vous aider à quelque chose, monsieur? demanda Avery à M. Beckham.

— Umpfff, grommela-t-il.

Il essayait vainement de sortir le disque du lecteur DVD et, comme tout professeur de plus de trente-cinq ans, il n'avait aucune idée de ce qu'il faisait.

— Monsieur? insista Avery, dont la frustration grandissait.

Elle ne parvenait pas à croire que M. Beckham l'ignorait. Ce n'était pas comme si elle souhaitait réellement traîner avec lui pendant la pause déjeuner.

— Non, tout va bien, mademoiselle Carlyle, répondit le professeur sans même prendre la peine de lever les yeux vers elle.

— *S'il vous plaît?* l'implora Avery. C'est vrai, j'adorerais vous aider à ma façon.

Jack prenait toujours un malin plaisir à l'accoster en public à la cafétéria et elle ne voulait pas savoir ce qu'elle ferait maintenant que tout le monde la traitait comme une putain de rock star. Avery avait passé *toute la semaine* à discuter bouquins avec Mme McLean et certaines surveillantes de Constance durant la pause déjeuner. Cette semaine, elles étaient censées commencer *Anna Karenine*, mais elle s'était fait excuser. Peut-être avait-elle fait le mauvais choix. Lire des romans russes avec la directrice ressemblait à des vacances, comparé au fait d'affronter Jack et ses sous-fifres dans toute leur gloire de pétasses qui règnent sur la cafétéria.

— Bien… (M. Beckham se retourna d'un coup et jaugea Avery du regard, sa bouche s'entrouvrant en un sourire flippant. Il lui adressa un clin d'œil lubrique, comme si le film lui avait donné des idées.) Peut-être pourriez-vous me donner un coup de main dans la chambre noire ? J'ai des développements à faire pour mon cours de photo de l'après-midi.

— En fait, je ne suis pas très bonne en photo, mentit Avery qui sortit rapidement de la salle de classe et traversa le hall d'un bon pas.

Elle regarda pensivement par l'une des fenêtres du deuxième étage qui donnait sur la rue bordée d'arbres en contrebas. Il ne faisait pas trop froid aujourd'hui. Peut-être pourrait-elle aller chercher un yaourt et s'asseoir quelque part à l'extérieur.

Rassemblant son courage, Avery entra dans la cafétéria aux poutres de bois blond. Elle jeta subtilement un œil autour d'elle, à la recherche d'un visage amical. Toutes les filles semblaient avoir la tête baissée, en pleine conversation avec leurs amies. À cet instant, elle tuerait pour déjeuner avec Baby, même si s'asseoir à côté d'elle montrerait qu'elles n'avaient pas d'autres amies. Mais elle ne remarqua les cheveux emmêlés de sa sœur nulle part.

— Il paraît qu'elle a essayé de payer M. Beckham pour qu'il sorte avec elle. Bien sûr, il a dit non, murmura Sarah Jane Jenson à Jiffy avec paresse tout en tournant délicatement une cuillère dans son yaourt grec zéro pour cent.

— Je sais. Elle a déjà appelé tous les services d'escorts boys, mais ils ont refusé car elle est mineure. Peut-être pourrait-elle devenir lesbienne, répondit Jiffy en dégageant sa frange châtaine hirsute de ses yeux.

— Sauf si *c'est* une grosse gouine, avec Sydney, l'autre tarée, observa Sarah Jane suffisamment fort pour qu'Avery entende.

Avery resta bêtement plantée, comme si l'on venait de la poignarder en plein cœur. Ces filles étaient ses amies, avant, et en apparence, elles avaient encore l'air si sympa. Quelque chose dans le visage en forme de cœur, parsemé de taches de son, de Jiffy lui avait toujours semblé tellement gentil.

Les apparences peuvent être trompeuses.

— Salut Avery ! cria Geneviève depuis l'autre bout de la table en levant les yeux de son Treo.

Sarah Jane et Jiffy gloussèrent comme si c'était le « salut » le plus drôle qu'elles eussent jamais entendu. Intérieurement Avery se donna l'ordre de ne pas les regarder quand elle prit place dans la file d'attente de la cafétéria.

— On n'a fait chanter personne récemment ?

Avery se retourna et vit Jack Laurent qui la dépassait d'une bonne tête. Elle avait beau porter sa jupe en crépon de coton de Constance et un pull noir Loro Piana encolure bateau, Jack semblait encore plus parfaite que sur sa pub stupide. Avery sentit de l'urticaire la démanger sur sa poitrine. Cela se produisait toujours quand elle était bouleversée.

— Salut Jack, marmonna-t-elle en tâchant de l'esquiver, mais

Jack avança résolument dans la même direction. Avery plissa ses yeux bleus. Que voulait-elle donc ?

— Ignore la Pétasse de la Pub.

Avery sentit derrière elle un bras se refermer sur son coude. Elle se retourna pour être face à face avec Sydney Miller, l'amie de sa sœur Baby, toute de noir vêtue et aux mamelons percés. Aujourd'hui, elle portait un T-shirt Third Rail hyper délavé sous son blazer de Constance froissé et des Converse montantes qui semblaient avoir appartenu à un type vraiment cradingue dans les années 1980.

— Salut !

Avery ne savait pas si elle devait se réjouir qu'on lui ait épargné une épreuve de force avec Jack, ou se lamenter que le sauveur soit Sydney.

— Avery et moi avons quelque chose à faire. Tu sais, une pub à gribouiller ? (Sydney adressa un sourire malicieux à Jack.) Grosse salope, siffla-t-elle en tirant Avery par le coude.

Celle-ci laissa Sydney la conduire d'un pas ferme en dehors de la cafétéria puis de l'école.

— Merci, marmonna-t-elle une fois qu'elles furent en sécurité dans la rue.

— De rien, dit Sydney en haussant les épaules. Ça alors, quelle grosse conne ! Tu veux aller manger un morceau ? Je me ferais bien un falafel.

Sans prendre la peine d'attendre une réponse, Sydney se dirigea vers un vendeur ambulant. Manger quelque chose vendu dans la rue ? Avery fronça le nez. Mais elle n'avait pas vraiment le choix. Elle ne pouvait pas retourner à la cafétéria, et son ventre gargouillait. Il ne manquait plus qu'elle s'évanouisse pendant les cours d'anglais avancés, et que tout le monde en déduise qu'elle était anorexique.

Sydney revint triomphalement en brandissant deux petits sacs enveloppés de papier aluminium.

— Réfléchis vite !

Elle jeta le paquet en direction d'Avery, qui leva automatiquement les mains pour l'attraper.

— Merci.

Elle ouvrit l'emballage brûlant. Deux falafels étaient nichés dans un morceau de pain pita, entourés d'une feuille de laitue iceberg. On aurait dit des crottes frites. Dégueulasse.

— Écoute, Sydney, commença-t-elle, mal à l'aise.

Autant faire savoir à la jeune fille qu'elle appréciait son geste.

— S'agit-il de l'un de ces discours où, maintenant que tu t'es aperçue que tu n'avais pas d'amies, tu veux me dire que tu t'es améliorée ? (Sydney se fendit d'un grand sourire et Avery vit le piercing sur sa langue étinceler au soleil de midi.) Je n'ai pas besoin d'entendre ces conneries. J'aime bien ta sœur et je pense que tu as du potentiel sous ce bandeau à deux cents dollars.

Sydney haussa les épaules et mordit dans son falafel.

— Merci, dit Avery, confuse.

Sydney lui donnait l'impression d'être aussi vide et salope que Jack.

— De rien, dit Sydney avant de marquer une pause, sans avaler sa bouchée et de regarder les portes de l'école en plissant les yeux. Ce n'est pas ta sœur, là-bas ? Hé, connasse ! cria-t-elle, allégrement.

— Oh là là ! Ça fait un bail ! cria Baby d'une voix perçante en étreignant Sydney affectueusement. Tu m'as carrément sauvé le cul avec ton projet pour *Rancœur*. Je te dois ça. Je t'offrirai *tout ce que tu veux*. Un autre piercing ? Un tatouage ? proposa-t-elle. (Brusquement ses yeux se posèrent sur le falafel intact de sa sœur.) Miam !

Baby prit le pain pita des mains d'Avery et mordit dedans, affamée.

— Un autre tatouage, ça pourrait être bien. (Sydney envisageait sérieusement la proposition de Baby.) On y va maintenant?

— Je dois aller en thérapie. (Baby haussa les épaules.) J'essaie une nouvelle dame. Mais peut-être qu'après je t'appellerai? J'ai toujours voulu avoir un poisson sur le pied.

— Que fais-tu ici? l'interrompit Avery en la foudroyant du regard.

Et depuis quand sa sœur souhaitait-elle un tatouage?

Peut-être depuis qu'elle avait embarqué pour un voyage intérieur?

— Excellent! (Sydney gratifia Baby d'un signe de tête.) Ça marche à tellement de niveaux. Et tant mieux pour toi que tu suives une thérapie. Ma mère est thérapeute et elle ne lâche pas Mme McLean pour pouvoir sponsoriser ces pauvres ateliers dans les bois qui visent à créer un esprit d'équipe.

— Je dois filer. Je ne veux pas arriver en retard, tu comprends?

Elle chercha un taxi libre des yeux tout en mordant de nouveau dans le sandwich d'Avery.

— Peut-être, dit Sydney en haussant les épaules, la bouche pleine de falafel.

— Ma mère disait toujours que notre subconscient est un petit enfoiré de manipulateur, observa Sydney en se tournant vers Avery. C'est pourquoi, même si tu ne supportes pas cette idée, tu vas devenir super copine avec Jack Laurent. Tu seras probablement demoiselle d'honneur à son mariage, tu auras peut-être une histoire platonique hypertorturée avec son fiancé. Mais jamais tu n'iras jusqu'au bout.

Sydney sourit en remarquant l'expression d'Avery qui s'assombrissait.

— Il faut que j'y aille.

Avery rentra à Constance d'un pas furieux.

— Hé, ne fais pas la gueule ! Je suis désolée ! lui cria Sydney, qui ne l'était pas du tout. (Elle se tourna vers Baby.) J'adore emmerder ta sœur. C'est tellement facile ! s'émerveilla-t-elle.

Baby se fendit d'un grand sourire et hocha la tête. Sydney était une fille tellement franche et spontanée, que passer du temps avec elle rappelait à Baby une époque dans sa propre vie où les choses n'étaient pas aussi compliquées. Quand elle n'était pas convoquée chaque semaine dans le bureau de la directrice, quand personne ne se moquait de ses vêtements, quand être aventureuse n'était pas considéré comme une névrose. Baby soupira ; son humeur s'assombrit brusquement.

— Tu dois y aller, dit Sydney comme si elle constatait le changement d'attitude de son amie. (Un taxi en maraude s'arrêta à leur hauteur.) Appelle-moi quand tu auras terminé ! J'ai hâte de me faire encrer !

Baby sourit et monta dans le taxi. Ce n'était pas une mauvaise idée. Peut-être que se faire tatouer pourrait être une expérience cathartique ?

Je m'encre donc je suis ?

b *ne fait qu'une avec la nature*

Baby se glissa sur la banquette en vinyle noir craquelé du taxi, prenant conscience dès qu'il démarra qu'elle tenait encore le sandwich de sa sœur à la main.

— Où allons-nous ? (Le chauffeur aux cheveux gras la regarda par la vitre de séparation en Plexiglas comme pour l'insulter parce qu'elle mangeait dans son véhicule, puis il se ravisa quand il vit son uniforme de Constance et se fendit d'un grand sourire.) Vous séchez les cours ?

Baby sortit la publicité froissée de son sac Brooklyn Industries vert citron et la défroissa sur ses cuisses.

— 8, Jane Street.

Elle ignora le chauffeur qui lui fit un clin d'œil dans le rétroviseur et s'enfonça dans le siège, regardant l'émission débile sur les merveilles de New York qui passait sur la minuscule télévision. Une dame aux cheveux blancs à l'accent britannique délirait sur les plaisirs qu'apportaient les jardins sur les toits. Baby coupa le son et baissa de nouveau les yeux sur la publicité. *Ophélia Ravenfeather, Guérisseuse de vie*, disait la pub en lettres anglaises écarlates. Il n'y avait pas de photo, mais l'illustration abstraite d'un étang calme rempli de poissons rouges qui souriaient.

Baby regarda à l'extérieur. Les majestueux immeubles de la

5e firent place aux gratte-ciel écrasants de Midtown, puis aux bâtiments à échelle humaine de grès brun de West Village. Les trottoirs étaient étonnamment animés pour le début d'après-midi, bondés de passants qui profitaient d'une journée d'automne ensoleillée.

Son cœur cognait dans sa poitrine quand le chauffeur tourna dans Jane Street, une rue pavée sinueuse du Village qui ressemblait à une rue de Barcelone plus que de Manhattan. Elle fut brusquement nostalgique de l'Espagne. Peut-être aurait-elle dû y rester. Les Espagnols étaient sympas. Elle pourrait s'installer dans un café et leur apprendre l'anglais en échange de repas. Elle passerait ses nuits sur la plage. Ce serait parfait.

Jusqu'à ce que, morte d'ennui au bout de deux semaines, elle saute dans un avion pour le Maroc, bien sûr.

— Nous y voilà, annonça le chauffeur en se garant avec un crissement de freins devant un immeuble quelconque de quatre étages.

— Merci ! glapit Baby. (Elle sortit un billet de vingt dollars de son porte-monnaie, qui était constitué de ruban adhésif en toile, un cadeau que son ex-petit copain fumeur de shit avait fabriqué pour elle à Nantucket. Contrairement à leur histoire, celui-ci était indestructible.) Gardez la monnaie, ajouta-t-elle.

En croisant les doigts, elle gravit les marches inégales du bâtiment à la hâte et sonna à l'interphone numéro 22. Pas de réponse. Elle recommença.

— Je descends ! cria une voix affolée dans l'interphone. (Sur le trottoir, deux garçons bien habillés et leurs minuscules caniches lui jetèrent un coup d'œil curieux.) N'allez nulle part ! ordonna la voix.

— OK ! répondit Baby surprise. Elle se balança d'un pied sur l'autre. On ne se trouvait qu'à un pâté de maisons de Hudson

River Park et Baby distinguait l'eau bleu-grisâtre du fleuve. Elle respira profondément. Depuis qu'elle était toute petite, la vue de l'eau la relaxait.

Soudain, deux mains agrippèrent son épaule.

— Ah ! cria-t-elle sans le vouloir.

Elle se retourna, s'attendant à se trouver nez à nez avec un couteau, ou un canon de revolver ou… une dame aux cheveux gris en pantalon de yoga et veste polaire North Face rouge qui lui arrivait au menton ?

La polaire peut vraiment être terrifiante.

— Je m'excuse, dit la femme en replaçant les mains sur les épaules de Baby comme si rien ne s'était passé. Je suis votre guérisseuse.

Elle jaugea Baby de ses yeux brun. Elle ne *ressemblait* pas à une guérisseuse. Avec ses lèvres gercées, ses cheveux gris indisciplinés et ses mains rouges, elle rappelait à la jeune fille l'une des amies de sa mère qui travaillait dans une ferme communale bio du Vermont. Les triplés s'y rendaient tous les ans et l'aidaient pendant la saison de ramassage de pommes.

— Je m'appelle Ophélia Ravenfeather, mais comme nous travaillerons ensemble, je crois qu'il est important que mes clients me trouvent un nom, dit-elle impatiemment, en se rapprochant encore de la jeune fille, de sorte qu'elles se trouvèrent toutes les deux en équilibre sur la même marche étroite.

Baby fit un sourire hésitant. C'était en fait plus étrange que ce qu'elle avait cru, mais qui était-elle pour juger ? En tout cas, c'était mieux que se trouver dans un bureau tout blanc aseptisé.

— Je suis censée choisir un nom pour vous ? répéta Baby.

Non loin d'elles, un couple promenait son golden retriever. Elle avait remarqué *des tas* de chiens ces derniers temps. Ils faisaient tout le temps resurgir des souvenirs du bonheur qu'elle avait eu à promener les puggles de J.P. Cashman au tout début de l'année. C'était avant qu'ils ne sortent ensemble. Elle soupira de frustration. Peut-être devrait-elle oublier les garçons et adopter un chien.

Il y a un maltipoo super chiant qui aura peut-être besoin d'un nouveau foyer…

— Oui. Comment souhaiteriez-vous m'appeler ? L'un de mes clients m'appelle Amie, un autre La Grande H, un autre Grand-mère. Ça dépend, c'est tout.

Ophélia l'encouragea d'un sourire.

— Hum, je ne sais pas.

Baby se creusa les méninges pour trouver quelque chose qui n'aurait pas l'air complètement tordu. S'agissait-il d'une espèce de test psychologique ?

Et quelles sont les références de cette femme ?

— J'imagine qu'Ophélia suffira pour l'instant ? se hasarda-t-elle.

— D'accord, pour l'instant. Mais une fois que nous serons plus à l'aise l'une avec l'autre, j'espère que vous me trouverez un nom, insista Ophélia sur un ton d'avertissement. Et je vois votre aura. Il est… (Un nuage noir sembla traverser son visage ridé et buriné. Elle secoua la tête.) Peu importe. Au moins vos chakras fonctionnent. Pour la plupart, ajouta-t-elle énigmatiquement.

— Merci, dit Baby avec un sourire hésitant. (Elle sortit le formulaire froissé que Mme McLean lui avait demandé de faire signer pour chaque heure de thérapie.) Donc, comme je vous l'ai dit, on m'a recommandé de suivre vingt heures de thérapie. Votre pub m'a vraiment plu et je crois que nous sommes sur la même longueur d'onde, mais j'aimerais beaucoup que vous m'expliquiez un peu ce que nous ferons pendant les séances.

Ophélia s'empara du formulaire, fronça les sourcils, et le rendit brusquement à Baby.

— Nous nous occuperons de cela plus tard. Pour l'heure, nous devons aller au parc. J'ai *beaucoup* de travail à faire avec vous, assena-t-elle.

Là-dessus, elle dévala les marches, avec une énergie surprenante pour une femme âgée. Baby la suivit de mauvais gré. Cela signifiait-il donc qu'Ophélia *acceptait* de signer le formulaire ? Et pourquoi se rendaient-elles au parc ?

Ophélia l'entraîna dans la rue, à travers la piste cyclable pavée et arriva enfin sur l'étroite parcelle herbeuse qui constituait l'Hudson River Park. Elle était bondée de gens qui piqueniquaient, faisaient du vélo et couraient, profitant du soleil de l'après-midi. Sur la rivière, les bateaux semblaient danser pour le plaisir des yeux de la foule. Baby sourit. Ce ne serait pas si nul que cela.

— OK. (Ophélia frappa dans les mains en s'arrêtant devant un coin d'herbe trop près d'un couple qui savourait un pique-nique Dean & Deluca.) L'énergie est bonne par ici. Pour commencer, faisons le chien avec la tête en bas.

Immédiatement, elle posa ses mains noueuses par terre, et agita les fesses en l'air.

— Hum, je croyais que nous allions parler ? demanda Baby.

Commencer par une posture de yoga était étrange, même pour elle. Qu'est-ce que c'était que *cela* ?

Cours de guérison hippie ?

— On n'a pas besoin de parler pour se soigner, annonça Ophélia d'un ton mystérieux, en se relevant, toute rouge. À vous, dit-elle en encourageant Baby du regard. Baby tira précautionneusement sa jupe de Constance pour ne pas montrer ses fesses à tout le monde et posa les mains par terre.

— Hummm. (Ophélia l'évalua du regard.) Je crois que nous

devons aller ailleurs. Votre énergie ne s'harmonise pas avec les lieux. Elle se bat contre moi.

Elle plaça son pouce sur son menton anguleux qu'elle caressa doucement. Baby distingua quelques poils rêches qui dépassaient d'un grain de beauté sur son visage.

— Je vais vous dire, Baby. (Ophélia se rapprocha et posa une main osseuse sur l'épaule de l'adolescente.) Vous allez fermer les yeux et marcher jusqu'à ce que vous trouviez un endroit qui vous convienne.

Baby ferma les yeux, avec l'impression d'avoir été prise au piège dans une espèce de cours de maternelle étrange qui se passait mal, et se mit à marcher. Elle marqua une pause puis respira un bon coup. Elle sentait le soleil à travers son petit top Hanes blanc sans manches, ainsi que la vague odeur de feuilles qui brûlaient au loin. Peut-être avait-elle simplement besoin de se connecter. Elle fit quelques pas hésitants.

— Yo, fais gaffe, connasse !

Soudain, le menton de Baby entra en contact avec quelque chose de dur et métallique. Ses yeux s'ouvrirent d'un coup, de surprise. Un homme en cycliste jaune fluo et T-shirt noir moulant était vautré sur la piste cyclable, un vélo rouge vif près de lui.

— J'ai failli te faire tomber, merde ! Qu'est-ce que tu fous ? hurla-t-il en se levant.

Elle pouvait rayer cet endroit des lieux d'énergie positive.

— Je suis vraiment désolée ! (Baby ramassa les Ray-Ban du garçon.) Laissez-moi vous aider.

— Soigne-toi d'abord ! aboya Ophélia en éloignant Baby du vélo.

— Désolée ! cria de nouveau Baby au cycliste.

— Bien, je crois que nous avons appris une leçon. Vous avez été manifestement attirée vers lui et voyez ce qui s'est passé ?

— Je marchais les yeux fermés ! protesta Baby qui perdit brièvement patience.

— Non. Vous suiviez votre cœur. Et votre cœur vous a conduit à une altercation avec un homme. (Ophélia opina sagement.) Vous avez besoin de vous mettre à l'écoute de vous-même et de cesser de vous embrouiller avec des membres du sexe opposé.

Baby se raidit, un frisson parcourant sa colonne vertébrale malgré la chaleur. En dépit de la rhétorique hippiextatique, le Dr. Janus était pratiquement parvenue à la même conclusion : la jeune fille était trop dépendante des hommes.

— Que puis-je y faire ? demanda-t-elle en cherchant les yeux marron d'Ophélia.

— Premièrement, nous avons besoin d'instaurer des rituels pour vous. Des chants, des huiles essentielles, une purification par les jus, ce genre de choses. Vous devez apprendre que vous pouvez dépendre de vous-même, alors commençons ! (Ophélia se frotta les mains de jubilation.) Je vais trouver un lieu de guérison tranquille, proposa-t-elle galamment.

Elle les conduisit vers un coin du parc qui surplombait l'eau, loin de la piste cyclable. Des bambins jouaient sur la pelouse luxuriante, surveillés par des nounous qui papotaient sur les bancs en bois.

— OK. Fermez les yeux et imaginez un mot, dit Ophélia. (Sa bouche se tordit en grimace, comme si elle venait de sucer un citron.) En fait, je ne crois pas que vous soyez encore prête à travailler les yeux fermés. Gardez-les ouverts, mais regardez par terre, concentrez-vous sur un brin d'herbe et imaginez un mot.

Baby baissa obligeamment la tête, mais les seuls mots qui lui venaient à l'esprit étaient des termes bizarres de SAT[1], comme

1. Examens d'entrée à l'université. *(N.d.T.)*

perspicace et *fongible*. Ces mots ne la décrivaient pas du tout, mais quoi qu'elle fasse, elle n'en trouvait aucun qui y parvienne.

— Pouvez-vous partager votre mot ?

Les yeux de Baby se posèrent brusquement sur l'eau qui bougeait doucement.

— Océan ? suggéra-t-elle piteuse.

Elle espérait que cela irait. Après tout, n'était-ce pas le truc de cette femme, de découvrir votre océan secret, justement ?

— Mauvaise réponse ! aboya Ophélia, qui, de gentille grand-mère, se métamorphosa en animatrice sadique de jeu télévisé. (Les nounous levèrent les yeux et froncèrent les sourcils. Baby leur adressa un sourire d'excuse.) Réessayez. Je vois d'ici le mot qui *palpite* dans votre aura.

Baby ferma les yeux. Le mot *palpiter* la faisait penser à *pulsation* qui lui faisait penser à *cœur* qui lui faisait penser à...

— Amour ? fit Baby. Amour, répéta-t-elle d'un ton ferme.

Ophélia secoua tristement la tête.

— Non, ce n'est pas ça non plus. Je peux vous dire que vous avez besoin d'aller au-delà des mots. Je vais vous chanter une mélopée. Êtes-vous prête ?

Baby acquiesça, mais il était clair que peu importait qu'elle fût prête ou non. Ophélia se leva, ferma les yeux et joignit les mains dans un geste de prière, puis se mit en équilibre, dans la posture d'une danseuse de flamenco, sur un seul pied.

Je suis ici pour me soigner, se rappela Baby d'un air résolu, regrettant de ne pas pouvoir plonger dans la rivière et nager jusqu'au New Jersey.

— Maintenant répétez après moi. Ahm-ahhh-nom ! entonna Ophélia haut et fort, laissant planer le son *m* dans l'air.

— J'ai compris, dit Baby qui espérait sincèrement qu'elle ne devrait pas répéter toutes les syllabes haut et fort.

Un bateau de croisière Circle Line passa devant le parc. Ophélia était tellement bruyante que Baby était sûre et certaine que les passagers à bord l'entendaient. Et quelle était *cette* mélopée au fait ? Elle avait suivi quelques cours de yoga auparavant, et s'ils avaient entonné des mélopées, celles-ci n'avaient rien à voir avec les bruits d'éléphant s'accouplant avec un hippopotame qui sortaient de la bouche d'Ophélia.

— Je veux que vous possédiez ce mot. Je veux que vous le chantiez dix-sept fois par jour, et je veux également que vous entrepreniez un régime exclusivement vert. Ce qu'il vous faut, c'est vous détoxifier. Je vous aiderai à le faire. Ensemble nous pouvons guérir !

Elle inclina la tête en signe d'encouragement. Baby ébaucha un sourire. Peut-être que cela irait mieux ?

Oh oui ! bien mieux.

o apprend les règles

— Un coup de main ? cria Owen, la vision obscurcie par deux cartons remplis de maillots de bain Speedo.

Il ne savait pas s'il allait percuter un tas de planches en mousse ou le banc en bois du vestiaire des garçons. Enfin, de frustration, il fit tomber les cartons sur le sol carrelé mouillé.

— Venez chercher vos maillots ! cria-t-il d'un ton bourru.

Il était toujours un peu en colère que personne ne l'ait retrouvé au Paragon où il était allé les récupérer la veille. En fin de compte, ne sachant que faire d'autre, il avait envoyé un texto à Kelsey. Elle l'avait retrouvé et ils s'étaient câlinés dans les cabines d'essayage près des raquettes de tennis pendant qu'un vendeur était parti chercher les maillots de St Jude's.

Aucun nageur ne sembla le remarquer. Au contraire, ils étaient tous regroupés autour de Hugh Moore. Celui-ci portait un ridicule couvre-chef, style chapeau de pirate, orné d'une plume. Owen plissa les yeux. En général, Hugh était très drôle, mais le moment n'était pas bien choisi. L'équipe devait vraiment se rassembler après leur échec de la semaine dernière et il ne restait que cinq entraînements avant la grosse rencontre contre Unity, une école de garçons de l'Upper East Side, l'une des plus grosses rivales de St Jude's. S'ils perdaient cette rencontre, ils seraient carrément foutus pour le reste de la saison.

— Les gars ? cria de nouveau Owen.

Il grimpa sur un banc bancal en bois. Personne ne leva même un œil. Ils restaient agglutinés autour de Hugh comme s'il prêchait le gospel.

— Sérieux, je te le dis, si tu te rends au rayon lingerie de Barneys, tu es *in*, vieux ! Tout ce que tu as à faire, c'est feindre d'acheter des sous-vêtements pour ta petite copine. Je l'ai fait une fois et une fille a carrément défilé en teddy pour moi ! Vous savez ce qu'est un teddy au moins, les gars ? Hugh demanda aux garçons.

— Venez chercher vos maillots immédiatement, beugla Owen, frustré.

— Carlyle essaie de vous dire quelque chose, les pédés, cria le coach en sortant la tête de son minuscule bureau dans le coin des vestiaires.

Owen rougit de honte. Merde. Maintenant le coach savait qu'il ne captait même pas l'attention des garçons.

— Compris, coach ! hurla Hugh en retour. (Il se pencha d'un air de conspirateur vers les nageurs regroupés.) Nous continuerons cette conversation après l'entraînement. Si vous êtes bons, les gars, je pourrais peut être même vous emmener en petite virée spéciale, ajouta-t-il en les conduisant vers le carton de maillots de bain.

— Tu as demandé qu'on inscrive St Bites sur ton maillot ? demanda Ian McDaniel, un seconde qui ressemblait à un hobbit, en foudroyant Owen du regard et en sortant un tout petit maillot bordeaux du carton.

Owen le scruta, perplexe. Il ne se souvenait même pas avoir *parlé* à Ian, encore moins avoir fait quoi que ce soit pour le blesser.

— Ha ha, très drôle, marmonna-t-il tout en essayant de

dissimuler son mécontentement. Enfin bref, les gars, je voulais vous parler de…

— Mec, sérieux. Zappe le discours. Je crois qu'il vaut mieux que l'on aille direct faire un entraînement de tueur avant que le coach ne vienne au bord du bassin, l'interrompit Hugh. Owen regarda en plissant les yeux le garçon de première, large d'épaules et portant une barbe de plusieurs jours.

— Il y a un problème ? demanda-t-il en ramenant ses cheveux blonds en arrière et en contemplant les autres nageurs. Ken Williams avait croisé les bras de colère sur son gros ventre, et même Chadwick Jenkins, un troisième qui n'était en temps normal pas impertinent et qui vénérait le sol où marchait Owen, le fixait d'un air désapprobateur.

— Ouaip, dit Hugh en buvant une gorgée de Gatorade bleu et en regardant Owen.

Le chapeau de pirate cachait en partie ses yeux.

Owen ne savait pas si c'était le banc ou lui, mais d'un seul coup, il se sentit très peu solide sur ses jambes. Il sauta d'un bond sur le sol et se planta devant Hugh qui se détourna pour haranguer les types.

— Je vais vous faire une citation. Êtes-vous prêts ? (Hugh s'éclaircit la gorge, savourant clairement l'attention.) « Les potes avant les pouffes. » Apprenez-la et aimez-la, nageurs, déclara-t-il en passant les nageurs en revue.

Un à un, les garçons hochèrent la tête en signe d'assentiment.

Owen sentit son estomac tomber en piqué. Alors, c'était ça – les garçons prenaient le parti de Rhys. C'était pour cela qu'ils ne s'étaient pas présentés dimanche. Ils ne voulaient pas suivre Owen. Pas à Parangon Sports. Pas durant l'entraînement. Nulle part.

— Et, Owen, soyons clairs, ce n'est qu'une citation ; je ne porte aucun jugement sur ta petite copine actuelle, clarifia Hugh en caressant pompeusement son menton barbu. Mais les règles sont les règles. Et tu les as transgressées. Et donc, quoi que dise le coach, je porte le chapeau de capitaine. Littéralement. Merci de m'avoir trouvé ça, mon petit !

Hugh adressa un sourire affectueux à Chadwick, en levant son pauvre chapeau de pirate. Chadwick souriait tellement que l'on aurait dit que son visage allait éclater.

— Maintenant que c'est réglé, allons nous entraîner, dit Hugh en ôtant son pantalon de survêtement de St Jude's pour afficher un Speedo St Dude's. Allons-y, les garçons.

Je sens comme une petite mutinerie…

toutes les bonnes histoires commencent par la vérité

— C'est mal agrafé ! aboya McKenna mardi après-midi, en jetant dédaigneusement un tas de calendriers éditoriaux sur le bureau d'Avery.

Comme tous les bureaux des stagiaires étaient actuellement occupés par des étudiants en journalisme, celui d'Avery était en réalité une table de fortune installée près des distributeurs dans la cuisine en alcôve de *Metropolitan*. Heureusement, personne à *Metropolitan* ne semblant manger, le coin était tranquille.

— Répare ça tout de suite, ordonna-t-elle en portant un regard dédaigneux sur la pile comme si c'étaient des catalogues JCPenney. Certains papiers valsèrent à terre et sous le distributeur. McKenna roula des yeux comme s'il s'agissait d'un nouvel exemple de l'incompétence suprême d'Avery.

— Pardon ?

Avery abandonna les cartes de visite professionnelles qu'elle était censée organiser. Ayant préparé son sac hobo Marni cinq minutes avant la fin des cours, elle avait filé chez *Metropolitan* dès que la cloche avait annoncé la fin du cours avancé d'anglais. Elle avait hélé l'un des premiers taxis qui roulaient à petite vitesse devant les portes de l'établissement scolaire, et était arrivée au bureau vingt minutes avant l'heure à laquelle elle était censée commencer. Son plan consistait à se glisser discrètement dans le bureau de Ticky avant que Gemma ou McKenna ne la voient.

Ça n'avait pas marché. Gemma l'avait accaparée dès qu'elle était passée devant la réception et lui avait donné un immense paquet de cartes de visite avec la tâche de toutes les « Googliser , et de rédiger des rapports sur ses résultats. Il sautait aux yeux que toutes les cartes provenaient soit de garçons que Gemma avait rencontrés, soit de ceux avec lesquels elle avait couché, ou souhaitait coucher, même si elle avait marmonné une explication selon laquelle elle travaillait sur un article sur les habitudes de toilette des garçons.

C'était tellement leur genre à la con ! La semaine dernière, elle avait servi de messagère à Gemma ou McKenna, qui l'avaient envoyée en mission qui consistaient à rendre les modèles ratés chez Barneys ou à chercher des cafés au Starbucks. Elle avait même été contrainte de passer chez Duane Read pour acheter les pilules contraceptives de McKenna.

Au moins nous savons qu'elle ne procrée pas.

— Gareth, notre directeur de la création, a un problème d'asymétrie, croasse McKenna en regardant Avery d'un air accusateur. Il veut que les agrafes soient parallèles ou perpendiculaires. Pas d'exception. Peux-tu y remédier ? C'est important de faire attention aux détails.

Elle portait une splendide robe-pull Prada marron, que Scarlett Johansson venait de présenter en couverture du *Elle* d'octobre. Si McKenna n'avait pas été une telle superpétasse, elle aurait pu être jolie, avec sa peau sans le moindre défaut et ses cheveux si blonds qu'ils étaient presque blancs.

— Je ne les ai même pas agrafés, déclara Avery sereinement.

McKenna ne comprenait-elle pas que faire des photocopies serait un cran au-dessus de son boulot actuel ?

— Je n'ai pas le temps d'entendre ce que tu as fait ou pas, répondit une McKenna affectée. Ragrafe-les, puis apporte-les à la réunion éditoriale dans la salle de conférences dans dix minutes. Crois-tu que tu sauras faire ça, stagiaire ?

McKenna s'en alla d'un pas lourd, avec un coup d'œil désobligeant au distributeur automatique comme si Avery l'avait traîné ici toute seule, rien que pour l'embêter. *Bien, très bien.* Avery saisit une désagrafeuse et attaqua sauvagement les agrafes asymétriques incriminées.

Après qu'elle eut terminé, ses doigts semblant avoir été mordillés par des bébés piranhas, elle se hâta de ranger les papiers dans une pile et prit le couloir en courant en direction de la salle de conférences aux murs de verre. Dès qu'elle vit la crème de la crème des journalistes rassemblée au-dessus de maquettes multicolores sur la table de conférence en verre lustrée, son cœur se mit à battre comme un fou dans sa poitrine. L'agrafage de calendriers n'était peut-être pas une tâche si merdique que ça, après tout.

— Te voilà.

Avery adressa un sourire mécanique style « *soyons tous amis* » à toute la salle et se mit à distribuer les calendriers aux rédacteurs. Personne ne leva les yeux.

— Merci ! Es-tu une nouvelle embauche ?

Un type aux yeux bleus étincelants et à l'accent écossais sourit quand Avery déposa les papiers à côté de lui. Il portait un jean Diesel parfaitement délavé, et un gilet en laine bleu sur une chemise écossaise boutonnée, affichant le look « quand une rock star hors service rencontre un grand professeur d'université. » Pour la plupart des types, ce look serait complètement ringard, mais sur lui, il paraissait intellectuel, surtout avec la barbe de quelques jours et la mâchoire carrée. En fait, ce mec était plutôt mignon. Plus que « plutôt ».

Avery se fendit d'un grand sourire.

— Je suis Avery Carlyle, je suis une…

— C'est la stagiaire, l'interrompit McKenna. Vraiment désolée, James. Je m'occuperai de toi plus tard, siffla-t-elle à l'adresse d'Avery. (McKenna jeta un coup d'œil sur sa Rolex en or blanc.) Merde, il faut que j'aille chercher Ticky ! s'exclama-t-elle en sortant à toute allure abandonnant les calendriers sur le bord de la table.

— Je vois qu'on te donne le boulot glamour, cria James.

Avery lui sourit en retour, sans savoir s'il se moquait d'elle ou pas. Elle se dirigea vers le fond de la salle de conférences où les rédacteurs associés étaient assis par terre : visiblement, le privilège de s'asseoir dans les fauteuils Eames leur était refusé. Personne ne la remarquerait au fond, hein ? Elle s'installa près d'un palmier géant en pot à moitié mort, et remonta ses genoux contre sa poitrine pour pouvoir tenir.

Tout à coup, les têtes des rédacteurs se tournèrent vers la porte de la salle. Ticky entra, s'appuyant lourdement sur McKenna, en déséquilibre sur ses talons de douze centimètres ornés de paillettes éblouissantes aux couleurs de l'arc-en-ciel. Elle portait un tailleur St John noir et arborait cinq colliers en diamants Cartier autour de son cou maigrichon. Ses cheveux teints au henné étaient crêpés en coiffure bouffante au-dessus du front.

Avery retint son souffle lorsque Ticky passa devant elle, se demandant si elle devait lui dire bonjour, ou rester incognito. Elle se souvint que Baby lui avait dit de garder un profil bas et choisit cette option, se rapprochant encore plus du palmier en pot.

« McKenna, peux-tu être un amour et ramasser mes paillettes ? » Avery entendit-elle Ticky murmurer haut et fort à l'oreille de McKenna. Obligeamment, celle-ci se mit à quatre pattes pour ramasser les minuscules paillettes tombées des chaussures de Ticky. Pendant un instant, Avery eut peur que McKenna ne la voie, mais celle-ci était trop occupée à inspecter le tapis industriel bleu tape à l'œil. Elle ressentit brièvement de la sympathie envers McKenna quand elle vit ses genoux gainés en haute couture par terre. Ça devait vraiment craindre s'il fallait passer votre journée de travail à ramasser ce que votre boss faisait tomber.

Dit la fille qui classe les rouges à lèvres par couleur.

— Bien, mes choux, impressionnez-moi, dit Ticky d'une voix rauque en s'installant dans le fauteuil en cuir noir au bout de la table de conférence.

Elle croisa les mains devant elle et passa l'assistance en revue d'un air impatient, les sourcils fortement arqués sur son front hyper botoxé. McKenna s'empressa de déposer un petit tas de paillettes à côté de Ticky puis prit la place d'honneur à gauche du fauteuil de la rédactrice en chef.

— Bien, nous avons eu l'idée de parler d'alcoolorexie, commença Gemma, pleine d'espoir. C'est le nouveau trouble nerveux qui combine anorexie et alcoolisme. Tout le monde en parle. Je pensais me rendre clandestinement au Rose Bar pour voir combien de verres prennent les filles et si elles commandent à manger ou non. Nous pourrions comparer cela aux hommes. Je pense que ce serait une sorte d'approche scientifique.

À voir sa peau claire, ses mains qui tremblaient et sa silhouette super maigre, Avery ne doutait pas que Gemma fût elle-même alcoolorexique.

— Ou l'idée des ex-coloc. Vous savez, ces gens qui vivent encore ensemble alors qu'ils ne s'aiment plus, pour des questions de logement ? suggéra une autre assistante en poussant des papiers en direction de Ticky. Elle portait un legging American Apparel et une robe tunique Betsey Johnson en laine pourpre, qui recouvrait à peine ses fesses. Bien que son look fût manifestement un hommage à Edie Sedgwick, il donnait vraiment l'impression qu'elle avait oublié sa culotte.

— Alcoolorexie et ex-coloc ! (Ticky partit d'un rire amer.) Est-ce votre thèse d'université ? Est-ce la rubrique infos « Je m'en tape royalement » ? Tout le monde est un foutu alcoolorexique dans cette ville. C'est *moi* qui ai inventé l'alcoolorexie. Tu parles d'une info… Ce n'est pas *Metropolitan*.

Ticky s'extirpa, furieuse, du fauteuil. McKenna faillit renverser *le sien* en se levant pour l'aider, tandis que les autres journalistes feignaient d'être préoccupés par les calendriers éditoriaux.

— Non. Il nous faut du glamour, entonna Ticky en s'arrêtant devant Avery pour sermonner ses subordonnés. De l'intrigue. Rappeler aux gens que Manhattan existe encore. *Manhattan*. Pas Brooklyn, le Queens ou Philadelphie à la noix. Les lecteurs de *Metropolitan* vivent sur des îles. Ne l'oubliez pas.

Elle paraissait en colère, mais Avery crut déceler une pointe de nostalgie. Avery pouvait comprendre. Elle avait grandi bercée par les histoires et les albums photos de sa grand-mère. Depuis qu'elle était installée ici, elle s'était surprise à chercher un New York qui ne semblait pas exister, avec ses jet-setteuses gracieuses, ses incessantes invitations, et ses prétendants masculins qui n'attendaient qu'une chose : l'emmener sur-le-champ.

Cherchait-elle aussi une machine à remonter le temps qui la ramènerait en 1897 ?

— Et cette campagne de pub pour les lofts Cashman ? La fille qui figure sur les affiches – Jacqueline Laurent ? Elle doit avoir dans les seize ans, mais elle sort tous les soirs et, bien sûr, elle est superbe. La future Tinsley Mortimer, finit par suggérer Alex Abramson, la rédactrice en chef adjointe, grande, vêtue en Prada et à la carrure de top model. Avery la reconnut pour avoir lu sa rubrique *Demandez à Alex*. Même si le nom était hyper nul, l'article en soi était intelligent et plein d'esprit, émaillé de conseils sur tous les sujets, de « Comment manger des huîtres sans avoir l'air obscène » à « Comment se débarrasser d'un arriviste qui se sert manifestement de vous pour vos contacts NetJet ». Alex arqua froidement un sourcil blond parfaitement épilé à l'attention de Ticky, comme si elle la défiait de lui répondre non.

— On n'a pas encore beaucoup parlé d'elle et je crois que nous pourrions faire un bon papier. Elle est new-yorkaise, a un père riche et une mère ex-ballerine, son petit ami est le fils de Dick Cashman – pensez à tous ces aspects, poursuivit suavement Alex.

Avery jeta un coup d'œil furtif à Ticky, dans l'espoir qu'elle secoue la tête. Mais non. Elle était au bord de son siège, ses yeux noisette brillant d'excitation. Avery, frustrée, avait envie de hurler. Elle fut tentée de retourner d'un pas lourd dans son placard beauté, pour ne pas en entendre davantage sur la vénération dont Jack Laurent faisait l'objet.

— N'est-elle pas un peu jeune ? finit par demander Ticky.

Oui, oui, oui ! eut envie de crier Avery alors que plusieurs journalistes riaient poliment.

— Oh, mais elle est adorable ! Une beauté classique. Elle n'a rien d'une célébrité écervelée, dit Cheryl Katz, la directrice beauté rousse, depuis l'autre bout de la table, anéantissant les espoirs d'Avery.

Un homme haut en couleurs, en nœud papillon à carreaux, jodhpurs noirs moulant ses fesses et lui arrivant au genou, et chemise blanche à manches courtes bien repassée se leva pratiquement d'un bond de sa chaise.

— Oui, Yves ? fit Ticky, en pinçant les lèvres avec un signe de tête.

— Réfléchissez-y, chérie ! Nous aurions tellement de possibilités de photos. Nous pourrions faire une sorte de truc glamour Old New York, avec elle dans son hôtel particulier, puis le juxtaposer avec elle sur une toile de fond ultramoderne et écolo chic dans les lofts. Les possibilités sont infinies.

Avery rit intérieurement. Maintenant elle voulait qu'ils fassent cet article. Elle avait hâte qu'Yves et le reste de l'équipe de *Metropolitan* voient le plafond en plâtre qui s'effrite et l'escalier branlant de la mansarde dans l'immeuble kitch sans ascenseur où Jack habitait avec sa mère.

D'un seul coup, elle constata que tous les yeux étaient curieusement rivés sur elle.

— Oui ? fit Yves, énervé.

Oh oh ! Avery ne s'était pas aperçue qu'elle avait vraiment ri.

— Désolée ! s'exclama-t-elle, ses cheveux emmêlés dans l'une des feuilles du palmier à moitié mortes. Enfin, il se trouve que je connais Jack Laurent et sa vie n'est pas vraiment comme cela, expliqua-t-elle, en finissant par libérer ses mèches blondes.

— Comment la connaissez-vous ? demanda Alex, curieuse, en posant ses yeux bleus froids sur la jeune fille. Et, pardonnez-moi, mais *qui* êtes-vous ?

— Désolée. Je suis une stagiaire, expliqua Avery. Avery Carlyle.

J'ai surtout été au placard. Enfin… le placard beauté. Je… j'apprends beaucoup, bafouilla-t-elle.

Tant pis pour la grâce démodée.

— Avery Carlyle ! s'exclama Ticky joyeusement, en chancelant vers le coin où se trouvait la jeune fille pour l'aider à se relever de son bras maigrichon.

Avery sauta sur ses pieds : elle ne voulait pas être responsable d'avoir cassé le bras frêle de Ticky.

Avec la chance qu'elle avait…

— Salut, Ticky, dit Avery, consciente que tous les regards étaient braqués sur elles.

— J'ai été *débordée* à en mourir ces derniers jours, mais tout de même, quelqu'un aurait pu me dire que tu étais là ! (Ticky fusilla du regard les rédacteurs autour de la table.) Tu dois me pardonner – et ces crétins aussi. Nous nous sommes tués pour faire sortir un affreux dernier numéro – je n'ai même pas eu le temps de *fumer*. McKenna, remue-toi, fit Ticky catégoriquement. Avery, chérie, assieds-toi à côté de moi.

McKenna adressa son plus beau sourire de McKonnasse à Avery en descendant de son fauteuil. Avery s'attarda prudemment près de la table, ne sachant que faire.

— Avery, assise, ordonna Ticky.

Bien, maîtresse !

— Alors, les filles glamour de Manhattan, lança Ticky d'un air pensif. Voyez, ça, c'est un article *Metropolitan*. C'est pour chercher ce genre de trucs que je paie chaque mois Alex et Yves. Au fond, pourquoi est-ce que je m'embête avec vous autres ? (Ticky secoua tristement la tête.) Avery, comme tu fais partie du monde de Jack Laurent, tu écris l'article avec James. C'est mon meilleur reporter. Nous le caserons dans le numéro de la semaine prochaine. (Elle frappa dans ses mains.) Je me réjouis que *certains* aient des idées. Réunion terminée.

Avery croisa les yeux de James, le mignon reporter qui s'était moqué de son statut de stagiaire un peu plus tôt.

— On ne dit pas non à Ticky. (James fit un clin d'œil à Avery.) On se voit mercredi pour discuter ? demanda-t-il haut et fort de l'autre côté de la table afin que tout le monde puisse entendre.

Avery opina avec insouciance.

C'est un rendez-vous !

pendant ce temps, retour aux lofts

— Hou hou ? cria Jack en ouvrant la porte de l'appartement lundi soir.

Elle rentrait d'un cours de danse en ville, et elle était en sueur, crevée et affamée. Elle espérait que J.P. se trouvait encore à l'entraînement de squash pour pouvoir prendre une longue douche bien chaude, enfiler quelque chose de sexy et l'accueillir à la porte avec un verre.

— Salut, beauté ! Tu m'as manqué !

Jack eut un sourire crispé : J.P., en pantalon de jogging noir et polo jaune ringard Riverside Prep, était assis sur le sol jonché de journaux. Le chien jappait et faisait des bonds autour de lui, tout excité.

— Regarde, elle sait rapporter ! s'exclama J.P. en jetant un os en caoutchouc rouge en direction de Jack.

Il rencontra son genou.

— Super, dit-elle d'une voix éteinte.

Et s'il *oubliait* le chien une seconde ? Ça avait été la même chose cette nuit. Chaque fois qu'ils le laissaient dans son panier en coton bio dans la cuisine, le chiot se mettait à gémir jusqu'à ce qu'ils soient obligés de le coincer entre eux dans le lit pour qu'il s'endorme.

— Je lui ai donné un nom, aussi, annonça le jeune homme qui attrapa le chien et se dirigea vers Jack. Je me suis dit que Magellan serait mignon, même si c'est une fille. Parce qu'elle sait super bien découvrir des choses. (J.P. brandit comme un trophée une paire de ballerines Tory Burch en velours noir mâchouillées.) Elle a déniché tes chaussures. Elle a dû fouiller très loin dans le placard pour les trouver, en plus, ajouta-t-il, tout fier.

— Qu'est-ce que c'est que ce *bordel* ? rétorqua Jack en récupérant ses chaussures d'un geste vif.

Dieu merci, elles étaient vieilles ! Mais le chien avait carrément *bouffé* ses pompes et J.P. la récompensait avec un nom pourri !

— Elle ne s'est pas rendu compte ! s'exclama J.P. en ramassant le chiot dans le creux ses mains. (Il tendit sa patte et l'agita en direction de Jack.) Elle dit qu'elle est désolée. Enfin bref, tu sais que mon père aime donner des noms d'explorateurs à nos chiens.

Il haussa les épaules. C'était vrai. Pour une raison quelconque, les chiens de Dick Cashman – Nemo, Shackleton et Darwin – portaient tous des noms d'explorateurs imaginaires ou réels, un fait qu'il racontait volontiers à qui voulait.

— Magellan et toi êtes-vous de nouveau amies ?

— Où allons-nous dîner ? demanda Jack, pour changer de sujet. (Son cours de danse avait été intense et elle mourait de faim.) Pourquoi pas Gamercy Tavern ? suggéra-t-elle.

Elle avait hâte de partager une bouteille de vin, de dévorer un steak énorme et de se faire câliner dans une alcôve en cuir tandis que les autres couples, jaloux, les dévisageraient.

— Oh ! (J.P. se renfrogna et posa Magellan à terre, aux pieds de Jack. Le chien gémit et s'enfuit.) Je m'étais dit que nous pourrions préparer le dîner ce soir. Tu sais, pour baptiser notre cuisine.

— Bien, soupira Jack, qui réprima sa frustration.

Ce n'était *pas* le genre de baptême qu'elle avait en tête, mais en un sens, c'était plutôt mignon que J.P. adore être un homme d'intérieur. Sa mère était une danseuse française excentrique qui avait vécu avec huit cents calories par jour ces deux décennies, et Jack avait donc appris à commander à manger dès qu'elle avait eu huit ans. Pourquoi cuisiner si tant de gens étaient prêts à le faire à votre place ?

— J'ai imprimé des recettes, poursuivit J.P. en saisissant un tas de papiers sur le comptoir pour les lui tendre : *tagine d'agneau, gâteau de pain au fromage de chèvre…* Jack feuilleta les sorties papier d'Epicurious.com, un sourire retroussant lentement ses lèvres. Les recettes la tentaient. Elle devait le reconnaître.

— On peut vraiment faire cela ? demanda-t-elle en levant les yeux vers J.P.

Elle révisa son fantasme de la soirée. À la place, ils seraient blottis l'un contre l'autre près du comptoir, leurs hanches se toucheraient. J.P. passerait la main par-dessus son épaule pour ajouter quelques d'épices dans le plat et d'un seul coup, il la plaquerait contre le comptoir et…

— Bien sûr, répondit-il d'un ton assuré.

Un peu trop assuré ?

Il se mit à fouiller dans le réfrigérateur Sub-Zéro d'où il sortit divers ingrédients. Jack remarqua plusieurs bouteilles de vin bio non débouchées sur le comptoir : sûrement un nouveau cadeau de bienvenue. Elle en empoigna une avec empressement, sortit un tire-bouchon d'un tiroir et le piqua dans le bouchon.

— Vin ? demanda-t-elle gentiment.

J.P. acquiesça d'un air absent, le front soucieux à la lecture de la recette. Il sortit des ingrédients des placards, les jeta dans une marmite Le Creusot orange vif qui trônait sur la plaque à six brûleurs. Tour à tour, il mélangeait et ajoutait, consultant son papier de temps en temps, comme s'il détenait les secrets de la vie.

Jack tenta de dissimuler son ennui.

— Viens par *ici*, l'asticota-t-elle en déposant deux verres de vin à l'autre bout du comptoir.

À quoi bon préparer un dîner romantique s'il n'y avait pas de *romantisme* dans l'air ?

— Une seconde, dit J.P., un peu brusquement. Enfin, laisse-moi juste finir, s'amenda-t-il.

Maussade, Jack vida son verre de vin d'un trait puis le remplit.

Enfin J.P. s'interrompit et s'assit à côté d'elle. Jack s'aperçut qu'elle venait de vider son deuxième verre de vin.

— Donc nous sommes seuls..., commença-t-elle en caressant sa cheville avec son pied.

— Ça ne te fait pas plaisir que l'on ne soit pas sortis ? demanda J.P. d'une voix rauque.

Il se pencha vers elle et elle sentit son odeur familière et délicieuse d'eucalyptus.

— Si, répondit-elle en l'embrassant.

D'un seul coup, elle oubliait toutes ses contrariétés.

Puis Jack entendit alors un grand plouf. Elle se détacha de J.P. et jeta un œil en direction de la cuisinière : la marmite débordait et vomissait des cascades d'eau brûlante.

Magellan gémit faiblement puis s'accroupit et se mit à faire pipi par terre, comme pour participer à l'inondation.

— Merde ! s'écria J.P. en se précipitant vers la cuisinière pour éteindre le brûleur. Une odeur de calciné flottait dans l'air. Il attrapa un rouleau de serviettes en papier recyclé et en joncha le sol. Le papier brun rêche absorba lentement toute l'eau. Puis J.P. se dirigea vers la petite flaque que Magellan avait déposée près du comptoir. Jack détourna les yeux, ne souhaitant pas regarder son beau petit ami éponger de la pisse de chien à quatre pattes.

Quand il eut terminé de nettoyer, J.P. lui adressa un petit sourire.

— Tu veux choisir la recette cette fois ?

— Commandons, soupira Jack, qui avait oublié le baiser échangé quelques minutes plus tôt.

— OK. Tu choisis et moi je vais promener le chien, dit J.P. qui attachait déjà la laisse Louis Vuitton au collier incrusté de cristaux Swarovski de Magellan, un autre cadeau de Tatyana.

— Bien sûr, répondit Jack, sans même dire au revoir tout en buvant une autre gorgée de vin.

Elle prit le menu d'un resto dégueulasse pas loin. Pour l'heure, tout ce qu'elle souhaitait, c'était du fromage graisseux grillé et des frites, et elle les voulait vite. Elle était contente d'avoir l'appartement à elle toute seule un instant.

Et qui disait qu'il n'y avait rien de tel que d'être *trop* proches ?

gossipgirl.net

thèmes ◀précédent suivant▶ envoyer une question répondre

Avertissement: tous les noms de lieux, personnes et événements ont été modifiés ou abrégés afin de protéger les innocents. En l'occurrence, moi.

Salut à tous !

Nous y jouons depuis notre tout premier jour de maternelle à All Souls sur Lexington et maintenant que nous sommes plus âgés, c'est le seul jeu auquel nous nous adonnons encore. Je parle de jouer au papa et à la maman, et comme nos maisons sont de vraies maisons, cela devient *vraiment* intéressant. Qu'il s'agisse d'un cottage tentaculaire à Sea Island, d'un pied-à-terre sur Madison, ou d'une villa en Toscane, la règle reste la même : plus la propriété est grande, plus la responsabilité est grande. Surtout quand il s'agit d'organiser une pendaison de crémaillère comme celle prévue ce vendredi soir, dans les lofts Cashman – la grande inauguration de l'immeuble. Voici quelques trucs domestiques bien utiles à garder en tête, pour la prochaine fois où vous souhaitez organiser une soirée :

Désignez des pièces : créer un plan solide est décisif. Aucune soirée n'est digne de ce nom sans carré VIP, alors assurez-vous de ranger les bonnes bouteilles dans un endroit spécial, pour vos invités spéciaux – laissez les cosmos aux filles qui ont eu la chance de décrocher une invite. Surtout fermez la chambre principale à clé. Sans surveillance, vous êtes assuré que quelqu'un baisera dans les draps de soie à mille fils de vos parents ou vomira sur le tapis turc d'époque.

Instituez une politique de porte draconienne : si votre maison est votre château, alors c'est à vous de choisir votre cour. Faites savoir à votre portier qui peut entrer et qui ne le peut pas – il sera ravi de jouer les videurs pour la soirée.

Faites en sorte que ça ait l'air cool. Le but de toute fête, c'est de faire croire à vos invités que c'est ainsi que vous vivez tout le temps. Premièrement, passez la maison en revue d'un œil critique. Cachez toutes les preuves de votre enfance et des hobbies bizarres de vos parents – cela signifie que la collection de casse-noix doit disparaître. Embauchez une entreprise de nettoyage avant *et* après la fête, mais faites en sorte que les lieux donnent encore l'impression d'être habités, sinon vous passerez pour une grosse obsessionnelle compulsive...
Et le plus important : pendant que les gens que vous avez si judicieusement engagés préparent les lieux, **profitez-en pour vous faire belle**. Après tout, c'est *vous* le plat de résistance !

VOS E-MAILS :

Q: Salut toi,
Quand et où a lieu la fête au juste ?
— buzzbuzz

R: Cher(e) Buzz,
Si tu ne le sais pas, c'est que tu n'as pas dû être invité(e). Désolée !
— GG

Q: Chère Gossip Girl,

Je travaille pour ce magazine de mode supercool et maintenant nous avons une stagiaire qui s'attribue tout le mérite de, genre, les gros articles. Notre rédactrice l'adore, ce qui est vraiment trop con pour nous autres. Ce n'est pas que je sois jalouse ni rien, mais elle a, genre, huit ans. Que faire ?

— dégoûtéeeeee

R: Chère D,

J'ai comme l'impression qu'il y a bien une histoire de jalousie là-dessous. Indépendamment de l'âge de la stagiaire, ne t'es-tu jamais dit qu'elle avait peut-être une meilleure connaissance de la langue anglaise que toi ?

— GG

ON A VU :

B et une dame à la coiffure de ouf dans une boutique d'alimentation bio dans le Village, en train de faire le plein d'huiles essentielles et de trucs verts qui ressemblent à du paillis. On suit le mouvement vert *trop* à la lettre ? **O** sucer les lèvres de **K** près de la statue de Roméo et Juliette dans Central Park. Symbolique ou pratique ? **J** et ses parfois meilleures potes, **S**. **J,** l'autre **J,** et **G**, dans les carrés VIP des soirées du **Bungalow**, de l'**Eldridge** et de **Béatrice** – le tout la même nuit ! Ça paie d'avoir des amies – ou des petits amis – haut placés ! **A** et son nouveau mentor, Ticky Bensimmon Heart, se diriger vers la Mercedes classe S avec chauffeur qui attend devant l'immeuble Dennen. On dirait qu'**A** assure un max en cours intensifs de politique interne. **R,** assis avec un Hacky Sack sur un banc près de l'East Lawn, l'air abattu, puis rentrer chez lui. Triste !

UN DERNIER MOT :

Maintenant il est temps que je vous offre une règle domestique bien à moi. Que mon environnement soit fabuleux ou non, mon objectif restera toujours de tout faire pour être plus fabuleuse. Cet objectif en tête, je me rends au Cornelia Day Resort pour un masque clarifiant à l'oxygène et un coup d'éclat aux agrumes et au miel pour mon corps. N'oubliez pas : un petit nettoyage à fond et vous irez loin !

Vous m'adorez, ne dites pas le contraire,

gossip girl

la guérison, c'est la clé

Le soleil brillait haut dans le ciel au-dessus du parc, mardi midi, mais Baby ne pouvait s'empêcher de frissonner. Elle serra son ample sweat-shirt rouge Nantucket High sur son corps maigre et s'adossa au mur de pierre d'Engineers Gate, l'entrée officielle de Central Park Reservoir. Elle suivait le régime d'Ophélia : application d'huiles essentielles et jeûnes à base de jus, ce qui signifiait qu'elle ne pouvait boire que des smoothies verts de laitue, de concombres et de pommes pressées préparés à l'avance. Mais, au lieu de se sentir pleine d'énergie et maîtresse de la situation, elle se sentait poisseuse, affamée et crevée.

Et plus folle que jamais ?

Rassemblant toute son énergie, Baby remonta les marches qui menaient au Réservoir en traînant les pieds vers la piste de course recouverte de cailloux. Oups ! Elle avait la tête qui tournait.

— Babs ! Attends une seconde !

Coach Mann, la prof de gym mal nommée, courait derrière elle. Elle tira sur les longs cheveux châtains emmêlés de la jeune fille pour l'empêcher d'aller plus loin.

— Aïe !

Baby se frotta la tête.

— Je ne t'ai pas fait mal, Babs, rétorqua la coach d'un ton calme. Tu ne cours pas aujourd'hui. Viens avec moi.

Elle l'entraîna vers l'escalier et fit décrire des huit à son sifflet décoré d'autocollants de smiley roses.

— Bien, monsieur, murmura Baby dans sa barbe.

Depuis que les cours avaient commencé, la coach Mann avait insisté pour l'appeler Babs, ce qui lui donnait l'impression d'être une serveuse de l'Oklahoma de cinquante-neuf ans qui mâche du chewing-gum. Elle suivit docilement la coach jusqu'à un orme feuillu et entendit Jiffy Bennett dire à Chelsy Chapin, une seconde au nez de cochon :

— Il paraît que Baby souffre de cette maladie transmissible hyper bizarre. C'est pour cela qu'elle ne boit que du jus vert. C'est parce qu'elle n'a le droit de toucher à rien à la cafétéria.

Baby lui jeta un regard noir. C'était tellement injuste ! Une grande guerre psychologique se livrait entre toutes ces pétasses et c'était *elle* que Mme McLean envoyait en thérapie !

— Babs, je me fais du souci pour vous, aboya la coach, comme si c'était expressément pour le plaisir des oreilles du troupeau de filles de seconde regroupées près de la fontaine à eau et qui ne faisaient même pas semblant de s'étirer. Vous n'avez pas l'air en forme ces jours-ci. Avez-vous des problèmes ? Vous pouvez me parler, ajouta-t-elle généreusement, comme si l'adolescente tenait vraiment à confier ses secrets les plus obscurs à la jeune femme.

Celle-ci arborait une coupe poivre et sel, longue sur la nuque, courte sur les oreilles et en brosse sur le dessus, et ressemblait plus ou moins à un Mel Gibson doté d'énormes nichons.

— Est-ce la drogue ? demanda-t-elle en plissant les yeux, appréciant manifestement cet interrogatoire. Je veux vous aider, Babs.

— Merci, dit Baby, tournant autour du pot. (Tout lui parut

brusquement bien compliqué à expliquer et elle était trop crevée.) Je crois que je dois aller à l'infirmerie, mentit-elle en prenant ses jambes à son cou pour sortir du parc.

Elle jeta un coup d'œil derrière elle, s'attendant presque à voir la coach lui courir après. Mais il n'y avait que quelques nounous qui poussaient des landaus, un type qui faisait courir son labrador fauve et des écureuils qui bondissaient des buissons. Baby soupira. Peut-être devrait-elle aller *vraiment* à l'infirmerie, pensa-t-elle alors qu'elle attendait, à l'angle, que clignote TRAVERSER de l'autre côté de la 86e Rue. Elle se sentait bizarre, comme si son cerveau n'était pas complètement relié à son corps.

— Baby !

Elle vit Sydney, de l'autre côté du passage clouté. Sydney portait des bottes qui lui arrivaient au genou, un T-shirt orné d'un *peace and love* rouge sous son blazer de Constance, et un casque à écouteurs gigantesques connecté à son iPod nano argent. On aurait dit qu'elle allait jouer les D.J. dans un club underground de Williamsburg.

— Double photographie ? cria Baby en jetant un œil à l'appareil numérique qui se balançait au poignet de son amie.

Sydney loucha.

— C'est ce que M. Beckham voudrait bien croire. En fait, je suis allée traîner avec Webber dans les quartiers chic, répondit-elle.

Son petit ami était en première année à Columbia. Baby les avait rencontrés, ses amis et lui, quand Sydney et elle travaillaient pour *Rancœur* le mois dernier.

— J'adore que l'on se voie uniquement quand on sèche les cours ! Les grands esprits se rencontrent ! cria Sydney.

Manifestement cela lui était bien égal que les gens entendent tout ce qu'elle avait à dire sur le passage piétons. Baby sourit, se sentant soudain bien plus stimulée que les heures précédentes. Elle adorait sortir avec Sydney, qui se foutait tout simplement de tout.

Le feu indiqua TRAVERSER et Baby suivit les hordes de touristes.

— Photo ! cria Sydney quand elles se retrouvèrent au milieu, en prenant une photo de Baby. (Sydney regarda le petit écran de son appareil et fronça les sourcils.) Oh là là, quelle sale tête !

— Dégagez !

Un taxi klaxonna et Baby comprit où elle se trouvait.

— Va te faire foutre ! cria Sydney en attrapant son amie par le coude et en traversant la rue en courant. Qu'est-ce qui ne va pas ? demanda-t-elle.

Les yeux de Sydney hyper maquillés au crayon se rétrécirent brusquement comme si elle venait de remarquer que quelque chose clochait sérieusement chez Baby.

— Utilises-tu les produits de beauté de ta sœur ? Parce que sur toi ils ne marchent pas du tout. Ton visage est vraiment gras, observa-t-elle, l'air de rien.

Elle mit l'index sur la joue de son amie puis le brandit, triomphante, devant son visage. Même Baby fut légèrement dégoûtée quand elle vit le doigt de sa copine briller au-delà du normal.

— Merci, fit-elle d'un ton sarcastique.

Elle n'était vraiment pas d'humeur.

— Mec, c'est quoi ces vibrations de pouffe que je sens ? s'enquit Sydney calmement. Tu vas bien ? Et pourquoi *tu* n'es pas en cours ? Tu es une mauvaise influence, railla-t-elle.

— Non, je me suis barrée en courant, expliqua Baby. Elle gloussa. C'était plutôt drôle quand elle y repensait.

— Tu es partie en courant du cours de gym ? J'adore ! Quelle rebelle ! Rappelle-moi une fois de plus pourquoi tu ne t'es pas encore fait virer ? la taquina Sydney.

Baby fixa ses grands yeux expressifs et voulut brusquement tout lui expliquer.

— Je *vais* me faire virer si jamais je ne finis pas mes séances de thérapie, dit-elle, au bord des larmes. Je ne sais plus quoi faire ! ajouta-t-elle à toute allure.

— Oh là là ! Il faut que tu viennes avec moi. Il faut que tu prennes une douche, que tu manges et que tu dé-com-presses, merde ! dit gentiment Sydney.

Elle tendit la main et, en habituée, héla un taxi qui descendait la 5e Avenue.

— 93e et West End, annonça-t-elle sans quitter Baby des yeux. (Puis, elle leva le nez et inspira profondément.) Avez-vous du désodorisant ? demanda-t-elle.

Elle frappa à la vitre de séparation en Plexiglas du taxi. Le chauffeur acquiesça sans mot dire et lui passa un vaporisateur.

— Ne le prends pas mal, observa Sydney.

Baby secoua la tête. Honnêtement, maintenant qu'elles se trouvaient dans un espace confiné, elle sentait les huiles essentielles sur elle.

— Donne-moi ça ! dit Baby qui arracha le vaporisateur des mains de son amie et s'en aspergea généreusement.

— Voilà où j'habite. Bienvenue dans l'Upper West Side, annonça Sydney lorsque le taxi s'arrêta devant un immeuble en briques rouges plutôt huppé mais qui tombait en ruine. Ma mère est thérapeute et mon père tient une rubrique sur les bonnes manières dans le supplément Style du *New York Times*, mais il vit à Washington D.C. C'est le seul moyen qu'ils ont trouvé pour que leur mariage fonctionne, railla la jeune fille avant de se retrouver avec Baby dans une cabine d'ascenseur démodée et d'appuyer sur cinq.

— C'est super ! s'exclama Baby quand Sydney ouvrit la porte d'un appartement clair et spacieux.

Contrairement aux appartements qu'elle avait vus dans l'Upper East Side, et qui lui rappelaient des expositions de musée avec leur mobilier style Louis XIV, celui de Sydney semblait habité et confortable. Des bibliothèques qui allaient du sol au plafond couraient le long des couloirs, avec des éditions originales et des livres plus banals, et les murs étaient recouverts d'œuvres d'art.

— Toi. Douche.

Sydney montra du doigt la grande salle de bains désuète.

Une baignoire sabot trônait au milieu de la pièce. Sydney avança sur le sol carrelé de marbre noir et blanc, et ouvrit les robinets. Rapidement la vapeur emplit l'espace.

— Promets-moi que tu ne vas pas t'évanouir ? supplia Sydney.

Baby secoua la tête et ferma la porte.

Elle s'aperçut en sortant que Sydney avait eu la délicatesse de laisser des vêtements bien pliés sur un panier en osier : un T-shirt Lollapalooza'93 et une jupe American Apparel noire ample. Rhabillée, elle se sentit plus elle-même que ces derniers jours.

— Bien mieux ! s'écria Sydney, soulagée, quand Baby entra sans se presser dans la riante cuisine bleu et blanc. *C'est clair*, j'ai gagné mon étoile d'or avec toi aujourd'hui. Tu étais dans un sale état !

— C'est ce qui arrive quand je ne mange pas. Bouffe ? demanda Baby, pleine d'espoir, en jetant un œil aux placards en pin.

La cuisine lui rappelait leur maison de Nantucket. Au lieu d'éprouver une pointe de nostalgie, toutefois, elle se sentit détendue.

— Tiens, dit Sydney en désignant du fromage de chèvre et de la salade arugula sur le comptoir.

— C'est toi qui l'as faite ? demanda Baby, incrédule. Son amie savait réserver des surprises.

En plus de ses piercings inappropriés ?

— Ouais, j'ai enfilé mon tablier d'épouse et j'ai cuisiné en moins de deux. Mais non, andouille, j'ai commandé ! (Sydney leva ses grands yeux noisette au ciel en piquant une tomate sur la salade de Baby, la fourra dans sa bouche et s'assit. Elle la mâcha d'un air pensif.) Je ne savais pas ce que tu voulais, alors j'ai commandé un tas de merdes.

Elle haussa les épaules et lui montra deux autres barquettes de traiteur.

— Te sens-tu mieux ? Et pourquoi donc as-tu suivi un régime draconien ? Parce que Mme McLean était en vacances cette semaine et que tu te languissais d'elle ?

— Non, répliqua Baby du tac au tac. Je suivais ce truc de détox. Ma nouvelle thérapeute l'a recommandé.

— C'est nul, dit Sydney en poussant l'un des récipients vers Baby. (Elle ôta le couvercle.) Fromage grillé ?

Baby accepta avec reconnaissance.

— Qu'est-ce que c'est ?

Elle remarqua un livre intitulé *Votre vie n'est pas si compliquée* sur le comptoir. Elle arqua un sourcil. Vraiment ? Parce qu'elle en avait tout l'air. Elle feuilleta les pages écornées.

— Oh, le livre de ma mère, répondit Sydney résignée. En gros, toute sa philosophie consiste à dire que les gens ont besoin de faire le vide dans leur placard, de jeter toutes les merdes, et ils seront plus heureux. Elle prend cinq cents dollars de l'heure pour dire ça aux gens. Mais bon, je n'ai pas vu de résultat. Chaque fois qu'elle se dispute avec mon père, elle se console en apportant des merdes à la boutique Goodwill du coin. J'ai dû racheter des tas d'affaires dans ce magasin, ajouta-t-elle sombrement.

— Puis-je l'emprunter ? demanda Baby pleine d'espoir.

Au dos se trouvait une photo de la mère de Sydney. Elle paraissait un peu plus âgée que celle de Baby, avait des cheveux châtain foncé, soigneusement coupés au carré autour de son visage anguleux souriant. Elle avait l'air gentil et semblait être quelqu'un qui allait droit au but.

— Bien sûr. J'imagine que tu ne pourras pas être plus perturbée que tu ne l'es déjà, dit Sydney en se dérobant de façon suspecte.

— Tu en es sûre ?

Peut-être était-ce simplement la promesse de manger, mais elle eut brusquement l'impression que l'on avait ôté un gros poids de ses épaules. Baby attrapa un sandwich dans une barquette du traiteur et mordit dedans, adorant le goût du fromage qui collait à son palais.

— Nan, tu es complètement barrée, dit Sydney en riant. À la rébellion adolescente ! Fortement sous-estimée, ajouta-t-elle.

Tout à fait d'accord !

le voyage mystère de ***r***

Rhys sortit son nouvel iPhone de son pantalon de treillis tandis que M. Schorr, son professeur d'anglais avancé, radotait depuis des heures sur John Donne. Tous les types le surnommaient M. Snore[1] et utilisaient cette heure de cours pour rattraper des textes ou des devoirs pour les autres cours. M. Schorr semblait s'en moquer. Un jour, il s'était *lui-même* endormi pendant qu'il lissait l'*Iliade* à haute voix et ne s'était réveillé en bredouillant qu'après que sa tête eut heurté le bureau en bois.

Rhys s'assura que le professeur lui tournait le dos, puis regarda le minuscule écran du téléphone.

Mec, ça va ? Tu vE aller voir 1 match 2 volé de l'Ecole ce soir ? tu dois te faire 1 meuf. Il paraît kel portent pa 2 soutif...

Rhys se retourna et vit Hugh, tout sourire, qui lui adressait un signe d'encouragement. Rhys secoua la tête. Même des Françaises sans soutif qui pratiquaient un sport où il fallait beaucoup sauter ne pourraient pas l'exciter.

Il releva les yeux pour voir M. Schorr qui s'approchait de lui d'un pas pesant. Oh oh ! « *Bats mon cœur, Trinité de Dieu* » Le

1. To snore : ronfler. *(N.d.T.)*

professeur frappa comme un fou le bureau devant celui de Rhys, en postillonnant.

— Monsieur ?

Rhys s'assit bien droit dans sa chaise, sans même prendre la peine de cacher son téléphone. À quoi bon, bordel ?

— Puis-je vous arracher à vos propres histoires de chair pour vous inviter à faire une pause avec M. John Donne et moi-même ? demanda le professeur d'un ton sarcastique.

— Je suis désolé, monsieur, marmonna Rhys.

M. Shorr se tenait au même endroit, tapant théâtralement du pied pour les autres élèves.

— Puis-je également vous rappeler, M. Sterling, que nous ne sommes pas encore arrivés à l'ère iPhone de la littérature ? (Sa blague bien lourde le fit rire.) Ainsi, je vais vous confisquer cela pour l'instant.

M. Schorr tendit la main. Au fond de la classe, plusieurs garçons grommelèrent. Si les téléphones n'étaient pas officiellement autorisés dans l'établissement, les autres professeurs fermaient tous les yeux sur les textos qui s'échangeaient en classe.

— M. Sterling ? insista M. Schorr.

Dans un soupir, Rhys déposa son téléphone dans la main du professeur. Puis il se leva, sa chaise tomba dans un bruit sourd sur le tapis blanc et bleu foncé.

— Je me casse. Gardez le téléphone, marmonna Rhys en balançant son sac Tumi en cuir vieilli sur l'épaule de son blazer de St Jude's en franchissant la porte.

C'est ce qui s'appelle être poétique !

Il descendit rapidement le couloir, l'escalier et sortit sur East End Avenue. Son cœur cognait dans sa poitrine. C'était la première fois qu'il quittait un cours.

Il flâna sans but vers le parc, sans se soucier du signe « Interdiction de traverser » ni des deux filles en jupe de Constance qui couraient sur la chaussée. La plus grande lui sourit bêtement en passant devant lui, reconnaissant clairement un complice dans le crime avant que son amie et elle ne montent dans un taxi. Mais si cette fille avait l'air heureuse et libre, Rhys était déprimé. Il ne parvenait pas à croire qu'il avait donné son putain de téléphone à son professeur d'anglais.

Il se dirigea vers le sud, croisa les groupes de touristes qui profitaient du soleil d'automne sur les marches du Met, passa devant la Frick Collection, avant d'arriver à East Lawn, où il avait vu ces hippies qui jouaient à Hacky Sack quelques jours auparavant. La pelouse était surtout occupée par des gosses avec leurs nounous. Il s'assit sur un banc, à côté d'une dame qui jetait des miettes aux pigeons.

— Salut mon pote !

Rhys leva les yeux, la main en visière pour les protéger du soleil. Il vit le hippie de l'autre jour courir vers lui, avec un gros sac à dos JanSport vert. Il portait le même T-shirt jaune, mais le pantalon de velours côtelé avait été remplacé par un short vert cradingue. Ses dreadlocks blondes étaient attachées en chignon négligé au-dessus de sa tête.

— Je savais que tu serais là !

Rhys opina. *Comment* ?

Septième sens d'un fumeur de shit ?

Le hippy se dirigea vers lui, suivi par quelques-uns de ses copains joueurs de Hacky Sack.

— Comment tu t'appelles ? Moi, c'est Lucas, reprit le garçon, et voici mes potes, Vince, Lisa et Malia.

Il désigna les personnes rassemblées autour de lui.

— Salut ! (Rhys laissa aller son regard d'un garçon dont le jean portait en guise de ceinture une corde élimée à une fille dont les deux tresses pendillaient de chaque côté de sa tête, et à une autre minuscule aux cheveux courts en pics dans un bandana et au piercing à la lèvre.) Rhys, dit-il enfin.

— Alors, man, j'ai de l'herbe si tu veux. Ou ça va comme ça ?

Lucas s'assit à côté de Rhys et lui tendit un joint. Rhys le prit sans réfléchir, le pinçant maladroitement entre ses doigts. Était-il simplement censé tirer dessus ? L'allumer ? Il n'en avait aucune idée.

— Que faites-vous ici ? demanda-t-il absurdement.

Il s'aperçut qu'il tenait le joint comme s'il s'agissait de l'un des cigares H. Upmann de son père. Ce dernier les apportait toujours durant la semaine de sondage intensif de *Thé chez lady Sterling*.

À côté d'eux, Lisa et Malia dépliaient un grand carré de tissu teint à la main et délavé sous un grand chêne. Il était évident que Lisa ne portait pas de soutien-gorge sous sa robe patchwork râpée. Une fois qu'elles furent installées, Lisa sortit un ukulélé d'un étui et se mit à jouer maladroitement les toutes premières notes de « Norvegian Wood », tandis que Malia soupirait de contentement et posait la tête sur les genoux de son amie. Rhys les contempla, stupéfait. Elles n'étaient ni sexy ni jolies, mais elles semblaient tellement bien et en paix avec elles-mêmes qu'il ne parvenait pas à les quitter des yeux.

— Vous n'avez pas classe ni rien ? demanda Rhys de nouveau, faisant toujours passer le joint d'une main à l'autre, comme s'il se tâtait avant de décider s'il voulait le fumer ou non.

— Mec, c'est notre parc, dit Lucas en haussant les épaules d'un air mystérieux.

Il reprit le joint à Rhys, l'alluma avec un Zippo et tira une bonne taffe comme s'il sentait que Rhys avait besoin d'une démonstration.

— Vas-y, proposa Lucas en le lui rendant.

Rhys, mal à l'aise, plaça le joint entre ses lèvres et aspira un bon coup, tâchant de ne pas tousser quand il garda la fumée dans ses poumons. Enfin il expira et crachota.

— Les premières fois sont difficiles, fit Lucas avec compréhension.

— Comment as-tu su ? demanda Rhys, émerveillé.

Il ne savait pas si c'était le shit ou simplement le fait que Lucas et ses amis étaient totalement différents de tous ceux qu'il connaissait, mais il commençait à se sentir… détendu. Comme si sa vie n'était pas aussi merdique que ça. Comme si elle se résumait à profiter du soleil et des pigeons dans Central Park par une douce journée d'automne.

Il suffit d'y croire.

— Je sais, c'est tout, dit Lucas en haussant les épaules et en levant la main pour éviter le soleil. (Rhys remarqua les taches de vernis rose sur ses ongles par ailleurs incrustés de crasse.) Viens traîner avec nous un moment, proposa-t-il pompeusement en désignant la couverture où Vince, Malia, et Lisa avaient établi un camp.

Malia tressait des pissenlits dans les cheveux châtains sales de Vince. Rhys et Lucas s'assirent.

— On venait juste d'arriver de Citarella, alors on a des snacks ! expliqua Lucas en étendant les bras au-dessus de la couverture.

Rhys regarda d'un air sceptique la collection hétéroclite de pains et de légumes étalés sur l'herbe. Citarella était une épicerie de luxe que sa mère adorait. Mais on aurait dit que ces aliments avaient été trouvés dans une poubelle.

— Les après-midi, c'est bien parce que c'est tranquille. Ils font les inventaires, dit Lucas mystérieusement tout en offrant une aubergine meurtrie à Rhys.

Elle semblait avoir été impliquée dans un match de catch. Rhys secoua la tête.

— Non ? (Lucas eut l'air déçu.) Tu veux une orange ? (Il en jeta une verdâtre vers Rhys.) La prochaine fois, il faudra que tu fasses la sélection avec nous. Parce que pour l'instant, vieux, tu joues les *freegans* extrêmes.

Lucas rit et mordit dans l'aubergine crue. Cela produisit un crissement bizarre.

— Oh non, je mange même de la viande, le contredit Rhys.

Une fois, quand il avait onze ans, sa mère l'avait forcé à l'accompagner dans un restaurant qui ne servait que des aliments crus et ça avait été si dégueulasse qu'il avait vomi toute la journée. « Bonne souche britannique ! » avait lancé son père, comme s'il était fier que son fils ne fût pas capable de digérer un régime cru et bio.

— Ouais vieux, opina Lucas. Nous aussi. Nous sommes des *freegans*, dit-il lentement comme si cela expliquait tout. Nous ne mangeons que ce qui est gratuit. Ça s'appelait faire les poubelles, mais c'est un terme condescendant qui vient manifestement d'une sorte de snobisme profondément capitaliste.

Lucas se concentra sur une autre bouchée d'aubergine.

Rhys fronça le nez à travers le brouillard provoqué par le shit. Lucas était-il réel ? Se nourrissaient-ils vraiment dans les *poubelles* ? Il devrait proposer de les aider. Ce serait une espèce de charité. Sa thèse universitaire pourrait porter là-dessus. Et il pourrait peut-être remporter ensuite un prix Nobel pour son humanitarisme.

— J'ai de quoi manger chez moi et j'habite à quelques pâtés de maisons. Vous êtes les bienvenus pour passer quand vous voulez, proposa généreusement Rhys.

Il espérait simplement qu'ils se doucheraient avant de venir.

— Oh, c'est très bien, mon ami. J'habite par là-bas, dit Lucas en désignant, au-dessus des arbres, l'un des grands immeubles de luxe de la 5e Avenue. Nous jouons juste notre rôle pour ne pas consommer. Mais pas de pression. Nous acceptons tout le monde ici. Assieds-toi, ajouta-t-il en souriant.

— Réfléchis-y. Aubergine. (Lucas s'adressa au groupe.) Genre, qui y a pensé ?

Il caressa, émerveillé, la peau du légume semblable à du caoutchouc. Rhys approuva. Brusquement le légume bulbeux eut en effet l'air un peu ridicule.

— Ouais, parce que ce n'est pas une auberge et qu'elle n'est pas *in*, gloussa Lisa. Elle devrait s'appeler, genre, morse pourpre !

Rhys rit.

— Hé, pote, t'as du feu ? demanda-t-il.

Vince se pencha avec son briquet. Il ne savait pas s'il devait le garder ou souffler ou… *merde*. D'un seul coup, il partit d'une toux postillonnante et des gouttelettes de salive atterrirent sur l'aubergine.

— Ouais, man, bien tenté, dit Vince en souriant dans un brouillard dû au shit.

Rhys sourit, avalant encore plus de fumée dans ses poumons.

— Vous faites cela tous les jours ? demanda-t-il, émerveillé, en contemplant les visages heureux et ensoleillés de ses nouveaux amis.

Et où peut-on s'inscrire ?

— Tu sais quoi ? dit Lucas en pivotant sur son coude. Il murmura à l'oreille de Rhys : Nous faisons notre excursion dans la brousse.

— Quoi ?

Excursion ? Était-ce un genre d'entraînement ? Pour l'université ?

— C’est, genre, nous allons à Darrow et nous avons le semestre entier pour apprendre à nous connaître. Certains sont allés en Afrique, certains construisent des maisons en Amérique centrale, mais nous venons de décider de rester ici pour faire notre expérience. En fait, c’est trop psychédélique. Et toi, quelle est ton histoire ? demanda Lucas en tirant une autre taffe gigantesque.

Rhys hocha lentement. Darrow était une école dans le Village où l’on enseignait aux moins de trois ans dans la même classe que les terminales. Toutes les écoles de l’Upper East Side se moquaient de ses catastrophiques quotas d’admission à l’université : un seul terminale avait été reçu dans une université de l’Ivy League ces cinq dernières années. Mais voilà que Rhys fut brusquement contrit de s’être même moqué de cette école une seule fois. Après tout, *pourquoi* se soucier des notes, du sport et d’être le meilleur ? Pourquoi cela comptait-il ?

— Je suis en excursion moi aussi, annonça-t-il.

À partir de maintenant.

— Cool, man ! dit Lucas, l’air décontracté.

Rhys se rallongea et contempla les nuages à la texture de barbe à papa et, d’un seul coup, il se sentit ridiculement satisfait.

acheter des sous-vêtements n'est pas un sport passionnant à regarder

— C'est Jack Laurent !

Jack marqua une pause à l'angle de la 63e et de Madison en ce mardi après-midi et contempla le trottoir embouteillé de piétons. Elle était déjà un peu en retard pour retrouver J.P. chez Barneys et elle ne voulait pas le faire attendre, d'autant plus qu'elle avait passé l'après-midi en cours de chimie à mettre au point un plan.

Et devinons : ce plan implique un certain *type* de chimie ?

Un homme dodu, en polo bleu trop moulant et short cargo qui lui arrivait au genou, se dirigea vers elle en se dandinant, agitant la main comme un fou.

— La fille de la pub !

Le gars sourit, la reconnaissant, et lui tendit la main. Jack hocha mollement la tête ; elle avait l'impression d'être un cerf pris au piège dans les phares d'unc voiturc.

— Quelle pub, chéri ?

Une femme en jogging rejoignit l'homme. Elle extirpa rapidement un Nikon encombrant de son sac banane en nylon rose LeSportSac brillant et se mit à mitrailler Jack.

— Savez-vous qui est cette jeune fille? hurla-t-elle tandis qu'une foule curieuse commençait à s'amasser autour de Jack.

— Salut, commença brillamment celle-ci.

Elle se sentait très exposée et presque embarrassée. Ce n'était pas comme si elle était *célèbre* célèbre, non; et s'arrêter pour sourire lui paraissait ringard et faux cul.

— Désolée, je dois y aller!

Pas de photo, s'il vous plaît!

Elle se hâta de traverser la rue, impatiente de s'éloigner du groupe et de retrouver J.P. Elle avait été ridiculement occupée – Jeannette et Candice, les assistantes Cashman, avaient établi un planning absurde de séances photos et de manifestations, dont l'apogée serait la grosse fête d'inauguration vendredi soir, quand l'immeuble ouvrirait officiellement ses portes. J.P. et elle ne se rencontraient que chez eux. Aujourd'hui était la toute première fois où ils se retrouvaient à l'extérieur, et elle était plus que ravie de se débarrasser de Magellan. Elle filerait au cinquième étage de Barneys, choisirait de la lingerie géniale sous le regard de J.P. et lui confierait son plan : ils feraient l'amour – ils le feraient, *oui*!!! – vendredi soir, après la fête. Ce serait parfait.

— Te voilà, beauté! cria J.P. en se frayant un chemin à travers des Japonais qui se pressaient sur le trottoir et prenaient des photos de l'édifice emblématique qu'était Barneys. Jack sourit, son cœur se serrant légèrement quand elle s'aperçut qu'il portait encore son immonde T-shirt jaune vif de squash Riverside Prep en polyester qui sentait la sueur. Le nom de ce sport était presque aussi immonde que le T-shirt même.

— Salut!

Jack l'attrapa par le bras et l'entraîna rapidement en direction de la porte plaquée or du grand magasin. Ce n'était pas qu'il lui faisait honte, mais le plan de retrouver son lycéen de petit copain devant le magasin lui semblait un peu cliché.

— Attends ! Laisse-les prendre une photo ! (J.P. désigna le type à l'appareil photo de l'autre côté de la rue.) Mon père sera content. Toute la presse qu'il y a autour des lofts l'enthousiasme vraiment, expliqua-t-il.

Jack fronça les sourcils. Ouh ouh ? C'était censé être le moment intime où elle lui annonçait qu'elle voulait qu'il la viole ?

Il semblerait que quelqu'un n'ait pas lu le scénario.

— Allons-y, lança-t-elle en faisant la moue.

Elle attrapa son poignet et l'emmena vers l'entrée. Instantanément, elle se détendit. Tant pis s'il y avait des pervers qui la reconnaissaient dans la rue. C'était Barneys son chez-elle loin de chez elle, un endroit où personne ne venait vous déranger.

— Jack Laurent, chérie !

Une femme d'une quarantaine d'années s'approcha et prit Jack par le coude. Elle portait un tailleur Toca noir moulant, et ses cheveux étaient tellement tirés en arrière que l'on aurait dit que ses yeux sortaient de sa tête. Son badge disait : « GLADYS ».

— Tellement contente que vous veniez nous voir ! Maintenant que vous êtes la nouvelle « It Girl » de Manhattan, nous adorerions vous montrer nos dernières offres d'automne, annonça Gladys en entraînant la jeune fille vers le comptoir de maquillage Natura Bissé.

— C'est bon, répondit Jack sèchement.

Tout ce qu'elle désirait, c'était monter et laisser J.P. choisir précisément les sous-vêtements La Perla noirs dans lesquels il voulait la voir.

— Viens, J.P., ajouta-t-elle pour rien. Ses talons bobines cliquetèrent sur le sol en marbre poli quand elle le conduisit en direction des ascenseurs.

— Jack Laurent, chérie !

Un vendeur aux cheveux hérissés apparut. Il ne mesurait qu'un mètre cinquante environ et semblait un nain à côté d'elle. De sa hauteur, elle pouvait voir son affreuse teinture blond décoloré.

— Je suis un si grand fan ! J'ai lu dans *Page Six* que vous étiez une danseuse, mais le mannequinat est *tellement* plus de votre classe ! J'ai déjà choisi un tas de robes dans lesquelles je vous verrais très bien – je sais que tout le monde voudra ressembler à Jack cette saison !

Son badge disait MICK et il faisait pratiquement des bonds comme Magellan, qui devait probablement faire pipi sur son lit en ce moment même.

— Puis-je vous montrer ? l'implora-t-il. (L'odeur écœurante d'Acqua di Parma semblait sortir de tous ses pores.) Et bien sûr, à votre petit ami également. Vous savez assurément les choisir.

Mick lui adressa un clin d'œil ostentatoire.

Jack se raidit. Si des vêtements gratuits paraissaient géniaux en théorie, quelque chose dans son attitude lui donnait le sentiment d'être nue et exposée aux regards.

Et elle réservait *cela* pour vendredi soir.

Elle secoua la tête ; l'ambiance était cassée.

— Vous savez, je crois que je reviendrai une autre fois. Merci Nick.

Jack le gratifia d'un sourire coincé.

— Bien sûr ! Et hum, c'est *Mick* ! Voici ma carte, appelez-moi pour n'importe quoi, ajouta-t-il d'un ton empressé. Je veux vraiment être styliste. Je pense que nous formerions une bonne équipe.

Jack s'étrangla de rire intérieurement.

— Allons-y, dit-elle sèchement à J.P. qui restait planté sur place, mal à l'aise, les bras croisés, comme le font les garçons quand ils suivent leur petite copine dans une virée shopping.

— Je croyais que tu avais besoin de quelque chose ? demanda-t-il, perplexe.

Jack secoua catégoriquement la tête.

— Pas du tout, viens !

Ils se retrouvèrent brusquement sur Madison, où un petit groupe restait agglutiné près de l'entrée, visiblement attiré par le garçon à l'appareil photo comme des requins par le sang. Jack baissa ses lunettes aviateur Gucci et essaya de prendre un air important et débordé. *Parfait*, chanta-t-elle en elle-même. C'était son mantra, le mot qu'elle utilisait chaque fois qu'elle avait besoin de réussir une pirouette, un examen ou simplement de dé-com-pres-ser.

— Alors, où va-t-on ? s'enquit amicalement J. P. en se remettant de leur course avortée chez Barneys.

Il passa le bras sur les épaules de Jack couvertes de cachemire Sutton Studio bleu marine. La jeune fille se dégagea en se tortillant.

— Rentrons à la maison, fit-elle les bras serrés contre sa poitrine.

Soudain, elle avait froid, elle était crevée et elle ne savait pas si elle pourrait affronter autre chose qui ne se passerait pas comme prévu.

— Ça me va, répondit J. P. en se fendant d'un grand sourire. Il leva la main pour héler un taxi, sans se démonter.

Finalement il n'avait peut-être souhaité que ça tout l'après-midi.

Jack réprima un soupir. Elle ne dirait pas non si J. P. suggérait de prendre un verre au Rosa Bar ou d'aller dîner au Balthazar. Mais elle savait qu'il ne le ferait pas. Il avait fallu attendre cette semaine pour qu'elle s'aperçoive combien il était casanier. Peut-être avait-il toujours été comme ça, et peut-être ne l'avait-elle pas remarqué simplement parce qu'ils ne vivaient pas ensemble.

Dès que la jeune fille monta dans le taxi, et que celui-ci fila vers le bas de ville à toute allure, en direction des lofts, une vague de claustrophobie l'envahit. Les nuits de Geneviève, Sarah Jane et Jiffy ne faisaient que commencer. Elles iraient probablement dans des cocktails, suivis de dîners, suivis d'autres verres dans des bars et peut-être dans un club. Elles pourraient rentrer chez elles quand elles le voudraient. Et elles n'avaient sûrement pas à s'inquiéter de trouver du pipi de chien dans leur lit en bambou recyclable.

Mais bien évidemment, elles pouvaient faire ce qu'elles voulaient : elles étaient célibataires. Et ce n'était pas comme si Jack désirait *cela*. De plus, après vendredi soir, J.P. et elle auraient clairement quelque chose à faire de tout leur temps libre chez eux.

Voilà comment il faut réagir !

a s'éclate vraiment

— Nom ?

Un videur baraqué se campa devant Avery quand elle se dirigea vers la porte en verre du Thom, le bar où elle devait retrouver James ce mercredi soir pour parler de l'article sur Jack Laurent. Manifestement, il ne réfléchissait pas à deux fois avant d'emmener les stagiaires boire un verre.

— Avery Carlyle, répondit-elle d'un ton assuré, même si son cœur battait la chamade.

Elle était à deux doigts de percer et elle était bien résolue à ce que rien ne vienne tout ficher en l'air. Sa première semaine chez *Metropolitan* avait certes été pénible et elle devait bosser dur pour cet article sur Jack, mais elle travaillait dessus avec un journaliste superimportant qui *la* prenait au sérieux. Elle portait une robe décolletée dans le dos de The Row, avec des *low boots* en daim gris au bout pointu, et avait attaché ses longs cheveux blond blé en chignon sur sa nuque, avec le souci de paraître sérieuse, intelligente et pourtant sexy.

— Entrez. Votre rendez-vous vous attend, déclara le videur, ses yeux s'attardant, appréciateurs, sur l'ensemble d'Avery.

— Merci.

La jeune fille entra et descendit le petit escalier en colimaçon noir éclairé à la bougie qui menait au bar. Elle ne parvenait pas à croire qu'elle était ici ! Thom était un bar et un club ultrasélect où l'on pouvait dîner sur Thompson Street dans le West Village, que possédait Towson Wexler, un magnat des médias de Manhattan multimillionnaire. Tout le gratin y venait parce que les *people* étaient non seulement assurés de trouver une politique anti-appareil photo, anti-BlackBerry et anti-blog, mais aussi parce que le seul moyen d'y entrer était d'appeler l'assistant de Towson pour réserver une table.

— Aviaire !

Avery vit James qui lui faisait un signe de la main depuis une banquette en cuir noire à assise basse. Elle se fendit d'un grand sourire, se moquant bien qu'avec son accent écossais, son nom devienne une maison pour oiseaux.

Tout plutôt que « Stagiaire ».

James portait une cravate à impressions cachemire et un costume gris à fines rayures Hickey Freeman, mais au lieu de lui donner un look complètement gay, le cachemire mettait en valeur sa barbe sexy de dix-sept heures et soulignait son côté européen.

— Salut, James, dit Avery en s'asseyant à côté de lui.

— Un verre ? demanda-t-il en faisant signe à la serveuse blonde.

— Une vodka citron vert, commanda la jeune fille d'un ton assuré.

Sa grand-mère prenait toujours ce cocktail et pour Avery, c'était synonyme de sophistication et de glamour.

— Vodka citron vert. Tu es bien une stagiaire de Ticky, c'est clair, railla James en sirotant son verre d'eau.

Avery constata qu'il ne buvait pas d'alcool. Bizarre. Immédiatement la serveuse revint et déposa son cocktail sur la table laquée noire devant eux.

— Alors, dis-moi, Avery, lequel de mes articles as-tu préféré ?

interrogea James, la sondant avec ses yeux bleus. (Il se rapprocha d'elle sur la banquette de sorte qu'ils étaient à présent assis sur un seul coussin.) J'aime toujours apprendre ce que les belles filles pensent de ce que j'écris.

Avery sourit comme une idiote, se creusant la cervelle pour trouver une réponse. En vérité, elle se contentait de lire en diagonale les véritables articles de *Metropolitan* et se concentrait principalement sur les pages mode.

— Tu sais, c'est vraiment difficile d'en choisir juste un seul, répondit-elle avec l'espoir que ça ne passerait pas pour une dérobade.

Elle dévisagea les clients. Barbara Walters était assise dans une alcôve, et discutait en faisant de grands gestes avec un homme aux cheveux blancs tout tremblant, tandis qu'un groupe de tops aux longs cheveux papotaient sur une banquette dans un coin.

James, pas dupe, eut un rictus amusé. Avery battit de ses cils hypermascarisés en espérant qu'il ne la prenne pas pour une gourde.

— Et toi, quel est *ton* préféré ? demanda-t-elle.

Elle fut morte de honte avant même d'avoir terminé sa phrase.

C'est comme si elle lui demandait quel était son animal préféré. Elle prit son verre sur la table et en descendit la moitié avant de lui poser une autre question encore *plus* gênante.

Comme son âge ?

— Ah ! La bonne vieille méthode de journaliste qui consiste à répondre à une question par une autre, observa James.

— Ouais, répondit nerveusement Avery.

Cela ne se passait pas aussi bien qu'elle l'espérait. Heureusement le bar était uniquement éclairé par des lampes Tiffany en verre posées discrètement sur les petites tables de sorte que James ne put voir le rouge qui commençait à monter de sa poitrine à son visage. Pour une réunion de travail, ça ressemblait étrangement à un rendez-vous. Non que ce fût une mauvaise chose. Après tout, sa sœur n'était pas la seule à pouvoir se faire un Européen.

Mesdames et messieurs, bienvenue dans la Coupe du monde, version Carlyle.

— Eh bien, je vais te le dire, mes articles préférés sont ceux où nous ouvrons le rideau doré sur Manhattan. J'adore découvrir les désirs et les motivations des gens. Vous autres, New-Yorkaises, vous commencez tôt !

Son regard se posa sur le verre vide d'Avery. Mince ! Elle devait ralentir. Après tout, elle était au *travail*.

— Alors, parle-moi de toi, reprit James, en se calant contre les coussins rigides.

— Tu ne bois rien ? ne put-elle s'empêcher de demander.

— Jamais pendant le service. (Il haussa les épaules.) Longue histoire. Mais tu es une stagiaire, donc je te dis mène la grande vie. Je te le promets, l'alcool quand tu es jeune ne peut que t'aider. Il te rattrape uniquement après trente ans, conclut-il avec regret.

Quel âge avait-il au juste ? Il faisait moins de trente ans.

— Bien, commença-t-elle. Je suis originaire de Nantucket, mais ma grand-mère, Avery Carlyle, première du nom, a vécu à New York toute sa vie. Quand elle est morte, ma famille est venue pour régler sa succession et, jusqu'ici, c'est un rêve qui s'est réalisé. Mais c'eût été bien mieux si ma grand-mère vivait encore !

— Hummm, dit James, qui jouait avec sa paille dans son verre d'eau, en ayant l'air de s'embêter poliment.

— Je me plais vraiment à New York, ajouta-t-elle, désespérée.

Super. Voilà maintenant qu'elle passait pour une foutue touriste. Et ensuite, lui demanderait-elle de l'emmener voir l'Empire State Building ?

— Ouais ? fit James d'un ton léger. Et si on te commandait

un autre verre – tu as fini le premier, dit-il en faisant signe à une serveuse qui passait.

Avery appréciait qu'il le fasse pour elle.

— Qu'est-ce qui te plaît le plus dans la ville ? demanda-t-il en se rapprochant.

— Il n'y a pas de règles, lâcha étourdiment la jeune fille en s'écartant de quelques centimètres.

Maintenant qu'il paraissait intéressé, elle était un peu perdue. L'aimait-elle ? Était-ce un rendez-vous ? Trop de questions se bousculaient dans son cerveau.

— Pas de règles ! D'ac ! (Les yeux de James étincelèrent.) Du genre, comment ? Toutes ces filles d'écoles privées sont-elles les sentinelles du péché pour lesquelles tous les médias voudraient les faire passer ?

— Pas vraiment.

Avery se creusa les méninges, cherchant le genre d'histoire sur sa vie à Constance Billard qu'elle pourrait confier à James. Elle pouvait lui raconter que ses seules amies étaient sa sœur et une fille tatouée et percée qui se qualifiait de « flexuelle ».

— Mon amie Jiffy s'incruste toujours dans ces soirées et ces dîners VIP en répondant au nom de sa sœur, et mon autre copine vole des vêtements dans le placard mode du magazine que sa mère édite, finit par lancer Avery.

— Ouais, mais ce sont des trucs d'écolières. Je parie que tu le ferais aussi si tu en avais l'occasion, répliqua James. Dis-m'en plus sur vos vies infernales dans l'Upper East Siders.

— Eh bien, nous pouvons entrer dans n'importe quel club en ville, et personne ne vérifie notre identité. Mon autre amie, Geneviève, sort toujours avec ces pauvres acteurs hollywoodiens de seconde zone, mais la seule raison pour laquelle ils la fréquentent, c'est parce que son père est réalisateur.

Avery croisa les jambes.

— Il te faut un autre verre ! dit James en faisant signe à la serveuse, puis il posa la main sur le genou nu d'Avery.

Celle-ci baissa les yeux et constata qu'il ne portait pas d'alliance. Elle sentit son estomac faire un bond.

Était-elle seulement *barbouillée* ?

— Alors quoi d'autre, chérie ? demanda James.

Avery ferma les yeux, incapable de faire la mise au point. De quoi parlaient-ils au fait ? Peu importait. James l'avait appelée chérie ! D'un seul coup, un fantasme compliqué de leur vie ensemble s'étala devant elle. Ils se marieraient et deviendraient un couple littéraire tout-puissant, capable de faire ou de briser des réputations. Ils organiseraient des dîners somptueux dans leur six pièces où se réunirait l'élite médiatique de Manhattan, spectacle dont tout le monde parlerait en ville.

— Venons-en à nos moutons. Comment la fille des lofts Cashman a-t-elle fasciné New York ? demanda James en arquant un sourcil.

— Tu parles de Jack ?

Avery sentit son humeur s'assombrir momentanément. Elle aimerait bien parler d'autre chose. D'elle-même par exemple. Ou d'elle et James. Elle s'empressa de descendre sa vodka, prenant conscience à la moitié qu'on venait juste de lui remplir son verre.

— Elle est… différente, finit-elle par dire.

— Comment ça ? Comment s'est-elle retrouvée dans ce loft ?

— Elle a… des circonstances exceptionnelles, poursuivit Avery d'un ton mystérieux. Elle est proche de la famille de son petit ami. Et, bien sûr, elle n'est pas du genre à refuser un appartement gratuit. Sa propre vie était plutôt compliquée… Avery ne termina pas sa phrase.

— Eh bien, son petit ami doit être raide dingue d'elle pour que son père lui offre un appartement, non ?

— Si l'on veut…

Elle ne savait assurément pas si J.P. et Jack étaient si proches dans la mesure où, deux semaines plus tôt, J.P. avait déclaré sa flamme à sa sœur.

— Je ne sais vraiment pas s'il y a quelque chose entre eux, malgré tout ce que J.P. a à offrir. Ou du moins, ce que sa *famille* a à offrir, murmura Avery sur le ton de la confidence.

Elle articula bien, pour ne pas manger la moitié de ses mots.

— Jack sait trouver les opportunités. Et je pense qu'avoir un appartement était important à ses yeux, conclut-elle, alors qu'elle songeait au grenier misérable où Jack vivait. Avery envisagea d'en parler à James, mais s'arrêta. Ouais, Jack avait été salope avec elle, mais ça ne servait à rien de tomber aussi bas qu'elle.

— Dick Cashman doit vraiment l'aimer alors.

— J'imagine. Je ne sais pas pourquoi, grommela Avery en croisant la jambe.

Soudain, son pied entra en contact avec son verre et le liquide se renversa sur le pantalon de James.

— Merde ! Putain ! jura-t-il en se levant.

La tache qui s'étalait donnait l'impression qu'il avait fait pipi dans son caleçon.

— Désolée ! glapit Avery, horrifiée. (Elle tapota frénétiquement la tache près de son entrejambe puis s'arrêta. Pourquoi, quand tout se passait bien avec un garçon, fallait-il que quelque chose de monstrueux arrive ?) Je ne l'ai pas fait exprès !

— Ne t'inquiète pas, dit James en lui prenant la main, qu'il porta à sa bouche et embrassa. Je trouve que c'était adorable ! Tu es une petite polissonne, à ce que je vois !

Avery sourit faiblement sans savoir si elle devait pleurer ou rire.

Au moins, James ne la considérait pas comme une catastrophe ambulante.

— Fascinant tout ce que tu m'as dit. (James secoua la tête.) Mais je suppose que je vais devoir te raccompagner chez toi, Cendrillon, ajouta-t-il en aidant la jeune fille à se lever.

Quelle fin de conte de fées !

De : doucecaresse@gmailcom
À : Equipedenatation_tous@StJudes.edu
Date : mercredi 20 octobre, 19h
Objet : fiesta équipe de natation

Messieurs,

L'équipe n'est pas en harmonie, et cela se ressent sur vos performances dans le bassin. J'organise une soirée pâtes chez moi vendredi soir à huit heures pour nous remettre tous sur la même page pour la grosse rencontre contre Unity samedi. Votre présence est obligatoire. Appelez Carlyle si vous avez des questions.

Coach

r fait la fête comme un hippy décrépit

Mercredi soir, Rhys, allongé sur son lit, lançait au hasard son Hacky Sack en l'air. C'était plutôt cool, la façon dont toutes les couleurs se mélangeaient quand il virevoltait, songea-t-il. Il sortit le briquet Tiffany monogrammé en or qu'il avait volé dans le bureau de son père et alluma le joint conservé dans sa poche. Il ne pouvait pas savoir s'il était bon ou s'il était – débourré ? Déjà fumé ? Il tira une taffe et garda la fumée jusqu'à ce qu'il sente presque ses poumons se dilater, puis expira sans problème. Ses années de natation l'avaient pour ainsi dire préparé à devenir un champion de la fumette. Il était défoncé depuis l'autre jour et enfin, pour la première fois, il se sentait détendu. Il avait séché les cours pour traîner dans le parc et, alors, avait compris que les seize premières années de sa vie avaient été une erreur.

— Rhys ?

La voix stridente de lady Sterling porta dans le couloir.

— Entre, marmonna le garçon en rangeant le Hacky Sack à l'intérieur de sa taie d'oreiller Frette.

Il ne tenait assurément pas à se retrouver en train de montrer ses talents de joueur de Hacky Sack dans un épisode de *Thé chez lady Sterling*.

Et ses talents de champion de la fumette ?

— Chéri, nous devons savoir si tu viens au mariage ce week-end ? Je sais que des tas de gens seraient ravis de te voir.

Lady Sterling entra dans sa chambre, un carton de Domino Pizza dans une main et Estella, l'un de ses nombreux corgis, dans l'autre. Du moins, ça devait être Estella – il était difficile de les différencier. En général, les corgis passaient tout leur temps dans la propriété de Bedford, à moins que lady Sterling ne doive tourner une émission avec eux.

— C'est pour moi, répondit Rhys en balançant ses jambes hors du lit et en s'emparant du carton de pizza.

Il n'avait jamais mangé de Domino auparavant, mais après avoir fumé, c'était devenu une obsession. Sa vie ne serait pas complète s'il ne dévorait pas de pizza pepperoni et pamplemousse. Et voilà qu'elle était là. Rhys fit un grand et tendre sourire au carton graisseux quand il le posa sur son bureau. Estella émit un petit gémissement de protestation quand la pizza s'éloigna.

— Tu as commandé ça ? Je croyais que c'était une erreur… mais…

Lady Sterling secoua tristement la tête, ses colliers Cartier en or cliquetant les uns contre les autres.

— Merci maman ! ajouta Rhys, espérant que lady Sterling s'en irait.

Heureusement l'odeur surpuissante de pepperoni et de fromage graisseux masquait la forte odeur de shit qui, Rhys en était sûr, lui collait à la peau.

— Tu aurais pu demander à Anka de te cuisiner quelque chose, reprit lady Sterling en plissant les yeux.

Anka était leur sévère gouvernante roumaine et la seule personne au monde capable de tenir tête à lady Sterling.

— Enfin tu es en pleine croissance, donc j'imagine que c'est bien. Hein, Estella ? roucoula la jeune femme en direction de la chienne, qui essayait de descendre de ses bras à coups de griffes, mourant d'envie de s'approcher de la pizza.

— Merci encore, maman ! répéta Rhys, désespéré, espérant qu'elle comprendrait l'allusion et s'en irait.

Mais lady Sterling renifla avec suspicion.

— Plantes-tu quelque chose ici ? Ça sent presque comme le jardin d'herbes aromatiques, dit-elle, songeuse.

Non ? Pas possible ?

— Non, non, répondit Rhys, gêné.

Dieu, il mourait de faim. L'odeur du fromage qui se dégageait du carton de pizza le tuait à petit feu.

— Alors très bien. Je vais préparer notre traversée de l'Atlantique. Et j'espère sincèrement que tu réfléchiras à ce que tu veux faire. Je parlais à ton père et nous nous sommes dit que si tu venais, nous pourrions visiter quelques écoles là-bas. Le pensionnat pourrait te convenir, même si, bien sûr, tu me manquerais terriblement…

Lady Sterling ne finit pas sa phrase.

— Je vais bien, dit Rhys en secouant la tête.

C'était la vérité. Depuis qu'il avait rencontré les jeunes de Darrow, tout paraissait tellement *plus facile*.

C'est ce qui se passe quand on zappe tout ce qui est difficile.

— Bien, ton père et moi ferons le tour des écoles tout seuls alors. Tu sais qu'il adore revivre l'époque où il fréquentait le pensionnat. (Lady Sterling secoua tendrement la tête.) N'hésite pas à inviter tes copains nageurs en notre absence. Même si tu ne fais plus partie de l'équipe, tu connais ces garçons depuis des années. J'ai l'impression que tu as besoin de te dérider un peu. Tu peux demander à Anka de vous préparer quelque chose. (Elle regarda son fils affectueusement.) Je sais que les choses ont été dures pour toi ces derniers temps.

Oh, si elle savait…

— Merci, maman, dit Rhys sans lever les yeux jusqu'à ce qu'il n'entende plus les ballerines Prada de sa mère dans le couloir en merisier.

Il se leva à la va-vite, ferma la porte et la verrouilla par acquit de conscience.

Il releva le couvercle blanc du carton et respira l'odeur du fromage. Il fourra une tranche dans sa bouche d'une main, se connecta à ses e-mails de l'autre.

Fiesta de l'équipe de natation, disait l'objet du seul e-mail dans sa boîte de réception. Il cliqua dessus. De la graisse tomba sur le clavier quand il passa en revue l'e-mail qui annonçait une soirée pâtes pour l'équipe avant leur grosse rencontre contre Unity. Soudain, le fromage gras lui donna la nausée.

Et merde. Aux chiottes l'équipe de natation et leurs soirées pourries ! Rhys fit défiler le message jusqu'en bas et cliqua habilement sur le lien « se désinscrire » pour être sûr de ne plus recevoir d'e-mails de l'équipe de natation. Il n'en avait pas besoin. En fait, il allait organiser sa *propre* soirée. Avec ses *vrais* amis. Il ouvrit un nouveau message, tapa l'adresse de Lucas pour annoncer la nouvelle. Peut-être que Lisa et lui finiraient par devenir amants, auraient des bébés hippies puis déménageraient au Canada et vivraient dans une ferme où ils élèveraient des alpagas. Des alpagas qui font du snowboard.

Waouh, n'aimons-nous pas les rêves de défoncé ?

maison et jardin

— Plus vite ! siffla Jack entre ses dents au chauffeur de taxi.

On était mercredi soir, et au lieu de passer la nuit à boire et à papoter avec Sarah Jane et Geneviève dans une garden-party select du MoMa, elle flippait à l'arrière d'un taxi, qui retournait à toute allure à son appartement de TriBeCa. Elle avait l'intention de parler aux filles de la nouvelle tendance casanière de J.P. tout en fumant des cigarettes et en se bourrant la gueule au rosé dans le jardin de paysagiste. Elle avait l'impression d'avoir pris trente ans en un week-end, et avait hâte de se comporter en ado idiote pour la nuit. Mais elle avait reçu un coup de fil de J.P. dès que la pétasse maigre de la porte l'avait fait entrer. Il appelait pour lui dire que ses parents et lui l'attendaient pour dîner chez *elle*. Elle avait dû laisser Sarah Jane et Geneviève qui flirtaient avec un type plus âgé et très mignon à l'accent écossais, et héler un taxi en plein milieu du trafic nocturne absurde du centre-ville. Maintenant ils étaient presque arrivés.

— Là, c'est très bien ! hurla-t-elle pratiquement quand le taxi faillit dépasser l'immeuble, lancé à toute allure.

Elle fourra un billet de vingt dollars dans la main du chauffeur et se précipita à l'intérieur, ses ballerines Chanel raclant les sols de l'entrée. Elle était décorée avec diverses variétés de bois, qui lui donnaient l'aspect d'un chalet de ski dans les Alpes ou d'une tanière de luxe près du Grand Canyon. Une chute d'eau de pluie en occupait le centre et des cerisiers japonais s'élevaient autour. Tout ce qui importait à Jack, c'était d'arriver à temps dans son appartement pour s'assurer que tout ce qui était atrocement embarrassant, comme ses sous-vêtements, ses tampons ou le tube à moitié entamé de pâte à cookie crue dans le frigo, serait dissimulé avant l'arrivée des parents de J.P.

— Mademoiselle, je viens de faire monter vos invités ! annonça pompeusement le portier de nuit.

— Merde ! murmura Jack à part elle, en piquant un sprint jusqu'à l'ascenseur. *Parfait, parfait, parfait*, chanta-t-elle en rythme avec les battements de son cœur quand la porte de l'ascenseur s'ouvrit dans l'appartement.

Elle entendit alors la voix bruyante à l'accent russe de la mère de J.P.

— Salut ! s'exclama Jack en espérant qu'elle n'avait pas l'air trop essoufflée ou en sueur.

Sa robe Marc Jacobs en jersey de coton bio, reçue au courrier de la veille en cadeau de bienvenue d'une boutique du coin, était moite dans son dos. Beurk !

— Z'est magnifique ! dit Tatyana Cashman en se dirigeant vers Jack d'un pas hésitant pour déposer un baiser sur sa joue.

La jeune fille sourit ; elle ignorait si Tatyana faisait référence à elle ou au loft.

Ou à la grande photo d'elle *dans* le loft ?

— Tu aimes ton palais, Jackie, bébé ? demanda Dick Cashman avec jovialité en s'installant dans l'une des causeuses drapée de coton bio blanc élégant au milieu du salon. Le siège grinça légèrement sous son poids.

— Il est génial, marmonna Jack.

Candice et Jeannette, les assistantes de pub androïdes assises sur un divan en teck et en chanvre, passaient en revue des dizaines de tirages papier.

— Salut beauté ! dit J.P. qui sortait de sa salle de bains et s'essuyait les mains sur son jean Diesel.

Jack gratifia J.P. d'un sourire crispé. Elle tenta de lui envoyer un message parapsychique pour lui dire qu'elle – *ça* – n'allait pas. Maintenant qu'ils s'étaient tous mis à l'aise, peut-être pourraient-ils lui expliquer ce qu'ils fichaient dans son appartement ?

— Bien ! s'écria Dick d'une voix tonitruante. Donc nous essayons de trouver ce que nous servirons à notre petite fiesta vendredi, et je me suis dit, autant voir également comment tu t'habitues. Étant donné que tu fais partie de la famille et tout et tout.

Il hocha la tête pour lui-même. Jack vit alors qu'un groupe de traiteurs était agglutiné dans la cuisine, à l'autre bout de l'appartement.

— Eh bien, je suis surprise.

Jack sourit à Dick avant de fusiller J.P. du regard. Il haussa légèrement les épaules, comme pour dire : *Ne m'en veux pas, c'était son idée.* Elle remarqua son caraco La Perla pêche roulé en boule près du canapé anglais de coton bio blanc rembourré. Elle s'empressa de le cacher du bout de sa botte.

— Ravi que tu te sentes comme chez toi ! s'exclama Dick en brandissant triomphalement un emballage de Snickers froissé qu'il avait trouvé coincé dans le coussin. J'aime les demoiselles qui mangent ! poursuivit-il en clignant d'un œil globuleux à Tatyana qui caressait distraitement ses longs cheveux blonds crêpés comme s'il s'agissait d'un animal. Jack baissa les yeux et vit deux des puggles dégueulasses et baveux de J.P. qui faisaient le tour de l'appartement en courant, Magellan à leurs trousses. Ils avaient intérêt à être propres.

— Je vais le prendre, dit Jack en arrachant à Dick l'emballage d'un geste vif. Alors, on dîne ? demanda-t-elle d'un ton faussement enjoué.

Elle se dit qu'elle était censée jouer les hôtesses, même si elle n'avait aucune idée de l'identité des traiteurs, de ce qu'ils faisaient ou de ce que fichaient les pétasses R. P. de Dick chez elle.

— Bien, je pense que cette expérience a été un succès. On ne parle que de toi ! fanfaronna Dick en jetant un coup d'œil dans l'appartement en guise d'approbation. Que diriez-vous de goûter à ces en-cas ? Mon problème, c'est qu'ils coupent toujours la nourriture en si petits morceaux dans ces fêtes chic que personne n'a vraiment la possibilité de piocher dedans ! reprit-il tout en conduisant le groupe vers la table au dessus de verre de la salle à manger.

Instantanément, les traiteurs se rassemblèrent autour d'eux, posèrent lourdement diverses assiettes de quiches miniatures et délicates, de brochettes de bœuf, de sushis, de mini-hamburgers d'agneaux, et de sandwiches au prosciutto de la taille d'une bouchée élégamment présentés. Le ventre de Jack gargouilla, et elle regretta de ne pas pouvoir piocher dedans à satiété.

— Est-ce que tu traites bien mon magnifique garçon ? Il est tellement plus heureux et en meilleure santé avec toi qu'avec cette petite hippy négligée, déclara Tatyana en serrant affectueusement le genou de Jack et en fourrant trois mini-quiches dans sa bouche.

Jack sourit, malgré elle. Recevoir les parents de J. P. n'était peut-être pas si nul que ça, après tout.

Son téléphone se mit alors à entonner les premières notes de *Casse-Noisette.*

— C'est ma ballerine! annonça Dick qui s'emparait de plusieurs hamburgers d'agneaux.

— Désolée, articula silencieusement Jack en se détournant de la table pour prendre son portable dans son cartable Marc Jacobs noir.

Elle fronça les sourcils en voyant le numéro inconnu à l'écran, se demandant si c'était une demande d'interview ou quoi.

— Allô? fit-elle.

— Jacqueline Laurent?

Une voix plus âgée et tremblante prononça son nom comme s'il s'agissait de deux prénoms.

— Oui, répondit-elle sèchement.

— Ici l'École de danse classique américaine. Nous voulions vous informer que le conseil a été extrêmement impressionné par votre audition il y a quelques semaines. Nous sommes ravis de vous offrir une bourse dans notre jeune société. Avez-vous des questions?

— Non. Merci! souffla Jack en refermant le téléphone, comme dans un rêve.

Dans tout cela, elle avait failli oublier l'audition pour la bourse qu'elle avait dû passer après que son père lui eut coupé les vivres. Elle était de *retour*! Elle avait hâte de sentir la scène noire glissante du Lincoln Center, d'entendre les ovations après un saut particulièrement difficile, de savoir que le public l'applaudissait non seulement pour sa beauté et pour sa grâce, mais aussi pour son talent. Son *véritable* talent. Elle sourit intérieurement, attrapant le verre de Veuve Clicquot apparu devant elle comme par magie.

— On fête quelque chose? demanda Dick plein d'espoir, son propre verre de Veuve Clicquot penché en l'air.

— J'ai décroché une bourse pour la danse, expliqua-t-elle

allégrement, et elle gratifia J.P. d'un grand sourire, sachant qu'il comprendrait.

Il avait toujours su combien la danse classique comptait pour elle, qu'elle la distinguait des autres filles et la rendait exceptionnelle, unique, la rendait *Jack*.

— Une bourse ? Tu plaisantes ou quoi ? (Dick sembla brusquement enragé, son cou rouge grassouillet se tendit sous sa chemise rose sur mesure. Il avait l'air d'un propriétaire de ranch riche qui venait d'apprendre que toutes ses vaches s'étaient enfuies.) La copine de J.P. ne peut pas être boursière ! Je vais acheter le ballet ! Comment s'appelle-t-il ? La compagnie de danse classique américaine ? Combien ?

Il fourra la main dans sa poche d'où il sortit un stylo Montblanc en or et un carnet de chèques relié en cuir.

— Papa ? (J.P. serra affectueusement la main de Jack pour la rassurer.) C'est le truc de Jack. Elle l'a mérité.

Jack sourit, reconnaissante.

— Vous ne pouvez pas acheter le ballet, Dick, dit Jack avec empressement. Ça ne marche pas vraiment comme ça. C'est un honneur d'avoir décroché une bourse chez eux, ajouta-t-elle en passant en revue les visages sceptiques de Tatyana, Jeannette et Candice.

— N'importe quoi ! Je t'offrirai la ville entière ! C'est ton huître et je te l'achèterai volontiers, Jacky Baby ! Tu es le grand amour de J.P. Ce qui est à nous est à toi, déclara Dick pompeusement.

Comme pour souligner ses propos, l'un des chefs arriva d'un bon pas et déposa brusquement sur la table un grand plateau de friands aux saucisses.

Jeannette et Candice froncèrent ensemble le nez.

— Nous avions dit *festif*. Cela n'a rien de festif – on dirait que tout le menu a été conçu pour nourrir un cirque, s'exclama Jeannette en suivant le traiteur dans la cuisine.

— Tu vas bien, mon chou ? demanda Tatyana d'un ton suspicieux en mettant une main sur le bras de Jack.

Mal à l'aise, celle-ci opina. Elle aurait bien voulu s'enfuir, mais elle n'avait nulle part où aller – c'était son chez-elle à présent. J.P. lui adressa un sourire complice, et elle se détendit. Tout allait *bien*.

— Jackie est juste un peu submergée, raconta Dick dont le visage rouge étincelait à la lueur de la bougie. Et je ne sais pas pour vous, mesdames, mais moi j'adore ces petites saucisses !

Pour prouver ce qu'il venait de dire, il en fourra deux dans sa bouche.

Jack sourit. Les parents de J.P. considéraient son appartement comme une extension du leur, et alors ? Au moins, J.P. et elle se comprenaient. Tout était *parfait*.

Jusqu'à ce qu'elle découvre la surprise que l'un des puggles avait laissée dans ses chaussures Sigerson Morisson.

Avertissement: tous les noms de lieux, personnes et événements ont été modifiés ou abrégés afin de protéger les innocents. En l'occurrence, moi.

Salut à tous !

L'un des risques de mon job, c'est que tout le monde suppose que comme je colporte des ragots sur tout le monde, je peux les aider à mettre de l'ordre dans leur propre merde. Mais, mes chéris, cela a beau être votre souhait le plus cher, laissez-moi vous rappeler que même s'il semble que je détiens toutes les réponses, je ne suis ni thérapeute ni médium. Je ne peux pas vous dire que vous sortez avec un fumeur de shit parce que vous avez des problèmes latents avec votre père, que vous ne portez que du noir en guise de vengeance contre votre mère qui veut tout contrôler, ou que la raison pour laquelle vous insistez pour garder votre frange si longue, c'est votre désir voilé de ne pas voir le monde tel qu'il est en réalité.

Voici ce que je peux vous dire : toutes les choses absurdes, contraires au but recherché et en fin de compte gênantes, sont un résultat de la nature humaine. Nous sommes tous câblés pour plonger un orteil dans le côté obscur de notre psyché. Assurez-vous simplement de ne pas vous aventurer trop loin du bord, parce que, ensuite, revenir à la nage peut se révéler difficile.

ON A VU :

O et son coach, tenir une réunion à huis clos dans le bureau du directeur athlétique de St Jude's. Planification stratégique pour la future rencontre ? **R,** sur St Mark's Place dans l'East Village, acheter un T-shirt « Légalisez le cannabis ! » Il a tellement à apprendre sur le style de l'accro de la fumette ! **J** et le père de **J.P.** boire des verres de côtes-du-rhône dans l'entrée des lofts Cashman. Pour discuter de la soirée d'inauguration des lofts Cashman ou... d'autre chose ? On raconte bien que les Françaises aiment les hommes plus âgés... **A**, griffonner frénétiquement ce que **S.J**. et **G** se racontaient à voix basse en cours de français. Attention les filles, nous avons un reporter parmi nous.

VOS E-MAILS :

Q: Chère GG,
Bosse sur un article croustillant et ai besoin de ta contribution. Appelle-moi, poupée.
— Auteurdemétro

R: Cher Auteur de métro,
Désolée, mais je n'accorde pas d'interviews en chair et en os, et encore moins dans de si brefs délais !
— GG

Q: Chère Gossip Girl,
Quelle est la différence d'âge maximale entre un garçon et une fille pour que ce soit possible ? Notre prof de santé qui doit avoir vingt-cinq ans et qui sort avec un mec de dix-huit, prétend que la formule, c'est que l'âge du plus âgé divisé par deux, plus sept, est l'âge minimum que peut avoir le

plus jeune. Donc, vingt-cinq divisé par deux, ça fait douze virgule cinq plus sept, presque vingt, donc c'est parfait. Est-ce juste ?

— math girl

R: Chère MG,

Bien, les maths ne sont pas mon fort, mais disons les choses ainsi : si une personne a un couvre-feu et l'autre pas, alors ça ne marchera probablement pas.

— GG

OK, comme on dit dans le jargon des thérapies : je crois qu'on va s'arrêter là. Jusqu'à la prochaine fois. N'hésitez pas à vous adonner à l'un de mes réducteurs de stress préférés : champagne, bain chaud ou petite sieste dans l'après-midi. Notez que tout ce qui est susmentionné doit être effectué avec un membre du sexe opposé pour une efficacité maximum.

Vous m'adorez, ne dites pas le contraire,

gossip girl

pas de presse égale mauvaise presse

Avery poussa les portes de *Metropolitan* mardi après-midi, pressée de voir James en plein jour. Elle avait passé toute la matinée à ressasser leur soirée au Thom. Flirtait-il avec elle ou la vodka lui était-elle montée à la tête ?

En général, si vous vous posez la question, la réponse est oui.

Elle posa son sac hobo Lanvin pourpre sur son bureau de stagiaire, sans même se préoccuper des sacs de merde que McKenna et Gemma avaient laissés pour qu'elle joue les coursiers et les rapporte chez Barneys ou ailleurs. Elle avait mieux à faire que de jouer les esclaves des assistantes. Elle ramassa donc immédiatement les immenses trames de maquettes d'un nouvel article pour *Metropolitan*.

« *Ça reste en famille ?* » disait le titre en police gothique de vieil anglais, comme s'il agissait d'une espèce d'annonce formelle. En lettres plus petites, une phrase, en dessous, demandait : « *Jack Laurent couche-t-elle pour accéder au top des lofts Cashman ?* » Une photo, à côté du texte, montrait Jack et J.P. en train de s'embrasser devant Barneys. La jeune fille semblait regarder l'objectif avec méfiance, tandis que les yeux du garçon, fermés, lui donnaient l'air bienheureux.

Elle tourna la page. Là, en caractères gras, à côté de la publicité de Jack, une citation qu'Avery reconnut comme la sienne, inspirée par la vodka : « *Certaines ont des circonstances exceptionnelles qu'elles aimeraient bien cacher.* » À côté se trouvait un cliché des lofts Cashman accompagné d'une photo insérée d'un Dick Cashman couleur homard qui trinquait avec Jack Laurent. Celle-ci souriait; magnifique. « *Il pourrait être son père?* » disait la légende.

— Pas mal, hein?

Avery se retourna et vit James qui lui souriait.

— Pas seulement l'article, murmura-t-il en regardant en connaisseur la blouse Tocca décolletée en soie de la jeune fille.

— Je n'avais pas compris qu'il sortirait si tôt, lança sèchement Avery.

Elle éprouva des remords quand elle contempla la photo de Dick et Jack. Elle insinuait qu'ils vivaient une espèce d'aventure clandestine et que son histoire avec J.P. n'était qu'une couverture. Mais l'article ne disait jamais cela *explicitement*. Et de plus, aucune citation – sur les circonstances exceptionnelles de Jack et son comportement cachottier – n'était fausse.

Est-elle sûre de ne pas vouloir faire de la politique?

— C'est un super article, lança James tout fier. Lis-le et fais-moi savoir s'il faut ajouter quelque chose. Nous formons une belle équipe. Je l'ai déjà dit à Ticky et elle est d'accord.

Il serra affectueusement son épaule et Avery sentit ses genoux se dérober sous elle.

— Et regarde ce que j'ai fait pour toi.

James donna une chiquenaude à la maquette avec son pouce et son index, produisant un bruit sec. « *A contribué à cet article : Avery Carlyle.* » La susnommée sourit franchement. Sur le papier, son nom faisait vraiment cool. Elle mordit sa lèvre glossée de Lancôme. Elle voulait que James la voie comme quelqu'un de blasé qui signait tout le temps de gros articles dans de grands magazines culturels.

— Sais-tu combien de stagiaires signent des articles ? demanda James, tandis que son pouce et son index formaient un zéro. Je m'occupe de toi. Et je passerai te prendre pour t'amener à la soirée des lofts Cashman demain. Histoire de voir s'il y a quelque chose que l'on veut ajouter.

— Cool ! s'écria Avery, honteuse pourtant de constater combien elle faisait ado. Enfin, j'ai hâte, ajouta-t-elle.

Cette fois, elle se limiterait à une seule – peut-être deux – coupes de champagne.

— Super ! dit James en souriant, révélant des dents ultra-blanches. Maintenant, si tu étais un ange et si tu filais à la cafétéria ? J'adorerais un grand thé au citron. Je ne supporterais pas que tous tes succès récents montent à ta ravissante petite tête ! (Il ébouriffa les cheveux d'Avery et jeta nonchalamment un billet froissé de cinq sur son bureau qui croulait sous les papiers.) Tiens. Garde la monnaie.

Avery le rangea dans son porte-monnaie. Même sa façon de lui donner des ordres était charmante.

À condition d'aimer ce genre de choses.

Son cœur battit la chamade : elle imaginait ce qui se passerait lorsque le papier paraîtrait. Jack la détestait déjà. Et si l'article laissait entendre qu'elle couchait pour avoir un appart ? Peut-être Jack avait-elle tout ce qu'elle méritait, après tout, à force de jouer les grosses pétasses narcissiques. Quand Avery se dirigea vers l'ascenseur en se pavanant, un sourire de victoire transformait son visage.

Les jeux sont faits ?

thérapie physique

— Carlyle, attends une seconde ! hurla le coach Siegel, en s'accroupissant près du couloir d'Owen et en claquant sa main contre le mur pour qu'il arrête de nager.

Owen ôta ses lunettes de natation d'un coup sec et leva les yeux sur le coach.

— Salut. Je ne sais pas ce qui se passe, mais tu dois te reprendre. Tu dois faire en sorte que toute l'équipe se reprenne.

Owen opina. Comme s'il avait besoin qu'on lui rappelle une fois de plus que toute l'équipe le détestait.

— Viens, sors. Allons marcher un peu, dit le coach. (D'un coup de sifflet, il ordonna aux autres d'arrêter de nager.) Les gars, faites un cinq cents, libre. Entente de bonne foi.

Il siffla de nouveau et un à un les garçons prirent les lignes de couloir. Owen se hissa hors du bassin et suivit le coach jusqu'à un coin tranquille, près des maîtres nageurs.

— Que se passe-t-il ? demanda le coach. Je ne sais pas pourquoi Sterling a démissionné, mais son départ a affecté tout le monde. Nous devons faire en sorte que l'équipe se ressaisisse.

— Ce n'est pas si simple, fit Owen piteusement.

Dans l'eau, ce qui avait commencé sous la forme d'une nage

sérieuse avait dégénéré en match de waterpolo bizarre, les lunettes de piscine de Chadwick faisant office de balle.

— Écoute, je sais qu'il y a un drame entre Sterling et toi à cause de cette fille. Exact ? (Le coach regarda Owen dans les yeux.) Tu lui as piqué sa nana ?

— Pas exactement, marmonna Owen en contemplant les carreaux noir et blanc qui alternaient sur le bord du bassin pour éviter de regarder Siegel.

Il ne se rappelait pas avoir jamais eu ce genre de conversation avec son entraîneur au lycée de Nantucket. La petite ville où il avait grandi lui manqua soudain.

— Bon d'accord, je me moque bien de ce qui s'est passé entre vous deux dans votre vie privée. Ce qui *m'importe*, en revanche, c'est que ce qui s'est passé affecte mon équipe. Tu ne tires pas sur tous les cylindres, Carlyle, dit le coach d'un ton sérieux sans même remarquer un maître nageur en bikini qui passa à cinquante centimètres d'eux et monta l'échelle de plongée. Le coach remarquait *toujours* les maîtres nageurs en bikini.

— Je veux que tu prennes l'après-midi afin de réfléchir à cela et me trouver des idées pour aider l'équipe à se ressaisir. Je ne plaisante pas, Carlyle.

Le coach se leva, indiquant clairement que leur réunion était terminée. Owen se rendit dans les vestiaires sans rien dire, et se changea dans l'un des rares W.-C. fermés. En temps normal, les seuls qui se changeaient aux toilettes étaient les jeunes nageurs terrorisés par le bizutage que pratiquait Hugh, et qui impliquait en général des marqueurs indélébiles. Owen ne tenait tout simplement pas à tomber sur l'un de ses coéquipiers.

Il sortit son iPhone de son sac de natation bordeaux de St Jude's. Trois appels manqués. Tous de Kelsey. Penser à ses lèvres corail lui rendit sa sérénité. Il entendait encore la voix du coach dans ses oreilles. Il savait bien que sortir avec Kelsey nuisait à ses relations avec ses coéquipiers. Mais… merde alors ! C'était comme *Roméo et Juliette*. Ils sortiraient ensemble, même si tout le monde était contre.

Galvanisé, il héla un taxi devant le Y sur la 92e. Kelsey habitait sur la 77e, mais il voulait la voir *tout de suite*.

J'arrive, tu me manques, lui écrivit-il et il se cala bien confortablement sur la banquette. Si seulement il pouvait emmener Kelsey sur une île déserte ! Il nagerait tous les matins et ensuite ils partiraient à la recherche de nourriture et s'endormiraient, enlacés, sur la plage.

O. K, M. *Lost* !

Enfin le taxi se gara devant l'immeuble à marquise verte de Kelsey. Un portier était au garde-à-vous et la porte était flanquée de deux sculptures de lions en pierre qui semblaient fusiller Owen du regard. Il entra dans le bâtiment et s'arrêta à la réception.

— Hum, je viens voir Kat – Kelsey Talmadge, se corrigea-t-il.

— Je l'appelle, répondit le portier en décrochant un vieux téléphone et en composant un numéro. Montez, elle vous attend.

Owen prit l'ascenseur et se rendit au bout du couloir. La porte de son appartement s'ouvrit en grand et Kelsey surgit en jupe écossaise de Seaton Arms et pull de cachemire noir.

— Tu es là ! s'exclama-t-elle comme si elle ne l'avait pas vu depuis des semaines.

Owen laissa ses doigts caresser ses douces épaules, mais il se détacha ensuite.

— Tu vas bien ? demanda-t-elle en mordant sa lèvre d'un air suggestif. (Elle remonta ses cheveux blond roux en queue-de-cheval puis les fit tomber autour de son visage et sourit.) Je sais comment te remonter le moral, ajouta-t-elle avec une timidité feinte, serrant le poignet d'Owen et l'entraînant dans son appartement, décoré dans les tons noirs et gris ardoise.

Tout était si neutre qu'on imaginait mal qu'il était habité. Il n'y avait ni bibliothèques, ni œuvres d'art, ni collections de sculptures. Il fit les cent pas, mal à l'aise, et finit par se percher sur le bord d'un canapé gris. Kelsey le suivit et s'assit sur ses genoux.

— Non attends !

Owen repoussa ses hanches de sorte qu'ils se retrouvèrent assis côte à côte. Il devait savoir si cela était vrai avant qu'ils ne couchent ensemble.

— Quoi ?

Les yeux bleus de Kelsey s'agrandirent de confusion. Ils rappelèrent l'océan à Owen – immenses et profonds, et difficile de savoir ce qui se passait sous la surface.

Se passe-t-il quelque chose sous la surface ?

— Ouais, j'ai juste eu un entraînement de merde, expliqua Owen.

Il regarda autour de lui. Il ne savait même pas avec qui la jeune fille vivait. Avait-elle des frères ou des sœurs ? Des animaux ?

Ses questions ne sont-elles pas légèrement *hors sujet* ?

— Depuis combien de temps habites-tu ici ? demanda-t-il d'un ton piteux.

C'était trop tranquille ici.

— Deux ans. Avant, je vivais à Brooklyn. C'est l'appartement de mon beau-père.

Kelsey lui adressa un sourire timide, comme s'il essayait de jouer à un jeu dont elle ne connaissait pas encore les règles.

— En a-t-on terminé avec les vingt questions ? demanda-t-elle pour le taquiner.

Owen, incroyablement frustré, fourra les mains dans la poche de son jogging. Il était tellement confus. Il désirait Kelsey. Mais il désirait aussi la *connaître*.

Les garçons ne sont-ils pas censés être simples ?

— Allons dans ma chambre. Je peux essayer de te remonter le moral. (Kelsey prit Owen par le coude, et l'entraîna dans un long couloir tapissé de photos artistiques de la ville en noir et blanc.) Personne n'est à la maison, tant mieux, expliqua-t-elle, comme si c'était la raison de son hésitation.

Elle ouvrit la quatrième porte du couloir et le fit entrer.

— Embrasse-moi ! exigea-t-elle en posant les mains sur la porte comme une provocation.

— C'est sympa, dit Owen qui essayait désespérément d'ignorer l'attitude « dévore-moi » de la jeune fille.

Il feignit d'étudier un dessin au fusain accroché au mur représentant un groupe de jeunes assis sur les marches d'un immeuble, et, en fait, c'était un très beau dessin. L'une des filles ressemblait un peu à Kelsey, avec son incisive de travers et des cheveux épars autour des oreilles.

— Ça te ressemble, poursuivit-il.

— C'est *moi*, expliqua Kelsey. (Elle ôta son pull sans hésiter pour révéler ses épaules blanc crème et s'allongea sur le lit.) Tu peux avoir une meilleure vue d'ici, cria-t-elle à Owen en tirant sur son bras.

— Attends, non ! (Il dégagea brusquement son poignet. Il vit qu'elle était blessée et se sentit immédiatement mal.) Je veux apprendre à te connaître !

Il s'assit à côté d'elle et lui prit la main.

— Je crois que nous nous connaissons super bien, dit Kelsey en caressant la joue d'Owen.

— Faisons un jeu, OK ? Interdiction de se toucher tant que l'on n'a pas appris cinq choses l'un de l'autre, inventa-t-il en écartant la main de son amie. Premièrement, quelle est l'histoire de ce dessin ?

Kelsey jeta un œil aux murs gris.

— Je l'ai fait il y a quelques années. C'est bon.

Elle haussa les épaules. Owen la regarda à nouveau. Elle l'avait dessiné ? Il ignorait que c'était une artiste. Il regarda de plus près les photos de ce qui semblait être un gratte-ciel de Brooklyn, avec des immeubles en grès et des rues bordées d'arbres.

— C'est là que tu vivais ?

— Qu'est-ce que ça peut te faire ? gloussa Kelsey. OK, si on joue à ton jeu, je suppose que c'est ton tour. Vas-y.

Elle roula des yeux.

— Merci. (Owen chercha dans sa tête pour trouver quelque chose.) Quand j'étais petit, tu sais, la plupart des enfants ont des animaux en peluche, moi j'avais une grosse pierre en peluche. C'était une pierre de vœux. L'une de celles qui a une bande de sable autour, une bande de couleur différente. Elle était marron et blanc et tu es censé les jeter dans l'océan et faire un vœu, mais je dormais avec. Sauf que je l'ai perdue quand j'avais dix ans. Je sais que ça a l'air fou, mais elle me manque toujours. Il m'arrive encore de marcher sur la plage à la recherche d'une pierre comme ça, poursuivit-il. Puis il s'arrêta brusquement.

Un silence gêné emplit la pièce.

— C'est… mignon, dit enfin Kelsey en le regardant d'un air étrange. Mais je connais quelque chose de mieux qu'une pierre en peluche… suggéra-t-elle en fourrant son nez mutin parsemé de taches de rousseur dans le menton ciselé d'Owen.

À contrecœur, le jeune homme lui rendit son baiser. Cela ne marchait pas.

— Tu sais, je ne me sens pas très bien, dit Owen, de plus en plus piteux. Je t'appellerai, promit-il, et il se leva d'un bond et courut pratiquement jusqu'à l'ascenseur.

Il ignora le portier et franchit la porte en coup de vent, ne se sentant libre que lorsqu'il trotta le long du sentier de Central Park bordé d'ormes. Il esquiva des poussettes et des promeneurs de chiens, et ne cessa de courir qu'une fois son immeuble en vue. Il poussa alors un profond soupir de soulagement. C'était bon d'être chez soi.

***b** fait passer un message à travers ses vêtements*

Baby ajusta nerveusement le foulard Hermès d'Avery dont elle se servait en guise de bandeau et scruta les autres clients du mardi après-midi de la pâtisserie hongroise. Elle avait passé ces deux derniers jours à lire le livre de la mère de Sydney. Elle pensait qu'il serait nul et qu'il préconiserait de résoudre ses problèmes tout seul, mais en réalité, il était judicieux. En gros, ce que Lynn conseillait, c'étaient des trucs de purification et de grand nettoyage, régulier et militant, pour s'assurer que les étagères et objectifs de votre passé n'envahissent pas vos projets futurs. Dès qu'elle eut terminé, elle implora Sydney d'organiser une rencontre, afin de pouvoir tirer parti de l'intelligence de Lynn et savoir ce qu'elle pourrait raisonnablement faire pour remplir son obligation de suivi thérapeutique. Elle avait annulé son rendez-vous avec le coach de vie hippie qui équilibrait les chakras, donc, vraiment, Lynn constituait son dernier espoir. Le café était un troquet colombien très populaire, fréquenté par des étudiants et des professeurs qui savouraient leur breuvage et le soleil de fin d'après-midi. Elle frissonna sur la terrasse et balança sa chaise d'avant en arrière sur le ciment.

— Baby ?

— Lynn ? hésita-t-elle.

Lynn ressemblait trait pour trait à la photo de son livre, avec des cheveux châtains brillants tirés en queue de cheval, et des lunettes Prada en écaille de tortue perchées sur sa tête. Baby tira vers elle la table pour que Lynn puisse avoir la place de s'asseoir.

— Tu sais quoi, Baby ? J'ai besoin d'une bonne tasse d'oolong. Jamais eu ce sentiment ? demanda Lynn en s'installant sur la chaise bancale.

Baby opina gaiement. Sa mère préparait toujours de l'oolong pour les triplés les jours de neige.

— Bien. (Lynn hocha la tête.) De l'oolong ! fit-elle d'une voix tonitruante, même si visiblement aucun serveur n'était dans les parages. Et des cookies ou autre chose. Des glucides ! ordonna-t-elle. Alors, que puis-je faire pour toi ?

Elle écarquilla ses grands yeux noisette. Ils étaient de la même couleur que ceux de Caramel, le chien de Sydney.

— C'est juste que…, commença Baby, étonnamment intimidée.

Elle regarda la rue. Les feuilles commençaient à tomber des petits arbres squelettiques du trottoir, et les passants se hâtaient, tête baissée. Baby frissonna légèrement, serrant son sweat-shirt contre elle.

— Je crois que je ne sais pas où je vais, dit-elle enfin. Ça faisait bien mieux que d'avouer qu'elle était accro aux hommes.

— Comment ça ?

Le serveur, qui par hasard avait entendu la commande de Lynn, déposa une théière, deux mugs et une assiette de biscuits assortis. Les mugs étaient ébréchés, et Baby lut *La Meilleure Mamie du Monde* sur le côté. Lynn prit la théière en experte et versa du thé dans les deux mugs.

— Eh bien, je voyais ce type à Nantucket ; je croyais que nous étions amoureux, mais ensuite j'ai déménagé ici, et je me suis mise à traîner avec ce garçon vraiment mignon, vraiment sympa qui était bien trop différent de moi, alors nous avons rompu et j'ai suivi un autre mec à Barcelone et il n'y était même pas. C'est pourquoi j'ai besoin de suivre une thérapie. J'ai plus ou moins séché une semaine de cours, avoua Baby à regret.

Elle espérait que son histoire romantique n'avait pas l'air trop salope aux yeux de Lynn. C'était comme un des rituels d'*Orange mécanique* qui consisterait à sortir avec des mecs puis à les plaquer.

— Mme McLean vous a demandé de suivre une thérapie obligatoire. Intéressant, marmonna Lynn en se calant dans son siège pour jauger Baby du regard.

— Oui, mais je n'ai encore trouvé personne qui puisse m'aider. C'est vrai, quoi, je ne suis pas contre une thérapie, mais je ne pense pas que quiconque puisse trouver ce qui cloche chez moi. Croyez-vous que vous le pourriez? demanda Baby qui mâchouillait nerveusement la manche râpée de son sweat-shirt.

— Depuis combien de temps possédez-vous ce sweat-shirt? s'enquit Lynn, ignorant la question de la jeune fille.

— C'était celui de mon ex. Il est chaud, se justifia Baby d'un ton neutre.

Quel était le rapport *avec tout le reste*? Elle but une autre gorgée d'oolong.

— Débarrassez-vous-en, fit Lynn catégoriquement.

Baby plissa les yeux. *Quoi*? Elle sortit quelques dollars de son sac pour le thé. Elle ne voulait pas rester assise ici à écouter ces balivernes. Bien sûr, ce n'était qu'une nouvelle perte de temps.

— Sydney a dit que vous avez lu mon livre, lança Lynn, l'air amusée par la colère qu'elle voyait sourdre en Baby. Tout cela figure au chapitre trois. Je ne crois pas que quelque chose aille mal chez vous, en revanche, je pense qu'il y a des choses qui vous retiennent. Ce dont vous avez besoin, c'est d'étreindre votre vie à présent. Aimez-vous comme vous êtes ! Que symbolise ce sweat-shirt pour vous ?

Baby jeta un œil au bord effiloché de la manche. Tom, son ex-petit ami, avait aussi l'habitude de la mâchouiller, en principe avant de dire un mensonge. Vue avec le recul, cette habitude était dégueulasse, pas du tout attachante.

— J'imagine qu'il symbolise Nantucket. Le fait d'avoir un petit ami. D'être acceptée pour ce que j'étais. (Baby haussa les épaules. Elle n'y avait jamais vraiment pensé. Elle n'avait jamais été du genre matérialiste.) Est-ce vraiment pour cela que je ne me trouve pas ? demanda-t-elle brusquement.

— Eh bien, ma belle, ce sweat-shirt ne vous fait pas honneur du tout ! brailla Lynn. (Plusieurs clients à la table d'à côté les regardèrent fixement.) Vous savez quoi, mon chou, rentrez chez vous et faites le vide dans vos placards. Débarrassez-vous de tout ce qui vous empêche d'être *vous*.

Lynn hocha la tête d'un air songeur.

— Croyez-vous que cela va vraiment marcher ? demanda Baby d'une petite voix.

Soudain, elle regretta de ne pas pouvoir retirer sa question. Elle ne voulait pas que Lynn la trouve grossière. Mais sa solution lui semblait trop… simple.

— C'est moi l'experte, Baby. Mais ne soyez pas aussi sérieuse, amusez-vous ! Et il y a autre chose. Une fois que vous commencez à jeter des affaires, vous devez vous *organiser*. Le pastel avec le pastel. Le noir avec le noir. Les jeans avec les jeans. Les manches longues, les manches courtes.

Lynn leva brusquement les yeux, comme pour s'assurer que Baby lui prêtait attention. La jeune fille acquiesça vigoureusement.

— Un peu de catégorisation n'a jamais fait de mal à personne, ajouta Lynn en mordant dans un biscuit.

Baby remarqua qu'elle mâchait la bouche ouverte, exactement comme Sydney.

— Je ne possède aucun pastel, avoua Baby.

— Plus de pouvoir pour vous ! (Lynn tendit son mug vers Baby comme si elle trinquait avec elle.) Maintenant, revenons à ce dont vous parliez tout à l'heure. L'Espagnol ? demanda-t-elle en fourrant un autre biscuit aux pépites de chocolat dans sa bouche.

— Mateo, répondit Baby.

C'était drôle. Elle se rappelait à peine à quoi il ressemblait à présent. Avait-il des cheveux châtains ? Noirs ? Elle ne parvenait pas à faire apparaître une image mentale de lui. Sur l'écran de son esprit, elle ne voyait qu'elle : faire des tours de Vespa comme une cinglée à travers le parc Güell, avec des serveurs qui ne travaillaient pas et qu'elle avait rencontrés sur la plage. Traverser des fontaines en courant toute nue avec Sydney à l'occasion de l'une de leurs manifestations d'Underground Response. Courir le long d'un océan sombre et turbulent. Regarder au loin l'horizon infini et imaginer tout un monde d'aventures.

— Je pense que c'était davantage l'idée que je me faisais de lui que j'aimais, ajouta Baby qui trouva d'un seul coup bizarre de discuter de sa vie amoureuse avec la *maman* de son amie.

— Bien, vous verrez ce que vous penserez de lui après avoir effectué un contrôle de votre désordre, dit Lynn avec un sage hochement de tête. Maintenant je suis sûre que vous avez mieux à faire que traîner avec moi toute l'après-midi.

Lynn fouilla dans son sac et sortit un numéro du *New Yorke*r. Visiblement, le rendez-vous était terminé.

— Merci ! dit Baby.

Lynn attrapa la tasse de thé à laquelle la jeune fille n'avait pratiquement pas touchée.

— De rien !

Lynn l'éloigna d'un geste et finit le thé de Baby. Celle-ci tourna au coin de la 110e Rue. Elle avait froid, mais elle ôta son sweat-shirt d'un coup et le jeta dans une poubelle.

Alléluia !

oyé oyé, venez tous pique-niquer avec les défoncés !

Rhys tira maladroitement sur le joint qu'il avait essayé de rouler dans sa chambre. Ce n'était pas évident, le papier restait collé à ses lèvres gercées. Il soupira de frustration. Au moins, ses parents étaient partis ce matin au mariage en Ecosse. Il avait séché les cours et attendait simplement que ses nouveaux amis passent chez lui.

On sonna à la porte. Enfin. Rhys s'inspecta dans le miroir. Il n'avait pas pris la peine de se doucher aujourd'hui, ses cheveux châtains étaient hérissés et indisciplinés, il portait encore un vieux short de sport Patagonia et un T-shirt Nike gris qu'il mettait uniquement pour courir, et ses yeux étaient tout injectés de sang.

Au moins cette fois, ce n'est pas à force de pleurer.

L'ancien Rhys aurait pris une douche et enfilé un pull Ralph Lauren. Mais il était le nouveau Rhys. Ses amis l'acceptaient tel quel. Il descendit l'escalier en bondissant, et ouvrit la lourde porte de chêne. Sur le seuil se tenaient Lucas, Malia et Vince, suivis d'une bande de jeunes non douchés et non rasés que Rhys n'avait jamais rencontrés.

— Entrez ! lança-t-il, enthousiaste, en ouvrant la porte à la volée.

— Merci, vieux ! fit Lucas avec empressement, en agitant la main de Rhys de haut en bas.

Il portait un T-shirt vert taille enfant qui disait TOUCHE PAS AU TEXAS et un treillis taché d'herbe ; il sentait un mélange de patchouli, de shit et de gorgonzola. Lucas ôta ses chaussures avec révérence, et les déposa près d'une horloge d'époque.

— Sans déc', dit-il comme s'il s'adressait à l'horloge. Alors c'est ça, la casa ? Sympa, vieux !

Les jeunes derrière lui murmurèrent d'un ton appréciateur et entrèrent sans se presser.

— Y a-t-il d'autres gens qui vont venir ? demanda Rhys avec quelque nervosité.

Il s'attendait à quatre ou cinq invités, mais ils étaient au moins dix éparpillés maintenant dans tout l'hôtel particulier. Lucas fit oui d'un air distrait, fasciné par la petite sculpture italienne d'un lévrier en marbre, nichée sous l'escalier.

— Salut, petit pote ! dit Lucas en caressant la tête de la sculpture avec enthousiasme.

D'accord. Rhys avait besoin d'herbe. Illico.

— Hé, les gars ? dit-il d'un ton hésitant, dans l'espoir de les voir rappliquer. Je me suis dit que l'on pourrait traîner sur le toit, commença-t-il, mal à l'aise.

Il s'était imaginé qu'ils pourraient fumer là-haut. Ils ne ficheraient pas trop le bazar s'ils restaient tous regroupés au même endroit.

— Regardez ça ! s'exclama Vince qui retourna dans l'entrée en courant, une canne au pommeau doré à la main, qu'il avait manifestement trouvée dans le bureau de lord Sterling. Il ne portait pas de chaussures et s'amusait à déraper en chaussettes sur les sols astiqués.

— Repose ça ! cria frénétiquement Rhys en arrachant la canne des mains de Vince. Euh, je veux dire... je vais la prendre. Les gars, montons sur le toit, dans la serre.

Une once de panique surgit dans sa voix.

— Suivez-moi, ordonna-t-il en conduisant le petit groupe bigarré à l'étage.

La serre était un petit édifice que lady Sterling avait absolument tenu à installer sur le toit. Non seulement elle s'en servait pour son jardinage personnel, mais elle l'utilisait de temps en temps pour son émission. Actuellement, elle faisait pousser des tomates de famille pour « Tomates d'Enfer » qu'elle tournait chaque automne.

— Nous y voilà, annonça Rhys une fois qu'ils arrivèrent sur la terrasse fermée.

Elle était privée, ce qui était justement le but, et possédait également des lampes chauffantes, donc personne n'avait besoin de descendre même si le temps se rafraîchissait.

— Sympa ! cria Lucas en ouvrant immédiatement la porte de la serre.

— Non ! hurla Rhys.

Il voyait les rangées et les rangées de tomates de sa mère qui s'étendaient en direction des lumières hydroponiques qu'elle avait installées.

— Oh là là ! Ce sont des tomates ! s'écria Malia, captivée.

— Ouais, mais il fait un peu chaud, venez par là, cria Rhys en essayant de les attirer de l'autre côté de la terrasse, où se trouvaient de confortables chaises longues et de grands cache-pot remplis de chrysanthèmes.

— Non, vieux, c'est ici la magie, répliqua Lucas en sortant un joint. T'en veux ?

Rhys le rejoignit en hésitant. Tant qu'il les surveillait, quel mal pouvaient-ils faire ? Tout ce dont ils avaient besoin, c'était de fumer jusqu'à décompresser. Il prit le joint dans la main tendue de Lucas et tira une longue taffe. Voilà, c'était bien mieux.

— T'en veux ? demanda-t-il à Lisa en lui offrant le joint.

Lisa portait une jupe râpée qui dévoilait ses jambes non épilées. Elle gloussa en le prenant.

— Regardez ça, dit Lucas en arrachant une tomate et en la faisant tourner avec révérence dans sa main. Elle est si belle et comment dire, fragile. Genre, serre-la.

Il la tendit à Rhys.

— Ouais, serre-la, murmura Malia en fixant attentivement la tomate dans la main de Rhys.

Ils le regardaient tous. Étrangement, cela lui rappelait son rôle de capitaine de l'équipe de natation, quand tous ses coéquipiers avaient les yeux rivés sur lui. Il la serra doucement, observant le creux que laissait son pouce dans la peau rouge de la tomate. D'un seul coup, la tomate éclata et éclaboussa son T-shirt Nike.

— Ouais ! cria Lucas en tapant dans la main de Vince en signe de victoire. C'était trop beau, bordel, ajouta-t-il, encore fasciné par la tomate éclatée.

Lisa caressa le bras de Rhys recouvert de jus de tomate.

— Tu tenais, genre, la tomate, et tu l'as serrée et elle s'est fendue. Et elle s'est, genre, cassée. C'est, genre, une tomate cassée. Je pourrais écrire une chanson dessus, rêvassa-t-elle.

Rhys opina d'un air songeur, se rappelant Lisa qui jouait du ukulélé la première fois qu'ils s'étaient rencontrés.

— Je pourrais t'aider, suggéra-t-il.

Lisa accepta avec empressement.

— Laisse-moi récupérer mon ukulélé. Il est en bas. Tu veux m'accompagner ?

Lisa battit des cils, flirtant de toute évidence. Rhys réfléchit. Son cerveau était tout confus. Donc Lisa n'était pas Kelsey. Elle ne portait pas de vêtements mignons ajustés, ne s'épilait pas non plus les jambes, ne se brossait pas les cheveux et ne mettait pas de déodorant. Mais où était le mal à ça ?

Par où même commencer ?

teuf des nageurs

Owen se dépêchait de remonter la 5e Avenue, les mains fourrées dans les poches de sa polaire North Face gris ardoise. On était vendredi soir et il devait se rendre à cette putain de soirée pâtes de l'équipe de natation, où il était sûr et certain que tout le monde l'ignorerait au profit de Hugh et de son absurde chapeau de capitaine. Il n'avait pas parlé à Kelsey depuis qu'il était parti de chez elle en courant hier après-midi, ignorant ses coups de fil et ses textos comme un gros con de chochotte. Si seulement il avait pu parler à quelqu'un… Ses sœurs fourraient leur nez partout et il ne tenait pas à discuter de son histoire avec Kelsey à sa *mère*. Il voulait se confier à un pote homme. En fait, la seule personne à laquelle il voulait parler était… Rhys.

Arrête d'être une grosse lavette, Carlyle, murmura-t-il, ce qui eut pour résultat qu'un type qui poussait un Caddie rempli de boîtes en aluminium le regarda étrangement. *Merde*. Il passait même pour un fou aux yeux des fous. Il tourna sur la 90e Rue et se dirigea vers l'entrée de Normandie Courts, où le coach vivait dans un deux-pièces avec un ex-pote nageur de Stanford. Normandie Courts était un complexe moderne tentaculaire sur la 1re Avenue que les gens appelaient pour rire Dormandie Courts parce que beaucoup de jeunes y emménageaient juste après l'université.

Owen avait l'estomac noué en foulant la moquette bordeaux qui avait l'air moisie en direction des ascenseurs. Il préférerait tellement faire autre chose. Et s'il suivait l'exemple de Baby et partait pour Barcelone ? Ce serait bien.

— Salut, je vais au 15A, annonça-t-il au gardien à la forte carrure chargé de la sécurité assis derrière un bureau.

Il espérait à moitié que le gardien le renverrait, et qu'il aurait une excuse pour ne pas assister à la fête.

— Montez, dit-il en levant à peine les yeux.

Owen entra dans l'ascenseur, avec la sensation de pénétrer dans un aquarium à requins et non de se rendre à une soirée pâtes bon enfant destinée à remotiver les troupes. Il appuya sur la sonnette du 15A en réajustant nerveusement son bonnet de bain Nantucket Pirates.

— Capitaine, mon capitaine ! fit le coach en ouvrant la porte, visiblement plus qu'un peu saoul.

Owen sentit son ventre se détendre et il sortit les mains des poches de son jean Lucky rigide. Il craignait plus ou moins que le coach ne lui fasse de nouveau la morale, mais à l'évidence cela ne se passerait pas ce soir. Owen soupira de soulagement.

— N'aie pas l'air aussi triste ! s'exclama Siegel en constatant l'expression d'Owen. Fais comme chez toi. Il y a des mousses au frigo, ajouta-t-il avec un clin d'œil.

— Merci, marmonna Owen.

Et il entra sans se presser dans la minuscule cuisine couleur crème, contiguë à la porte d'entrée. La musique de Dave Matthews provenait des petites enceintes Bose perchées sur le comptoir en Formica craquelé comme si le coach essayait de recréer les fêtes qu'il organisait quand il était à Stanford.

Soudain, Hugh fut à ses côtés.

— Carlyle.

Il paraissait froid et distant.

— Salut, dit Owen qui le gratifia d'un sourire gêné et sortit des bières du frigo. Besoin de quelque chose ?

— Je vais me servir tout seul. Je n'ai besoin de rien de ta part, répondit Hugh en bousculant Owen pour prendre des bières.

Owen quitta la cuisine à la hâte, une Bud Light à la main. Il se servit du bas de son T-shirt gris pour ouvrir sa bière puis alla dans le séjour sans se presser.

Autour de lui, les garçons descendaient des Bud et, la mort dans l'âme, regardaient un match de base-ball qui passait sur l'écran plat quatre-vingt-dix centimètres. Un petit groupe de troisièmes était agglutiné, plein d'admiration, devant un livre Playboy, *Centerfolds of the Ages*, que Chadwick tenait ouvert sur ses genoux comme un livre d'histoires. Owen se cala précautionneusement sur un fauteuil Barcalounger bien usé qui semblait avoir été récupéré au coin de la rue. Une grande bouteille de Bud Light d'un mètre était appuyée contre lui.

Classe.

— Carlyle ! cria le coach à l'autre bout de la pièce, la main levée en guise de salutation.

— Une seconde.

Il ne savait pas où il pourrait se cacher dans cet appartement, mais il n'était pas d'humeur à bavarder pour l'instant. Il se dirigea vers les toilettes. La porte était fermée à clé.

— J'en ai pour un moment !

Owen reconnut la voix de Hugh. Super. Il ne voulait même pas savoir ce que Hugh y fabriquait. Il se détourna et regarda par la fenêtre. Elle donnait sur plusieurs rangées de complexes immobiliers qui semblaient sans intérêt. Il soupira de frustration.

— La vie est dure.

Owen jeta un œil au garçon obèse à côté de lui, et reconnut

immédiatement Mike, le colocataire du coach. Celui-ci en faisait souvent l'objet d'un récit édifiant à ses nageurs de St Jude's : Mike avait été un nageur star à Stanford, puis était sorti avec une enquiquineuse de première, avait laissé tomber la natation et la fac pour la suivre en troisième cycle d'université à New York, où il s'était aussitôt fait plaquer, s'était mis à travailler au Red Lobster dans Times Square et avait pris soixante-quinze livres.

— Ouais, grommela Owen en s'éloignant comme si les ondes de loser de Mike étaient contagieuses.

— Mais tant que tu as des amis, c'est ce qui compte.

Comme pour prouver qu'il avait raison, il fit un rot. Owen feignait d'être extrêmement intéressé par ce qui se passait dehors, pour ne pas être obligé de parler à Mike. Quelque part au loin, il le savait, Rhys était seul et devait sûrement se sentir exclu. Owen devait lui présenter ses excuses. Une fille ne valait *jamais* qu'on rompe avec un pote. Pourquoi ne s'en était-il pas aperçu plus tôt ?

— Faut que j'y aille, man, marmonna-t-il à Mike.

Il posa sa Bud sur le sol en lino, sortit de l'appartement à toute allure et enfila le couloir. Il ne risquait pas de leur manquer.

Dans l'ascenseur, un groupe de garçons, qui portaient tous des polos Abercrombie roses et des treillis ringards, trinquaient avec des cannettes qu'ils avaient scotchées à leurs mains. Ils jouaient à Edward Fortyhands, un jeu où l'on ne peut pas se servir de ses mains tant que l'on n'a pas fini les canettes qui y sont collées. À la fin, on se trouve dans un triste état, complètement bourrés, et vous n'arrivez même pas à déscotcher les cannettes tout seul – quelqu'un doit le faire pour vous. Mais là était justement la question : tout était un travail d'équipe. En les voyant, Owen faillit pleurer sur les amitiés qu'il avait perdues.

Au coin de la rue, il tenta de héler un taxi. Tous ceux qui descendaient la 1re étaient pris, transportent manifestement des habitants des quartiers résidentiels qui se rendaient dans des fêtes ou des bars au centre-ville. Frustré, Owen jeta un œil à ses tennis Stan Smith éraflés. Il n'aurait qu'à courir.

*
* *

Enfin il parvint devant l'hôtel particulier de Rhys. Il entendit de la musique poussée à fond. Ses parents organisaient une fête ou quoi ? Il appuya fermement sur la sonnette.

— Hé, man !

Un type dégingandé coiffé de dreadlocks ouvrit la porte et le gratifia d'un grand sourire.

— Hum, salut, dit Owen, interloqué. (Il jeta un coup d'œil aux chiffres en cuivre sur la porte. 87. C'était la bonne maison.) Rhys est-il là ?

— Rhys ?

Le type secoua la tête sans conviction et le planta là, laissant la porte grande ouverte. En haussant les épaules, Owen le suivit à l'intérieur.

— Rhys ? cria-t-il.

Sa voix résonna sous les lambris de chêne foncé. Une musique bizarre provenait d'en bas. Il entra dans le séjour, dévala les marches quatre à quatre, et ouvrit la porte qui donnait sur la piscine intérieure.

La piscine au sous-sol de chez les Sterling impressionnait toujours Owen. Si l'hôtel particulier de sa grand-mère en disposait d'une, elle mesurait un mètre de profondeur et quatre mètres cinquante de large. Celle de Rhys mesurait vingt-cinq mètres de long et un mètre cinquante de profondeur ; elle était carrelée de caissons italiens peints à la main, représentant des étoiles de mer, des pieuvres et du varech. Ce soir, elle était beaucoup moins éblouissante. L'air semblait plus brumeux que d'habitude, et des jeunes se prélassaient au bord du bassin dans divers états de seminudité. Un type jetait comme un hystérique des tomates dans l'eau comme s'il jouait à un jeu dont il était le seul à connaître les règles. Phish beuglait dans la stéréo. Que se passait-il ? Les yeux d'Owen finirent par se poser sur Rhys, allongé sur un flotteur en plein milieu de la piscine.

— Hé, man, tu y es arrivé ! (Le type qui avait fait entrer Owen sourit avec enthousiasme depuis le petit bain.) Tu viens ? demanda-t-il.

— Rhys ! appela Owen, ignorant le jeune qu'il ne connaissait pas. (Qui étaient tous ces gens ? Et pourquoi Rhys traînait-il avec eux ?) Rhys ? cria de nouveau Owen, la voix empreinte de désespoir.

— Qu'est-ce que tu fous là, bordel ? cria Rhys en réponse, sans prendre la peine de bouger de son flotteur.

— Peut-on parler ? fit Owen d'un ton hésitant, toujours debout au bord de l'eau.

Il se pencha pour esquiver une tomate, jetée de près par un gosse dreadlocké assis sur une chaise longue. Qu'est-ce que c'était que ce merdier ? Pourquoi Rhys traînait-il avec des losers comme ça ? Il devait avoir subi une transplantation du cerveau, quelque chose dans ce genre…

— S'il te plaît, on peut parler ? cria de nouveau Owen.

Il savait qu'il avait l'air de le supplier. Mais il s'en moquait.

— Nous *parlons* ! beugla Rhys en retour.

Owen comprit que tout le monde se taisait complètement. Sans trop réfléchir, il ôta son T-shirt, plongea et nagea jusqu'à Rhys.

— Que se passe-t-il ?

Owen ramena ses cheveux en arrière et se raccrocha fermement au bord du flotteur jaune de Rhys.

— Que fais-tu là ? rétorqua Rhys. (Il secoua la tête, en colère.)

Tu as fichu ma vie en l'air. Maintenant c'est bon. Tu vois. Ces gens sont des gens bien.

Si tu le dis.

— OK, dit Owen, mal à l'aise, qui ne tenait pas à entamer une dispute. Je sais que tu me détestes en ce moment. Mais c'est juste que… reviens dans l'équipe. Je vais démissionner. Ils veulent que ce soit *toi* le capitaine ; pas moi, ajouta-t-il simplement en lâchant le flotteur et en tentant de se mettre debout.

Son pied droit se posa sur quelque chose de spongieux. *Beurk.* Il baissa les yeux et vit une tomate détrempée, écrasée sur l'un des motifs en étoile de mer. On aurait dit que l'étoile de mer avait été assassinée.

Rhys se rallongea sur le flotteur, comme s'il n'avait pas entendu Owen. Celui-ci huma l'air. Ça ne sentait assurément pas le chlore.

— Qui sont ces gens ? Tu fumes du *shit* ? murmura Owen.

— Ce sont mes *amis*, répondit Rhys d'un ton glacial. (Il avait l'air dans les vapes, de planer complètement. Owen ne savait pas quoi faire.) Fiche-moi la paix. Tu m'as assez aidé comme ça, cracha-t-il en pagayant pour éloigner son flotteur d'Owen.

— Boulet de canon !

À l'autre bout de la piscine, le type aux dreadlocks sauta dans l'eau.

— Ouais ! hurla Rhys allégrement.

— *Non* ! cria énergiquement Owen, se surprenant lui-même.

— Mec, relax. (Le type aux dreadlocks pagaya vers Owen, comme un chien.) Hé man, on ne dirait pas que tu ajoutes des énergies positives à la fête. Rhys se détend, c'est tout. Qu'est-c'qu'il t'a fait ? demanda-t-il, curieux.

— Rien, répondit simplement Owen. (Rhys n'avait *rien* fait. Il avait été son seul meilleur ami et il l'avait complètement trahi.)

Si vous, les gars, vous êtes ses amis… j'imagine que tout est cool, dit-il lentement.

Owen secoua la tête et regarda Rhys une dernière fois.

— Vieux, ce n'est pas toi, ajouta-t-il calmement.

Celui-ci partit d'un rire amer tout en jetant un coup d'œil en direction d'Owen. Son visage était pâle et ses traits, tirés.

— C'est *toi* qui vas me dire qui je suis ?

Bien sûr, Owen s'érigeait en juge. Il ne pouvait pas voir ses amis tels qu'ils étaient : des personnes qui, en vérité, se souciaient de lui.

— En fait, oui, dit sérieusement Owen. Écoute, je sais que nous ne redeviendrons peut-être plus jamais amis. Mais seulement pour l'info, tu as été le meilleur pote que j'aie jamais eu. Et tu me manques. Et à tous les mecs de l'équipe de natation aussi. S'il te plaît, reviens. Notre rencontre contre Unity a lieu demain à dix heures. Et honnêtement… ta place est dans la piscine de St Jude's en tant que capitaine. Pas ici, à faire ce que tu es en train de faire avec tous ces gens.

Owen haussa les épaules.

— Merci, cracha Rhys, sarcastique.

Pourquoi devrait-il se préoccuper d'une stupide rencontre de natation ? Il avait mieux à faire.

Comme fumer, jouer de l'ukulélé avec des filles aux jambes poilues, et jongler avec des tomates, manifestement.

À ce moment, Lucas s'approcha en pagayant. L'une de ses mains était brandie haut en l'air, manifestement chargée d'apporter un joint à Rhys.

— Rhys ! cria allégrement Lucas. Vieux, voici une livraison spéciale.

Il passa le joint à Rhys.

Celui-ci le prit et aspira, voulant souffler la fumée en plein dans le visage d'Owen. Il n'avait pas besoin que celui-ci lui dise que faire. Il allait *bien*.

Owen secoua la tête. Cela ne rimait à rien. Il rejoignit le bord du bassin à la nage et se hissa dehors. Le pire, c'était que c'était lui qui avait provoqué tout ce bazar. Et qu'il ne pouvait pas revenir en arrière. Il tira sur son T-shirt, se moquant qu'il soit trempé, remonta l'escalier, et ferma bien la porte d'entrée.

j se dévoile

— Jack, par ici !

Jack se tourna avec insouciance sur le tapis rouge sous les flashes qui crépitaient. Les assistantes androïdes de Dick avait fait les choses en grand pour la soirée d'inauguration des lofts Cashman. Tout le bloc de West Broadway avait été bloqué par des barricades de police bleues, tandis qu'un tapis rouge et des projecteurs devant les portes faisaient ressembler l'événement à une première de film. La liste des invités était tout aussi glamour, avec des VIP qui se mélangeaient au gratin des médias et de l'immobilier. Devant elle, Jack aperçut Leonardo DiCaprio et une espèce de top, mais pas un seul photographe ne semblait s'en préoccuper. C'était *elle* qu'ils réclamaient à cor et à cri.

Jack frissonna, sa robe Christian Dior blanche au dos nu n'était pas totalement appropriée à la météo d'octobre.

— Prête, princesse ?

Dick Cashman descendit pesamment d'une Lincoln Town Car. Il portait son éternel chapeau de cow-boy en cuir, mais il avait ajouté un nœud rouge festif sur le bord. Tatyana marchait à grandes enjambées derrière lui, en robe Chanel or, qui aurait révélé un obscène décolleté si elle ne portait pas l'un de ses puggles – Nemo ou Memo ou quel que fût son nom – contre sa poitrine.

Le chien terrorisé semblait vouloir ramper *à l'intérieur* du décolleté, au lieu d'affronter les flashes super éblouissants.

— Aïe, je devrais aller donner un coup de main à ma maman, dit J.P., magnifique en costume gris, en désignant Tatyana qui essayait désespérément de retenir son chien. Jack acquiesça, sans vraiment prêter attention.

— Bueno, bueno, on y va ensemble, lança Dick Cashman d'une voix forte et vulgaire en enlaçant la taille de Jack pour la rapprocher de lui.

Les flashs alors s'emballèrent.

— Dick et Jack! cria un photographe au visage boutonneux derrière une barricade de police.

Dick se retourna d'un coup et sourit. Jack eut envie de rentrer sous terre. Ensemble, leurs noms formaient le titre d'un ouvrage pervers pour apprendre à lire. « Amuse-toi avec Dick et Jack? »

Où était donc passé son véritable petit ami, bordel? Elle ne voulait pas être grossière, mais elle préférait mille fois être photographiée au bras de J.P. qu'à celui de son gros père tout rouge qui vous fichait la honte à tous les coups.

— Nous allons faire des photos de J.P. et toi, annonça Dick d'une voix forte, comme s'il lisait dans ses pensées. Et tout ce que je veux que vous fassiez, les jeunes, dans ce petit bal populaire, c'est vous éclater. Et c'est un ordre.

Dick Cashman la poussa pratiquement à travers les portes de l'immeuble. Et Jack respira un bon coup. Le hall des lofts était somptueusement décoré, comme une forêt tropicale humide, avec des plantes grimpantes entortillées qui serpentaient d'un arbre grêle à un autre, des ottomanes à impressions léopard, et un tapis aux motifs de feuilles. Ça aurait pu ressembler à un restaurant à thème à l'eau de rose, mais non, on se croyait vraiment dans une oasis dans la jungle.

Jack s'empara d'une flûte de champagne sur le plateau d'un serveur qui passait et en but une longue gorgée. Voilà. C'était mieux.

— Salut. (La jeune fille sourit de soulagement en avisant J.P. debout devant elle, deux coupes de champagne à la main.) Oh tu as déjà un verre, observa-t-il.

— Je vais en prendre un autre, répondit Jack en souriant, aguicheuse. Après tout, nous avons beaucoup de choses à fêter !

Elle trinqua avec lui. Ses cheveux châtain foncé étaient peignés sur le côté et il portait un costume Armani classique avec une cravate vert émeraude assortie discrètement au décor de jungle.

— Je nous ai pris une table, annonça J.P. en glissant sa main dans la sienne et en l'accompagnant à travers l'entrée au plafond voûté. Tu es magnifique, ce soir.

— Merci, répondit Jack. (Elle serra sa main bien fort. Il sentait l'eau de Cologne John Varvatos Vintage et, d'un coup, elle eut envie de monter dans l'appartement de luxe – tout de suite.) Hé, je me disais…, murmura-t-elle à son oreille.

— Jack, chérie !

Béatrice Morris descendit en piqué et déposa un baiser sur la joue parsemée de taches de son de Jack. Béatrice, la sœur de Jiffy Bennett, était âgée de trente-deux ans et mariée trois fois. C'était une habituée des soirées mondaines depuis l'âge de seize ans et elle avait convolé pour la première fois à dix-neuf ans. À ses côtés se trouvait un homme bien plus âgé, vêtu d'un costume tout blanc, et qui s'accrochait au creux du coude de la jeune femme tellement maigre que ça en était inquiétant.

— Ravie de te voir, répondit Jack d'un ton sec.

La dernière fois qu'elle avait rencontré Béatrice, celle-ci était mariée à un homme de dix ans son cadet. Manifestement, elle virait désormais à l'opposé.

C'est ce qui s'appelle couvrir ses bases.

— Voici mon fiancé, Deptford Morris, roucoula-t-elle.

Le vieil homme tendit une main tremblante à Jack.

— Enchantée, dit-elle rapidement en serrant sa main moite.

— Et tu t'en sors très bien, crois-moi ! ajouta Béatrice en se penchant d'un air de conspiratrice. Les hommes de l'immobilier sont les meilleurs. Je regrette de ne pas avoir appris cela plus tôt, murmura-t-elle en s'approchant tant que Jack crut étouffer à cause de son parfum Creed Royal. Elle se recula et faillit marcher sur la robe Prada rouge de Béatrice.

— Enfin bref, il faut que tu apprennes une ou deux choses à Jiffy. Elle a besoin d'un homme qui prenne soin d'elle. Cette fille n'a pas de bon sens.

Béatrice secoua affectueusement la tête. Jack plissa les yeux. La sœur hyper moche de Jiffy insinuait-elle qu'elle choisissait les hommes pour leur portefeuille ?

— J.P. est mon petit ami depuis des années, clarifia-t-elle d'un ton ferme.

— Alors tant mieux, chérie ! dit Béatrice soudain nonchalante. Nous allons au bar. Deptford devient grognon si nous rentrons à la maison après dix heures !

Béatrice se renfrogna brièvement pour se fendre aussitôt d'un sourire jaune et s'en aller tranquillement.

— Alors à ton avis, quand pourra-t-on monter ? demanda Jack le sourcil interrogateur à l'adresse de J.P.

— Ah vous voilà, les jeunes ! les interrompit Candice en les prenant tous les deux par le coude et en les poussant vers un carré VIP à l'accès délimité par un cordon de velours et flanqué de deux affiches de Jack. C'étaient des photos qui n'avaient pas encore été utilisées dans la campagne, la montrant en imperméable Prada vert émeraude s'ébattant sous les fontaines des jardins des lofts

Cashman. Il semblait que Jack ne portait rien sous son vêtement. Ça lui avait paru cool à l'époque, mais quand on regardait les photos à la faible lueur de l'entrée, elles étaient presque vulgaires, faisant d'elle une exhibitionniste perverse. Elle détourna les yeux. Heureusement, juste derrière elle, un serveur apportait du champagne et des cocktails de couleur verte. Elle en prit un de chaque.

Cul sec !

— Nous avons des interviews avec la presse pour vous, les jeunes. Nous les organisons dans l'appartement, loin de tout ce cirque. Nous vous considérons quelque part comme les nouveaux Donald Trump et Ivana, roucoula Candice en jouant avec les cheveux auburn de Jack.

Jack se raidit. Elles organisaient des interviews dans *son appartement* ?

— Dans les années glamour, bien sûr. Avant 1985, clarifia Jeannette, en tapant comme une folle sur son BlackBerry, comme pour prendre note de cela.

Jack résista au besoin urgent de renverser le reste de son champagne sur la blouse Dior moulante en soie noire de Candice. Et si elle ne *voulait pas* être la nouvelle Ivana Trump ? Ivana Trump n'était-elle pas *vulgaire* ?

Et les parents de J. P. ne sont-ils pas *déjà* les nouveaux Donald et Ivana ?

— Viens, la pressa Candice.

Jack prit une autre flûte de champagne. Elle allait en avoir besoin.

Autant emporter toute la bouteille.

— Merci.

Avery s'efforça de sortir gracieusement de la Lincoln Town Car et de gagner le tapis rouge qui longeait le trottoir devant les lofts Cashman. Son cœur manqua un battement quand James tint son coude pendant qu'elle trouvait son équilibre dans ses chaussures de tueuse Prada noires en satin à bout découpé, qu'elle avait assorties à une robe Diane von Furstenberg en dentelle noire. Elle sourit en remarquant les rangées de photographes, qui mitraillaient sans relâche tous les invités. Quand elle avait entendu parler de cette soirée, elle avait supposé que seuls des inconnus des médias et de l'immobilier y assisteraient, mais apparemment tout New York City – sans parler de la moitié de Hollywood – était là. Avant ce soir, le seul véritable tapis rouge qu'elle eût jamais foulé était celui du barbecue de homard annuel sponsorisé par la brigade des pompiers de Nantucket. Ici, c'était un milliard de fois mieux. Elle adressa un sourire Ultrabrite à James.

— James !

Gemma, qui, comme Avery le savait, couvrait la soirée, courut vers eux depuis l'autre extrémité du tapis rouge. Elle portait un pantalon noir gonflant et une blouse noire avec un casque à écouteurs et micro tape-à-l'œil derrière ses oreilles. De la verdure était tressée dans ses cheveux, dans une tentative ratée d'évoquer le thème de la soirée.

— Salut, Gemma ! dit Avery en embrassant la joue pâle de la jeune femme, comme si elle était enchantée de la voir. Comment ça va, le boulot ? demanda-t-elle, garce.

— Voici vos passes, annonça Gemma en leur donnant deux badges nominatifs ringards. Ticky souhaite que vous interviewiez Jack Laurent. Elle vient d'arriver.

Gemma fit les gros yeux, détestant clairement son rôle de messager. Avery se fendit d'un grand sourire. Qui était la stagiaire à présent ?

Techniquement, était-ce toujours elle ?

— Adorable, merci, dit James en embrassant Gemma sur la joue. Nous t'apporterons peut-être du champagne. Si tu es sage ! ajouta-t-il, avec un sourire séducteur.

Quoi ? Avery se renfrogna. James flirtait-il avec Gemma ?

Ils traversèrent l'entrée des lofts, esquivèrent les plantes grimpantes qui tombaient du plafond et les canapés à impression léopard et zèbre disposés dans toute la pièce. Des artistes déguisés en girafes et en zèbres se promenaient, perdus au milieu des dizaines d'invités en haute couture qui grouillaient dans cette oasis.

— Je veux que tu sois mes oreilles et mes yeux, déclara James en se penchant vers Avery, brusquement professionnel. Tu peux te faire niquer de façon spectaculaire pendant les soirées, si tu vois ce que je veux dire.

Avery hocha la tête, bien qu'elle n'eût aucune idée de ce dont il parlait. *Niquer* ? Avait-elle loupé un épisode ?

Ou avait-elle les idées mal placées ?

— Suis Jack et regarde ce qu'elle fait, à qui elle parle, et où elle va après la soirée. Suis-la aux toilettes. Sois aussi amicale et naturelle que possible. Fais en sorte que, lorsqu'elle parle, c'est comme si elle se parlait. Entre dans son cerveau. Dis-toi que c'est ton cours intensif de journalisme, ma petite, assena James.

— Tiens. (Il lui tendit une flûte de champagne prise sur le plateau d'un serveur qui passait.) Maintenant, sois gentille et fais-moi honneur. Je dois me taper les courbettes d'usage. Tragique, vraiment, dit James en secouant la tête.

— Bien sûr, répondit mollement Avery.

Pourquoi ne voulait-il pas traîner avec *elle* ? Et espérait-il vraiment qu'elle allait suivre Jack Laurent partout ? La salle était tellement bondée qu'elle doutait même de la *trouver*.

— OK, bébé. Ça ira ? demanda James.

Mais déjà il traversait la foule en se pavanant, poussait des gens pour essayer d'atteindre le carré VIP de l'autre côté de l'entrée.

— Hamburger bio à l'agneau ?

Un serveur en smoking brandit une assiette en argent sous le nez d'Avery. Elle prit l'un des tout petits hamburgers et en avala tristement une bouchée. James avait décidément davantage l'air d'un reporter égocentrique qui se servait d'elle pour *son* article que d'un cavalier servant.

— Avery !

Ticky arriva à grandes enjambées, perchée sur ses infâmes talons de dix centimètres Miu Miu scintillants, laissant une traînée de paillettes dans son sillage. Seule Ticky pouvait se permettre de porter si souvent la même paire de chaussures, parce qu'elle les portait comme si elle disait : « Je m'en tape de ce que vous pensez », comme si elle était tellement fabuleuse que seules des chaussures scintillantes pouvaient faire l'affaire.

Bien sûr.

Elle s'accrochait à la main d'un homme qui mesurait quinze centimètres de moins qu'elle et devait être son cadet de vingt ans. Il avait des cheveux blanc jaune bien entretenus et portait un costume blanc nickel, taillé sur mesure pour sa minuscule silhouette.

— Avery chérie, voici Bailey Winter, le créateur. Il a accepté de suivre le vieux cuirassé toute la soirée ! s'exclama Ticky.

— Chérie, il n'y a personne d'autre que je préférerais suivre ! protesta Bailey Winter en agitant une main en l'air.

Avery esquissa un sourire. Elle savait que Bailey Winter était un créateur de mode important et, en temps normal, elle aurait été aux anges de le rencontrer. Mais maintenant que James l'avait abandonnée, elle avait peur, comme si Ticky pouvait décider sur-le-champ qu'elle avait eu tort de lui confier l'article, qu'elle n'était tout simplement pas de taille à travailler pour *Metropolitan*.

— Salut ! finit-elle enfin par dire.

Elle remarqua que McKenna traînait derrière eux deux, portant la pochette Prada argent de Ticky dans une main et l'immense cartable Prada noir de Bailey Winter sur son épaule. Elle arborait le même talkie-walkie ringard que Gemma.

— Tu es toute seule ! constata Ticky en se penchant pour embrasser Avery sans la toucher.

Elle sentait les cigarettes, le whisky et ces caramels durs au beurre que la grand-mère d'Avery avait l'habitude de manger.

— Oui, comme c'est triste, Avery. Au moins, tu as trouvé la bouffe ! dit McKenna en lui adressant un sourire faux. Avery la foudroya du regard. Il fallait que McKenna la voie toute seule comme une loser sans amis, noyant son chagrin à coup de calories bio !

— En fait, je suis venue avec James. Lui et moi, hum… couvrons simplement des gens différents, mentit Avery.

— Pschaw !

Ticky agita frénétiquement en l'air sa main vernie de rouge. Pas une seule mèche ne bougeait de sa coiffure bouffante laquée, le même style que la grand-mère d'Avery portait lors d'occasions exceptionnelles.

Certaine que quelque chose n'allait pas, Ticky posa une main osseuse sur l'épaule nue d'Avery.

— Tu apprends à la dure, chérie. James est un journaliste fantastique, mais c'est un foutu célébro-sexuel. Tu ne peux l'amener nulle part. (Ticky leva au ciel ses yeux extrêmement maquillés.) Alors oublie les ordres qu'il t'a donnés et amuse-toi bien ce soir. Circule ! Parle ! Ton job est d'être le fabuleux visage de *Metropolitan* ! Il faut bien que quelqu'un le soit. Malgré tout le talent du docteur Antell, mon visage n'aura plus cette fonction, ajouta Ticky à regret.

— Merci, répondit Avery, hébétée.

— Maintenant je dois m'assurer que tout le monde sait que je suis là et pas encore morte.

— Ma chère, votre vie ne fait que commencer ! s'exclama Bailey Winter en conduisant Ticky vers le bar.

— Amuse-toi ! ordonna de nouveau Ticky en regardant par-dessus son épaule avant de disparaître dans la foule.

Avery hocha la tête puis s'éloigna. Elle se fraya un chemin à travers les arbres grêles et bizarres installés pour l'occasion, en direction d'un panneau « sortie ». Elle avait juste besoin d'un peu d'air.

— Vouliez-vous voir l'appartement de luxe ? demanda une blonde près des ascenseurs, remarquant clairement le passe de presse qu'on lui avait donné à la porte.

— Bien sûr, acquiesça Avery, curieuse.

L'appartement de luxe, n'était-ce pas là que vivait Jack ?

— Super, s'exclama la fille en tenant la porte de l'ascenseur ouverte pour Avery. Vous pouvez monter. Je crois que Jack Laurent y donne des interviews.

— Parfait, murmura Avery en regardant la fille appuyer sur *A*.

Elle allait donc finir par tomber sur Jack.

L'ascenseur s'ouvrit sur un immense loft blanc et gris. Des caméras étaient installées dans un coin, Jack et J.P. se faisaient manifestement interviewer. J.P. gesticulait comme s'il prenait le pied de sa vie. Jack souriait, mais quelque chose semblait faux.

— Vous êtes de la presse ?

Une femme posa une main manucurée sur l'épaule d'Avery.

— Ouais. Enfin, oui, de *Metropolitan*, dit Avery, dévisageant la femme maigre tout en noir devant elle qui souriait.

— Oh *Metropolitan* ! Très bien. Je suis Jeannette. Des Lofts. Je suppose que vous désirez parler à Jack et à J.P. ?

— Non, non. J'ai l'impression qu'ils sont occupés.

D'un seul coup, monter ici lui parut une idée stupide. Elle ne voulait *vraiment* pas parler à Jack en tête à tête.

Jeannette la regarda bizarrement.

— N'importe quoi. Je veux qu'ils parlent à *Metropolitan*. Ils sont en train de terminer une interview pour *Harper's*, mais je viendrai vous chercher dès qu'ils auront fini. Peut-être souhaiteriez-vous jeter un œil ? La vue de la terrasse est tout à fait charmante, insista Jeannette en prenant Avery par le coude et en l'entraînant vers la terrasse.

À l'extérieur, Avery contempla l'affiche de Jack plus grande que nature. Sur la photo, elle semblait belle et douce, une fille qui ne ferait jamais un enfer de la vie de personne, simplement parce que ce n'était pas dans sa personnalité.

— Charmante, n'est-ce pas ? dit Jeannette en suivant le regard d'Avery. Je vais voir s'ils ont terminé. En attendant, voulez-vous que je vous apporte quelque chose ?

Avery secoua la tête, hypnotisée par l'affiche publicitaire. Même si c'était plus ou moins son boulot et la raison pour laquelle elle était ici, elle ne parvenait toujours pas à croire qu'elle serait obligée d'*interviewer* Jack.

— Avery.

Avery se retourna et vit Jack, debout seule près de la porte de la terrasse, ses cheveux auburn détachés sur ses épaules.

— Salut Jack, dit froidement Avery.

— Finissons-en. Je n'arrive pas à croire qu'ils me font faire une interview avec une *stagiaire*, maugréa Jack.

Elle avait cru voir Avery et un type plus âgé au bar, mais avait immédiatement écarté cette idée. Pourquoi diable Avery Carlyle se trouverait-elle à la soirée d'inauguration des lofts Cashman, une soirée si sélecte que même *elle* n'avait pu y inviter aucune de ses amies ? Et voilà que maintenant, Avery l'*interviewait*.

— Je suis contente que nous ayons l'occasion de parler, commença Avery qui détestait avoir l'air aussi faux-cul. (Elle se rappelait ce que James avait dit, qu'elle devait acculer Jack. Parce que même s'il était grossier et obsédé par lui même, il était temps d'obtenir des déclarations vraiment bonnes et de les impressionner, Ticky et lui, à fond.) Je ne sais pas comment tu arrives à faire tout cela tout le temps sans péter un plomb, ajouta-t-elle en espérant que la voie de la sympathie allait pousser Jack à s'ouvrir. Moi, je n'y parviendrais pas.

— Ce n'est pas si dur que ça, répondit Jack. (Avery était-elle réelle ? Et pour quelle raison, au juste, Avery devrait-elle péter les plombs ?) Pourquoi tu n'es pas avec ton petit ami ? demanda-t-elle, se rappelant le type du bar.

— Je n'ai pas de petit ami, répondit Avery d'un ton suave. (Elle eut pourtant honte quand elle le formula.) Et toi pourquoi tu n'es pas avec *ton* petit ami ?

— J'ai besoin d'une minute sans lui, expliqua Jack, mal à l'aise. (Elle tira une taffe sur sa cigarette.) Tu veux une clope ?

Elle sortit un paquet de Merit de son sac Louis Vuitton matelassé or, sachant que l'autre refuserait. C'était ça le problème : Avery ne serait pas si gonflante si elle n'était pas aussi *bien*. Espérons que la menace des agents cancérogènes pousserait Avery-aux-poumons-purs à lui ficher la paix.

— Bien sûr, répondit Avery en tendant la main, tout sourire.

Jack arqua un sourcil d'étonnement. Avery était assurément pleine de surprises. Elle alluma la cigarette avec la sienne et la lui donna.

À ce moment, Jeannette ouvrit la porte de la terrasse.

— Nous avons d'autres journalistes qui veulent vous parler. Pensez-vous avoir bientôt fini ? demanda Jeannette qui fronçait le nez en avisant les cigarettes des filles.

— Oui, dit Avery.

— Non, répondit Jack sans tenir compte de ce qu'elle venait de dire. Nous n'avons pas encore commencé.

Avery fut étonnée. Jack demandait-elle à passer plus de temps avec elle ?

— OK, dit Jeannette en pinçant les lèvres de réprobation.

— Ces interviews sont vraiment pénibles. Ne le prends pas mal, soupira Jack une fois que Jeannette fut partie. Je n'ai vraiment plus envie d'en faire.

— C'est bon. Je ne sais pas vraiment ce que je fais, avoua Avery.

— Et moi donc, dit Jack qui haussa les épaules et tira une autre bouffée. On peut dire que tu as de la chance de ne pas avoir de petit copain.

Elle se rappela l'époque où elle pouvait flirter avec qui elle voulait.

Durant la seule et unique semaine où elle avait été célibataire ?

— Que veux-tu dire ? demanda Avery en avalant la fumée puis en se mettant à tousser. Elle finit par laisser tomber la cigarette sur le sol en ardoise et l'écrasa avec le bout de sa chaussure Prada.

Elle saurait être aimable avec Jack pour lui faire cracher le morceau, mais elle n'irait pas jusqu'à sacrifier ses poumons pour cela.

— Je ne fume pas.

Jack sourit et haussa les épaules.

— Moi, je ne devrais pas. (Jack fronça les sourcils.) Mais j'ai juste été super stressée cette semaine, ajouta-t-elle en allumant une autre cigarette.

— Pourquoi ?

La question eut l'air d'une plainte. C'était difficile de plaindre Jack. Après tout, elle était une ballerine presque professionnelle, avait un petit copain super beau gosse et parfait, et une carrière de top débutante. Pour quelle raison pourrait-elle raisonnablement stresser ? À cause de la robe de créateur qu'elle devrait porter tous les soirs ?

— Toute cette histoire des lofts Cahsman est tout simplement bizarre. Enfin, j'adore l'appartement, mais c'est comme si j'étais mariée à J.P.

Jack se renfrogna et Avery hocha la tête en signe de compassion, même si elle ne voyait pas où était le problème.

— S'il te plaît, ne t'en sers pas pour ton interview. C'est juste que tout se passe très vite, continua Jack comme si elle voulait se justifier.

C'était plutôt agréable de confier ce qu'elle pensait à quelqu'un. Si elle avait dit cela à Jiffy ou Geneviève, elles l'auraient prise pour une folle. Et peut-être l'était-elle. Qui n'aimerait pas un appartement gratuit, un petit copain aimant et des millions d'invitations aux soirées les plus courues de la ville ?

— Je ne sais pas du tout ce que je suis censée faire, bordel, ajouta Jack. C'est vrai ! Ma mère est cette ex-ballerine française superfolle et mélo, qui a déménagé à Paris la semaine dernière pour jouer dans un soap opera. Et je ne peux même pas gérer ça tellement je suis débordée à m'occuper d'un chien qui mange mes chaussures, d'un petit ami qui ne veut jamais mettre le nez dehors, de ses parents tarés sans limites, et juste… tout ça quoi ! gémit-elle, puis elle se mit à rire.

Sa vie avait l'air tellement ridicule qu'il était difficile de ne pas rire.

— Y a pire, comme situation. Tous les parents nous fichent la honte. C'est vrai, quoi, ma mère est une artiste tarée qui collectionne des sculptures de pieuvres en verre, lança Avery.

— Je sais, dit Jack, se rappelant cet absurde dîner chez les Carlyle, où la mère d'Avery avait déliré sur les pieuvres. D'un seul coup, elles se mirent à rire toutes les deux. C'était presque comme si elles s'*éclataient*. Et voilà que, sans même s'en rendre compte, elle était en train de confier à Avery qu'elle était vierge !

Et si elles ouvraient un club ?

— Mais tu vis encore toute seule dans un appartement magnifique, lui rappela Avery, tentant de repasser en mode interview.

Elle devait garder le cap. Pourtant elle ne pouvait s'empêcher de penser à certaines phrases de l'article de James. Jack avait beau être égocentrique et avoir les dents longues, elle ne couchait *abso-*

lument pas avec le père de son petit ami. Avery sentit les effets du champagne dans son ventre vide. Mais que pouvait-elle y faire ?

— Un appartement magnifique qui est comme *The Situation Room*[1] en ce moment. C'est vrai quoi, c'est juste une affiche. (Jack jeta un œil à son image plus grande que nature.) Ce que tu fais m'a l'air cool, en revanche. Tant que tu n'écris rien de méchant sur moi, ajouta-t-elle avec un rire contraint.

— Ne t'inquiète pas, fit Avery d'une voix éteinte, bien qu'elle crût devoir vomir sur-le-champ.

Jack était loin d'imaginer à quel point l'article allait être méchant.

— Je le comprendrais si tu le faisais. Écoute, je sais que je me suis comportée en salope avec toi. Je suis comme ça, c'est tout. (Jack haussa les épaules, puis éteignit sa cigarette en la piétinant.) Mais je suis désolée.

Elle regarda droit devant elle dans la nuit.

— Merci, dit Avery, qui se mit à frissonner.

Ce n'était pas comme si Jack avait réellement *choisi* de figurer sur le panneau publicitaire… et à présent, tout le monde à New York allait croire qu'elle avait couché pour dégoter un appartement gratuit. Avec le *père* de son petit copain, rien de moins… À présent, James, en dépit de ses discours sur l'excellence journalistique, avait tout du gros méchant, tandis que Jack était… eh bien, d'accord, ce n'était pas un ange, mais pas non plus le diable pour lequel Avery avait voulu la faire passer.

— Tu veux que l'on se casse d'ici ? proposa Jack, timide. Nous pourrions feindre de faire une interview en profondeur. Si nous sommes ensemble, personne ne pourra râler contre nous parce

1. Émission d'informations diffusée sur CNN où des journalistes et des informations peuvent arriver à tout moment en temps réel. *(N.d.T.)*

que nous ne faisons pas ce que nous sommes censées faire, bordel. Et j'ai *vraiment* besoin d'un autre verre.

Jack lui adressa un sourire hésitant.

Avery acquiesça. Ça lui paraissait le meilleur plan de la soirée.

— Allons-y !

Jack tourna les talons et Avery la suivit. Après quelques coupes de champagne, elle pourrait oublier James, Gemma et Ticky et tout l'article de *Metropolitan*.

Parce que, quand on oublie quelque chose, il disparaît automatiquement.

vider mon placard

— Baby ?

La voix d'Edie résonna dans le couloir.

— Ouais ? cria Baby, qui enjamba adroitement Rothko, leur chat noir.

Elle se trouvait tout au fond de son placard, et ne savait comment s'y prendre pour suivre les ordres de Lynn. Les robes *vintage* étaient entassées en vrac les unes sur les autres. Des cartons qu'elle n'avait pas pris la peine d'ouvrir depuis leur déménagement de Nantucket étaient empilés contre le mur du fond en équilibre instable. Des photos étaient éparpillées sur le sol.

— Que fais-tu ? demanda Edie en entrant dans le placard. Oh ! (Elle se baissa et ramassa un poncho en laine moutarde.) Il était à moi ! s'exclama-t-elle tendrement, la voix étouffée tout en le passant par la tête et en posant pour Baby. Qu'en penses-tu ?

Baby jaugea d'un œil critique sa mère d'une cinquantaine d'années. Au lieu de lui donner un look « sac de patates », il accentuait sa silhouette hyperfine et lui donnait un air cool.

— Sympa, maman. Tu veux le récupérer ?

— Non. (Edie secoua la tête.) C'était l'année où je travaillais dans une ferme bio du Vermont. C'était quelques années avant que vous ne naissiez. Trop de souvenirs.

Elle haussa les épaules et l'ôta, secouant la tête comme pour se débarrasser de toute association négative.

— Vraiment ? dit Baby, surprise.

On aurait dit qu'Edie suivait les conseils de Lynn : ne pas se raccrocher à ce qui avait pu lui faire du mal. Était-ce simplement le bon sens ?

— Ouais. C'est juste que ça ne marche pas pour moi, dit Edie en ébouriffant les cheveux de sa fille. Enfin bref, je sais que ton frère et ta sœur sont sortis, je voulais seulement que tu saches que je sortais aussi. Je retrouve Remington, ajouta-t-elle sur un ton de conspiratrice. Ça ira, toute seule ? Tu as l'air plutôt distraite ces derniers temps. Je voulais te demander pourquoi mais je sais que tu aimes trouver tes propres réponses. Trébucher sur le chemin. Tu me ressembles beaucoup, ajouta-t-elle affectueusement.

— Je vais bien, répondit Baby, sincère. (Ou du moins elle savait qu'elle irait bien, très bientôt. Mais ce serait à elle de résoudre ses problèmes, aucun thérapeute ne détenait la clé.) Mais merci, maman.

Baby sourit. Elle jeta un coup d'œil à son placard, soudain revigorée. Ses yeux tombèrent sur le jean Citizen bien trop long qu'elle avait piqué à sa sœur l'an dernier. Autant le lui rendre.

— Bien. (Edie sourit et sortit de la pièce d'un pas majestueux.) Ne m'attends pas !

Baby s'assit par terre dans le placard et tira une boîte vers elle. Elle l'ouvrit et regarda attentivement à l'intérieur. Il y avait des dizaines de vieux disques vinyle, un cadeau de son petit ami de quatrième, même si aucun d'entre eux ne possédait de platine disques. Ceux-là pourraient bien disparaître, sans problème. Sous les disques se trouvait un livre de dissertation relié avec un papier marbré. Baby le feuilleta rapidement. C'était un album rempli de photos, de paroles de chansons écrites à la main, et de morceaux de billets de concert qu'elle avait offert à Tom en cadeau de Saint-Valentin, lequel, en défoncé qu'il était, n'avait jamais pris la peine de rapporter chez lui. Elle fit la grimace. *Eux aussi* pourraient bien disparaître sans problème.

Rothko sauta sur les genoux de la jeune fille et donna des coups de patte à un morceau de tissu blanc vaporeux au-dessus de lui.

— Tu viens m'aider ? demanda Baby d'une voix chantante, en enfouissant son visage dans la douce fourrure du chat.

Elle prit le tissu avec lequel il jouait. C'était une magnifique robe Rodarte blanche avec des fleurs cousues à la main sur le corset. Elle la portait à la soirée de bienfaisance de l'équipe de natation, la nuit où elle avait rompu avec J. P. Sa mère l'avait choisie pour elle et même si elle était magnifique, Baby avait passé tout le bal à se sentir mal et à étouffer dedans.

Sans hésiter, elle la lança sur la pile de vêtements à donner. Elle pourrait aisément faire le bonheur de quelqu'un. Mais elle n'était pas pour elle. Rothko miaula, indigné, se dirigea vers la robe d'un air furieux et s'allongea dessus.

— Tu peux la prendre, dit Baby en haussant les épaules et en souriant.

Elle ne se sentait même pas idiote de parler à son chat. Elle ressentit plutôt une vague de soulagement affluer en elle. Voir la pile des « non » se former par terre lui rappela qu'elle ne sortait pas avec un défoncé, ni un futur magnat coincé et BCBG. Elle sortait avec… *elle-même*. Parce que, franchement, qu'y avait-il de plus important à séduire qu'elle ?

Tiens donc, ma sœur !

Avertissement: tous les noms de lieux, personnes et événements ont été modifiés ou abrégés afin de protéger les innocents. En l'occurrence, moi.

Salut à tous !

FLASH INFO DE LA PATROUILLE DES FÊTES :

Nous interrompons notre fête habituelle pour vous informer qu'une certaine jet-setteuse auburn et star de l'émission de ce soir a *disparu*. Ne sortez pas l'alerte rouge ni rien – je sais que nous pouvons affirmer de source sûre qu'elle est partie de son propre chef. Mais, peu après minuit, le visage du mouvement écolo restait introuvable. Le plus curieux, c'était son associée dans le crime : la journaliste **A**, connue pour être l'*ennamie* de **J**, semble avoir disparu elle aussi. Hummm. Des toasts au caviar et un thème jungle n'étaient-ils pas suffisamment classe pour **J** ? C'est ma soirée et je la zappe si j'en ai envie ?

J'imagine donc que c'est officiel, alors : partir tôt est le nouveau « je fais la fête toute la nuit ». À moins que vous ne teniez à être considéré comme un loser sans ami qui n'a nul endroit où aller, assurez-vous de quitter une soirée avant l'heure fatale – quand les barmen cessent de servir à boire, les filles sont surprises en train de roupiller pas si subtilement sur les meubles des toilettes pour dames, et le videur fout les gens à la porte au lieu de les laisser entrer. N'oubliez pas, il ne s'agit pas d'une compétition, et vous ne gagnez pas de points pour être la dernière à tituber sur vos Manolo.

RESTER POUR LA NUIT

Bien sûr, ce moment de la nuit, c'est quand toutes les afters commencent. Si c'est vous qui recevez, procédez avec prudence. Tôt ou tard, vos invités vont s'endormir – les uns avec les autres, y a de fortes chances. Et le drame du lendemain matin est déconseillé aux personnes sensibles.

Et vous dans tout ça, alors ? Vous pourriez faire comme certains et zapper la soirée pour vider votre placard. Au moins vous serez très bien vue de votre bonne. Ou vous pourriez organiser une fête du shit hippy dans votre hôtel particulier, comme d'autres. Quoi que vous décidiez – que vous soyez dans le carré VIP, en haute couture jusqu'au cou, ou que vous vous défonciez avec votre nouvelle meilleure amie – éclatez-vous ce soir. Ou au moins durant les cinq heures qui restent avant le lever du soleil, moment auquel même moi je raccroche mes chaussures de danse…

ON A VU :

B, devant son immeuble en train de jeter des vêtements et autres bibelots par brassées entières. Nettoyage de printemps en octobre ? **A** et **J**, descendre des pichets de Bud Light à cinq dollars dans un bouge de Lispenard Street, au coin des lofts Cashman – la soirée a-t-elle changé de lieu ? **J**, monter dans un taxi en titubant, retourner aux lofts en titubant, puis monter dans un ascenseur avec **J.P.** en titubant – et une armée de photographes. On dirait qu'un certain couple ne va pas beaucoup dormir… et pas pour la raison qu'ils espéraient. **O**, prendre des plats à emporter chez un traiteur chinois sur la Troisième puis se dépêcher de rentrer chez lui, en solo. Quelle honte, d'autant plus que nous connaissons tous les vertus aphrodisiaques de la nourriture chinoise bien grasse. **R**, payer un livreur de pizzas devant chez lui. Je sais que les prix ont augmenté, mais la monnaie qu'il lui a discrètement donnée semblait couvrir plus de deux pizzas.

VOS E-MAILS :

Q: Chère Gossip Girl,
Tu es mignonne. Tu sais quoi, retrouve-moi à Waverly, 20 h, lundi. Je vais faire de toi une star, ma grande.
— lunettesdesoleillanuit

R: Cher LdSIN,
Merci pour l'invite, mais je me contente parfaitement de ma consommation actuelle de star.
— GG

Q: Chère Gossip Girl,
Je suis conseiller pédagogique à Harrington, un pensionnat privé et indépendant de garçons, au Royaume-Uni. J'ai reçu une candidature des parents d'un jeune homme. Il fréquente une excellente école de Manhattan et a un dossier scolaire éblouissant. Tout cela est bien beau, mais nous aimons bien savoir ce que leurs pairs pensent de nos garçons pour que nous sachions s'ils s'intégreront bien dans notre communauté. Si vous pouvez vous porter garante de lui, alors nous accepterons immédiatement sa candidature. Ciao !
— RugbyandCrew

R: Cher Rugby,
C'est triste, mais je ne crois pas que l'on pourra éloigner ce mec de New York – ou de la serre de sa mère – de sitôt. Le climat du Royaume-Uni n'est pas très indiqué pour le genre de plante qu'il souhaite faire pousser. Bien qu'il s'entende sûrement très bien avec des groupes divers.
— Gossip Girl

Très bien. Retour à l'after.

Vous m'adorez, ne dites pas le contraire

gossip girl

r devient clean

— Soirée câlins, man !

Des bruits sourds sur sa poitrine réveillèrent Rhys samedi matin. C'était quoi ce bordel ? Il venait de rêver qu'il vivait au rayon boulangerie de Zabar's, dans une hutte construite avec des baguettes. C'était un super beau rêve, en fait. Mais voilà qu'il ouvrait un œil sur un ciel bleu brillant, où flottaient des nuages. À quel endroit se trouvait-il donc, *bordel* ?

Indice : pas dans un empire de la nourriture de l'Upper West Side.

— Tu es réveillé ! cria une voix joyeuse.

Le visage bronzé et souriant de Lucas apparut au-dessus de lui.

— Guh, glouglouta Rhys.

C'était trop dur de former ne serait-ce qu'un seul mot. Il rouvrit un œil. Ses yeux étaient bizarres et collés l'un à l'autre. Lucas portait un kilt du père de Rhys, sans T-shirt. Il tenait au-dessus de sa tête comme une tente ce que Rhys reconnut comme étant les draps de ses parents faits sur mesure, venant du Monogrammed Linen Shop à Londres.

— Viens sentir l'amour, mon frère, ronronnait une voix de femme sur un ton monocorde, à moitié défoncée et à moitié saoule.

Rhys remarqua soudain un poids étrange sur son bras. Lisa y était accrochée, son aisselle poilue levée au soleil, comme si elle le saluait.

Ça vous réveille un homme à coup sûr !

Rhys se mit rapidement en position debout. Il avait le mal de mer, comme la fois où ses parents et lui avaient passé un mois en croisière sur la mer Égée, puis s'étaient arrêtés sur une île au hasard. Dès qu'il avait posé un pied à terre, il avait vomi, même s'il n'avait pas été une seule fois malade en bateau.

— Tu n'as pas très bonne mine, observa Lucas, inquiet. Il te faut une cuvette.

Il sortit sa pipe de la poche arrière de son short de treillis.

— Non ! hurla Rhys, pratiquement prêt à vomir quand il se leva.

Lucas haussa les épaules, puis s'allongea à l'endroit où avait dormi Rhys, se pelotonnant près de Lisa. Lucas ferma les yeux et sembla s'endormir immédiatement. Rhys jeta un coup d'œil affolé autour de lui, son cœur battant de plus en plus vite. Que s'était-il donc passé cette nuit, bordel ? Il inspecta la terrasse. Il y avait une pyramide construite avec des boîtes de Tecate vides, et, inexplicablement, la sculpture italienne du lévrier d'en bas.

— Qu'avons-nous fait ? marmonna-t-il d'un ton faible, comme si quelqu'un l'écoutait encore. Il descendit en chancelant l'escalier étroit qui reliait la terrasse au reste de la maison. Peut-être avaient-ils simplement passé tout ce temps sur la terrasse ? Peut-être n'était-ce pas si grave que ça ?

Ou bien un million de fois pire.

— Que se passe-t-il ? fit Rhys d'un ton hésitant en entrant dans la cuisine.

Des boîtes de caviar ouvertes étaient éparpillées sur l'îlot central en marbre italien qui trônait au milieu de la pièce.

— Vieux, je crois que ton frigo est cassé. Le lait a un drôle de goût, observa Vince en secouant tristement la tête et en s'éloignant du réfrigérateur.

Rhys baissa les yeux et constata que le sol était recouvert de dix centimètres d'eau sur la moitié de sa surface.

— Man, cette soirée a déchiré, poursuivit Vince, qui ne se rendait manifestement pas compte qu'il avait de l'eau jusqu'aux chevilles.

Rhys hocha la tête d'un air coincé : tant que les dégâts restaient confinés à la cuisine, ce n'était pas si grave.

— Mec, t'es un trop bon nageur ! T'as déchiré hier soir sur le flotteur !

Un jeune que Rhys n'avait jamais vu était assis par terre au milieu des écuelles des corgis. Il empilait des scones en tour, les sourcils froncés par la concentration. Rhys s'agrippa au comptoir pour ne pas perdre l'équilibre. D'un seul coup, des images de la nuit précédente apparurent dans sa tête. Essayer d'attraper avec les dents les tomates de sa mère qui flottaient dans la piscine. Faire des pipes à eau avec les tomates. Fumer. Partager un baiser baveux avec Lisa sur le balcon. Mettre à sac le garde-manger et la cave à vin. Oh non !

— Je vais être malade, annonça-t-il en filant aux toilettes à toute allure.

À l'intérieur, du jus de tomate maculait les papiers peints aux délicats motifs de rose. Un garçon et une fille dormaient paisiblement dans la baignoire, le type tenant, protecteur, une pipe à eau contre sa poitrine comme un ami perdu de vue depuis longtemps.

— Dehors ! hurla Rhys.

Même hurler faisait mal. Tout ce qu'il désirait, c'était prendre une longue douche et espérer que ce long cauchemar bizarre et psychédélique allait prendre fin.

Le téléphone sonna.

« Lô ? »

Rhys entendit Vince répondre dans la cuisine.

— Dehors ! hurla de nouveau Rhys au couple qui dormait, avant de filer arracher le téléphone des mains de Vince, le cœur battant la chamade.

— Rhys, chéri ? Qui était-ce ? fit lady Sterling d'une voix flûtée au bout du fil.

Elle paraissait encore plus britannique que d'habitude.

— Hum… le livreur, improvisa Rhys, de façon peu convaincante.

— Chéri, vraiment ? Pourquoi répond-il au téléphone ? demanda lady Sterling, confuse. Écoute, ton père et moi rentrons ce soir. Je voulais juste que tu le saches. Nous passions un merveilleux moment, mais les affreux frères de ton père ont ressorti les vieilles querelles de famille habituelles et nous avons préféré laisser tomber.

Rhys eut envie de rentrer sous terre.

— Bien sûr, maman, dit-il automatiquement, constatant que Vince s'emparait avec curiosité d'un vase en verre fin rempli de marguerites sur une petite table de coin.

— Repose ça ! siffla-t-il.

— Rhys ? fit lady Sterling.

— Je… il faut que j'y aille.

Rhys raccrocha à la hâte. Il ne savait même pas combien de personnes se trouvaient encore dans sa maison.

Quand il y a de la fumée, il y a de joyeux hippies défoncés…

l'aube d'un nouveau jour

Jack se tourna et se retourna entre les draps en coton bio bien tirés sur le matelas California extralarge en poils de cheval. Quoi qu'elle fasse, elle se sentait mal. Elle s'était réveillée une demi-heure plus tôt, toujours dans sa robe de soirée Dior blanche, mais sa tête qui tournait et la nausée l'empêchaient de se lever et de se déshabiller.

À côté d'elle, J.P., avachi sur le ventre, portait encore ses mocassins Harris noirs. Pour une nuit d'amour torride ! Avery et elle avaient laissé tomber la soirée peu après minuit et s'étaient rendues dans un bar minable où elles étaient les seules filles. Elles avaient enchaîné les pichets de mauvaise bière, fait des shots avec des flics qui n'étaient pas en service et en réalité elles s'étaient bien amusées. Jack avait jeté un œil à son téléphone vers deux heures du matin pour trouver dix messages affolés de J.P. et de son père qui se demandaient où elle était passée. Elle avait mis Avery dans un taxi, et était retournée aux lofts, où on l'avait immédiatement enlevée pour faire d'autres photos, la présenter à d'autres gens gonflants et enchaîner les interviews pour des chaînes câblées ringardes.

Et boire d'autres verres ?

Comme elle avait disparu pendant deux heures, Candice et

Jeannette refusèrent de quitter des yeux une seule seconde J.P. et Jack jusqu'à quatre heures du matin, quand la soirée finit par toucher à sa fin. Puis elles avaient insisté pour qu'un reporter de NY1 les suive dans l'appartement pour réaliser une dernière interview. Jack espérait sincèrement qu'elle n'allait pas passer pour une grosse idiote. En fait, en y repensant, elle s'en fichait bien. Elle referma les yeux. Peut-être que lorsqu'elle les rouvrirait, la gueule de bois serait dissipée.

Malheureusement être le visage des lofts Cashman ne faisait pas bénéficier de superpouvoirs.

— Ugggh ! marmonna J.P. en passant un bras sur la poitrine de Jack, en plein rêve et en plein brouillard.

Au lieu d'exciter la jeune fille, cela la rebuta franchement. Pourquoi ne pouvait-il pas rester de son côté du lit ?

Nauséeuse, elle posa les pieds à terre, et faillit marcher sur Magellan. Le petit chien laissa échapper un gémissement d'indignation puis il sauta sur le lit.

— Descends, siffla Jack en le repoussant.

Elle passa le loft en revue.

En une nuit, le comptoir en acier martelé de la cuisine avait été couvert de paniers-cadeaux et de bouteilles de vin. Quand cela s'était-il passé ?

Elle s'y dirigea en chancelant, et attrapa un muffin à la myrtille dans l'un des paniers. Elle en goûta une bouchée ; il était complètement rassis.

— Beauté ? croassa J.P. en roulant sur le côté et en se frottant les yeux.

Ses cheveux étaient dressés et il avait une marque d'oreiller rouge sur le côté de son visage.

— 'jour, dit Jack.

D'un seul coup, la jeune fille eut une vision de J.P. et elle, cinquante ans plus tard : ils vivaient toujours dans les lofts Cashman. Il la réveillait à coups de « Beauté ». Ils se saoulaient toujours au champagne et mangeaient toujours des muffins rassis le lendemain matin.

— Tu vas bien ? demanda J. P., qui avait manifestement constaté l'humeur morose de Jack.

Elle le regarda. Ils sortaient ensemble depuis la troisième, depuis leur rencontre au Silver and Gold Ball. Elle avait immédiatement été attirée par sa confiance discrète, le fait qu'il n'avait pas *besoin* de faire ses preuves, qu'il se contentait de traverser la vie équilibriste. Jack avait aimé cela quand ils avaient commencé à sortir ensemble, parce qu'il la protégeait ainsi de sa propre tendance au drame. Mais maintenant elle désirait juste un peu d'intrigue. Tout – leur avenir entier – se déroulait devant elle comme un film vraiment prévisible. Un film qui ne serait même pas diffusé sur Lifetime Television, tant il était ennuyeux. Jack soupira.

— Je ne crois pas que ça marche, dit-elle à toute allure, en mordant de nouveau généreusement dans le muffin, pour ne pas avoir à s'expliquer. Elle ne savait même pas d'où venaient ses mots.

La bouche de J. P. s'ouvrit d'un coup, formant un *O* d'incrédulité.

— C'est vrai quoi, l'appartement, ça ne marche pas, ajouta-t-elle, la bouche encore pleine. Il y a trop de pression et trop de gens qui nous regardent. Et c'est beaucoup de temps ensemble, et peut-être pas comme il faudrait. Tu n'as pas remarqué que tout le monde nous traitait comme si l'on était mariés ?

— Ouais. (J. P. marqua une pause.) C'est plutôt sympa.

Jack respira un bon coup.

— Je crois que nous avons besoin de ralentir. C'est super et tout et tout que ton père m'ait offert cet appartement mais… c'est trop. C'est vrai, quoi, nous n'avons que seize ans, tu sais ? Je déménage chez mon père, au centre-ville, ajouta-t-elle, se surprenant elle-même.

Espérons que son père *veuille* bien d'elle. Mais elle savait qu'elle ne pouvait plus rester ici.

— Je vais prendre une douche. Je crois que nous avons besoin d'être chacun de son côté.

Elle tourna les talons et se dirigea vers la salle de bains d'un bon pas, espérant qu'il ne serait plus là quand elle en sortirait.

S'il sait ce qui est bon pour lui.

problèmes résolus

Baby fut réveillée en sursaut par son téléphone. Elle était bien contente d'avoir eu l'appartement à elle toute seule hier soir et d'avoir passé la soirée à organiser son placard, ses photos et ses vieux cahiers. C'était étrange, mais maintenant que sa chambre était bien rangée, elle se sentait *en effet* un peu plus maîtresse d'elle-même. Elle avait même rangé des vêtements d'Avery dans le placard de cette dernière, où ils étaient à leur place.

— Allô ? dit-elle, tremblante.

— Salut ! Tu es déjà guérie ? fit la voix rauque et traînante de Sydney au bout du fil.

— Je crois.

Baby s'assit sur son lit et passa sa chambre en revue en souriant d'approbation. Maintenant qu'elle était en ordre, dégagée de cet amas de livres, de vêtements et de magazines, elle paraissait ouverte, claire et spacieuse.

Tant mieux, parce qu'il commence à faire un peu froid pour dormir dans le hamac sur la terrasse.

— En fait, je *me sens* bien mieux. Crois-tu que je pourrais passer pour parler à ta mère ? demanda-t-elle timidement.

Après tout, même si elle avait fait le vide dans son placard, Lynn n'avait jamais officiellement accepté de la prendre en tant que patiente. Baby avait encore besoin des vingt heures de thérapie réglementaires pour rester à Constance.

— Elle organise une de ces thérapies de groupe bizarres ce matin, mais je suppose que oui.

Baby voyait pratiquement Sydney hausser les épaules.

— Super !

Elle referma rapidement son téléphone et ouvrit la porte de son placard d'un geste sec. Elle avait tellement fait le vide qu'elle n'avait presque plus rien à se mettre. Enfin elle sortit des leggings American Apparel noirs, une robe à fleurs qu'elle avait achetée à Barcelone, et un immense pull Abercrombie gris bruyère qui selon toute vraisemblance avait dû appartenir à Owen. Elle ferma une ceinture autour du pull, fourra ses pieds dans des Converse et quitta l'appartement en courant.

Elle traversa le parc, émerveillée de constater que la ville semblait déjà réveillée à cette heure matinale. Les trottoirs grouillaient de familles avec des poussettes, de jeunes qui entraient et sortaient en courant des traiteurs au coin de la rue, et de couples qui sirotaient des cafés et marchaient main dans la main. Avant, une telle activité aurait donné à Baby l'envie de prendre ses jambes à son cou. Aujourd'hui, c'était presque excitant, comme si elle faisait partie de l'énergie frénétique de la cité.

Elle sonna à l'interphone de l'immeuble de Sydney, et monta rapidement l'escalier, sans attendre l'ascenseur.

— Baby C ! Entre, entre, chérie !

Lynn ouvrit la porte en grand et la fit entrer dans le séjour, où un groupe de femmes était rassemblé. Elles étaient entassées sur la causeuse en velours bleu usé ou assises sur des coussins bordeaux par terre. De la musique style Enya flottait dans la pièce, et elles dessinaient toutes sur des carnets à spirales.

— Je fais une thérapie de groupe. Tu veux observer les gens à problèmes ? murmura Lynn en aparté.

Baby jeta un coup d'œil au travail des femmes. L'un des dessins représentait un groupe d'éléphants planté en plein milieu d'un magasin qui ressemblait plus ou moins à Barneys. Elle ne voulait même pas connaître le symbolisme de cela.

— Nous effectuons une thérapie par le dessin. Apparemment c'est la mode du moment. Je pense que ce sont des conneries, mais si cela paie les factures, qui suis-je pour juger ? (Lynn lui adressa un clin d'œil de conspiratrice.) De plus, si les gens trouvent que cela les aide, alors… Comme je viens de le dire, pas si compliqué, ajouta-t-elle.

— Je ne veux rien interrompre. Je veux juste dire…

— Merci ? la coupa Lynn. Chérie, ne me remercie pas. Je n'ai rien fait. J'ai seulement tenté de te rappeler que tu t'en sortais bien. Maintenant, si je peux faire autre chose pour t'aider ?

— En fait… (Baby fouilla dans sa besace Brooklyn Industries vert citron pour trouver son formulaire de thérapie. Il lui restait encore dix-huit heures à faire, et elle avait déjà tenté deux styles de traitement différents.) Je suis censée effectuer vingt heures de thérapie pour rester à l'école. Croyez-vous que vous pourriez me recommander quelqu'un de normal ou… peut-être pourrais-je vous revoir ? demanda-t-elle intimidée. (Et si Lynn refusait ?) Je vous paierai, bien sûr ! ajouta-t-elle.

— N'importe quoi ! s'écria Lynn en secouant vigoureusement la tête en signe de dénégation. Donne-moi ce formulaire ! (Elle sortit un stylo d'un mug ébréché sur le comptoir et signa le papier avec un grand geste de la main.) Considère-toi aussi magnifiquement et parfaitement névrosée que nous autres !

— Merci, répondit Baby, incrédule.

Aussi simplement que cela, c'était *terminé* ! Elle avait l'impression qu'un poids énorme tombait de ses épaules.

— Quand tu veux, ma grande. Sydney est dans sa chambre, elle se planque. Et si vous alliez mettre la ville en pièces, toutes les deux? (Lynn serra affectueusement l'épaule de Baby.) Maintenant, file et laisse-moi faire merveille! ajouta-t-elle en poussant la jeune fille dans le couloir vers la chambre de Sydney.

Baby frappa à la porte de son amie.

— Y a quelqu'un ?

— Entre !

Sydney, allongée sur l'édredon patchwork sur son lit, écoutait son iPod en fixant le plafond. Elle portait une minuscule robe verte en velours et un T-shirt noir OSE DIRE LE MOT F – FÉMINISME !

— Je suis guérie! annonça Baby en virevoltant à travers la pièce.

— Enfin ! Ce que tu as pu être nulle alors, tu n'imaginais même pas ! (Sydney secoua la tête.) Je retrouve Webber et ses colocs. Ils ont décidé de prendre le métro sans mettre de slip. C'est pour marquer le début de l'automne. Tu veux venir ?

Sydney se fendit d'un sourire diabolique.

— Je suis partie ! s'exclama Baby.

Et alors, qu'est-ce que cela pouvait faire si elle aimait attirer l'attention des garçons, s'amuser et ne jamais rester en place? C'était elle. La vraie Baby était *de retour*.

Les garçons, en rang !

réunion

Owen plongea dans la piscine en ce samedi matin, appréciant le choc brutal de l'eau contre sa peau. Il remonta rapidement à la surface, puis s'assouplit en effectuant quelques brasses papillon avant de se lancer dans une nage libre simple. Lorsqu'il nageait, il aimait avoir un temps de réflexion sans être interrompu. Et les sujets ne manquaient pas ! Entre Kelsey et lui ça n'allait vraiment pas. Physiquement, c'était le pied. Mais émotionnellement... Impossible de nier qu'il n'y avait vraiment rien entre eux. Ils n'avaient jamais eu une véritable *conversation*. Une fois parvenu au bout du mur, il se força à entreprendre un virage serré, mais fut arrêté par quelqu'un qui tirait sur sa cheville. Quoi ?

Owen se mit debout dans le petit bassin.

— Salut !

Accroupie au bord de la piscine et dénotant totalement en robe-pull noire, bas et bottes en daim à talons hauts : Kelsey.

— En v'là un qui a apporté sa pom-pom girl ! railla une voix masculine.

Le cœur d'Owen se serra quand il vit le coach sortir des vestiaires d'un pas guilleret en faisant tourner son sifflet.

— Désolé, monsieur ! dit Owen.

Il ne voulait pas que le coach croie qu'il renonçait à ses responsabilités de capitaine, surtout après leur conversation de jeudi dernier. Il s'empressa de sortir de l'eau et se dirigea énergiquement vers Kelsey.

— Tu n'as rien à faire ici, siffla Owen.

La rencontre ne commençait que dans une heure, mais Owen était venu tôt pour s'échauffer avant que les autres nageurs n'arrivent. Ils le détestaient déjà et s'ils le voyaient avec Kelsey, il y avait de fortes chances pour qu'ils ne l'écoutent plus du tout.

— Eh bien, si on allait ailleurs ? proposa Kelsey avec un sourire malicieux, avant de se lever sur la pointe des pieds pour grignoter le lobe d'Owen.

Quelque chose dans son attitude était tellement… désespéré. Avait-elle toujours été une grosse nympho ?

— Viens ici, marmonna-t-il en l'entraînant dans le vestiaire des filles, sachant qu'il serait vide.

La piscine était fermée pour la rencontre du matin.

Au lieu des casiers bleus cabossés, le vestiaire des filles était rempli de casiers roses, mais il dégageait la même odeur familière de déodorant et de chlore. Pas très romantique, ce qui était probablement une bonne chose. Afin de s'assurer que personne ne les verrait, Owen accompagna Kelsey dans un local technique qui abritait des planches de natation en mousse et des palmes.

Les yeux de la jeune fille s'ouvrirent de ravissement lubrique, et elle mit ses mains sur la poitrine d'Owen. Sentait-elle comme son cœur battait vite ?

— Écoute… nous ne pouvons pas, commença-t-il péniblement en s'adossant à une montagne de planches en mousse trempées.

Il se dit qu'il avait passé plus de temps à rompre avec Kelsey ces dernières semaines qu'à s'éclater avec elle. Du pouce et de l'index il entoura l'un de ses poignets.

— Pourquoi ? demanda Kelsey, dont la lèvre inférieure tremblait légèrement.

Merde ! Pourquoi fallait-il que ce soit si dur ? Pourquoi ne pouvait-il simplement pas avoir des couilles et faire le nécessaire ?

— Kelsey, s'il te plaît. (Il s'éloigna.) Nous ne pouvons pas sortir ensemble. Pour de vrai cette fois.

Sa voix se cassa légèrement. La lèvre de Kelsey tremblait encore plus et des larmes, sur le point de ruisseler, brillaient dans ses yeux.

— Pourquoi ? répéta-t-elle. Je ne comprends pas.

Elle passa les bras autour du cou d'Owen.

— C'est… (Il marqua une pause.) C'est ça, dit-il brusquement en s'éloignant d'elle et en sentant tout son corps se détendre.

Ils étaient de vrais aimants. Ils ne pouvaient pas être proches sans se toucher. Mais ce n'était pas comme cela que fonctionnait une histoire. Une véritable histoire ne se résumait pas à une rencontre physique.

Kelsey mordit sa lèvre inférieure. Owen continua à s'éloigner d'elle. Il ne pouvait pas la toucher.

— Owen ? demanda-t-elle en serrant ses bras contre sa poitrine.

On aurait dit qu'elle allait se mettre à pleurer.

Owen voulait passer ses mains dans ses cheveux blond roux et lui dire que tout irait bien. Il voulait toucher le creux de ses reins et l'attirer contre lui. Mais il ne pouvait pas.

— Tu mérites de sortir avec quelqu'un qui te connaît réellement, dit-il à toute vitesse et il sortit pratiquement en courant du local technique, la laissant seule au milieu des planches. Il savait qu'au début elle serait déroutée, mais qu'en fin de compte, elle comprendrait et s'en porterait mieux. Quand il arriva près du bassin, il n'avait jamais été plus sûr d'avoir fait ce qu'il fallait.

a n'est pas une journaliste soumise

Il était midi ce samedi lorsqu'Avery surgit dans les bureaux de *Metropolitan*. Dès qu'elle était sortie de sa torpeur alcoolisée, une chose était devenue claire : elle devait empêcher la parution de l'article sur Jack. Mais elle ne savait pas comment s'y prendre. Elle ne pouvait pas passer un coup de fil pour arrêter les presses. Elle espérait qu'elle trouverait un semblant d'idée maintenant qu'elle était là, mais jusqu'à présent, tout ce qu'elle avait fait, c'était rester assise dans le placard.

— Mlle Carlyle ? (Ticky entra en trébuchant sur ses infâmes chaussures Miu Miu, l'air surprise et médusée de la trouver là.) Ça alors, pour une mordue du travail ! J'espère sincèrement que nous ne te tuons pas à la tâche. D'autant plus que tu es sortie hier soir, gloussa-t-elle.

— Il faut que je vous parle, dit Avery d'une voix perçante, l'esprit tournant à cent à l'heure.

— Bien sûr, chérie, viens avec moi dans mon bureau.

Les yeux noisette de Ticky laissèrent filtrer de l'inquiétude et elle enfonça ses ongles manucurés de rouge dans le bras d'Avery quand elle fit entrer la jeune fille dans son bureau somptueux.

— Assieds-toi, parle, dit Ticky en montrant du doigt un fauteuil rose devant la table.

Avery ressentit la même chose que la seule fois où on l'avait convoquée dans le bureau du principal à Nantucket High. Certes, ce jour-là, on l'avait appelée pour l'informer qu'elle avait remporté le poste de vice-présidente de classe de seconde, mais la terreur initiale était la même. Et aujourd'hui, elle n'allait *sûrement* pas entendre de bonnes nouvelles.

— L'article sur Jack Laurent et Dick Cashman ne peut pas être publié, lâcha-t-elle tout de go.

Elle crut qu'elle allait vomir sur le bureau d'époque de Ticky, vide à l'exception d'une machine à écrire. Elle se concentra sur une photo encadrée au-dessus de la tête de la rédactrice en chef. C'était Ticky, plus jeune mais tout aussi maigre, les cheveux aussi crêpés, qui dansait sur une table avec Mick Jagger. Avery fit la grimace. Quand Ticky était jeune, ses projets étaient cool, de toute évidence. Pas de pseudo-rendez-vous foireux avec des journalistes imbus d'eux-mêmes.

— Je ne peux pas, voilà tout, ajouta Avery, désespérée.

— Mais pourquoi ? demanda Ticky d'un ton égal. (Elle se cala dans son fauteuil Eames, et croisa les bras sur sa poitrine.) Avery, tu es une stagiaire éblouissante. Tu me rappelles moi, un peu. (Elle opina d'un air encourageant.) C'est naturel d'être nerveuse, c'est ton premier article ! Et tout New York en parlera ! C'est excitant. (Ticky eut un sourire bienveillant puis chassa Avery d'une main noueuse.) File, c'est le foutu week-end ! Je veux que tu sortes d'ici pour trouver d'autres *articles* à faire. C'est le seul moyen de te remettre de ce coup dur, fit-elle pompeusement.

— Oui… merci. (Avery tâcha de retrouver l'équilibre.) Mais c'est que… l'article sur Jack. Il n'est pas…

Elle poussa un profond soupir. Que pouvait-elle dire ? *Jack et moi ne supportions pas de nous comporter en adultes à la soirée et au lieu de faire l'interview, nous avons décidé de boire de la mauvaise bière dans un bar louche ?*

— Attends.

Ticky sortit les grandes épreuves de sa corbeille d'arrivée et les examina attentivement. Elles n'attendaient plus que ses initiales apposées par son inséparable Montblanc à l'encre rouge. Elle remonta ses fines lunettes de lecture Prada sur l'arête de son nez crochu et lut attentivement.

— Elle n'a pas de liaison avec ce vieux, déclara Ticky sans ambages.

Avery opina, soulagée.

— J'aurais dû dire quelque chose avant. Vous pouvez me licencier si vous voulez, mais vous devez retirer l'article. Il est faux, c'est tout. Il est faux, répéta Avery, d'autant plus sûre que le champagne et la bière qui tourbillonnaient dans son ventre depuis la nuit dernière n'allaient pas tarder à refaire une apparition brève et inopportune. Il fallait qu'elle sorte.

— Je suis désolée ! cria-t-elle alors qu'elle sortait de la pièce en courant pour se précipiter vers les toilettes.

Elle aspergea son visage d'eau froide sur. Dans le miroir, elle était rouge, marbrée et très très fatiguée. Pas du tout de taille à écrire pour *Metropolitan*. Elle ressortit et se dirigea vers son bureau d'un pas assuré, attrapa un numéro du magazine et le rangea dans son sac Marc Jacobs couleur canneberge. Scarlett Johansson figurait en couverture, en jupe Prada écossaise, l'air de tout maîtriser, confiante. Tout le contraire d'Avery.

Soudain, elle entendit le cliquètement familier des talons de Ticky. Super. Maintenant elle allait lui tomber dessus *pour de bon*. Avery redressa les épaules, regrettant de ne pas avoir vomi aux toilettes plus tôt.

— Avery ?

La voix de Ticky tremblait à mesure qu'elle se rapprochait.

— Ici ! cria Avery.

— Chérie, que fais-tu ? (Ticky contempla le bureau vide.) Tu agis comme mon fichu ex-mari. Un moment d'égarement loin de moi et le voilà qui plie bagages. Ensuite quand je l'ai fichu à la porte *pour de vrai*, ce salaud a eu l'air tellement surpris !

Ticky secoua la tête d'un air perplexe. Avery sourit poliment.

— Tu as raison. Supprimons l'article. Il est basé sur une rumeur salace et ce n'est pas ça *Metropolitan*. Es-tu d'accord ? (Avery hocha la tête, abasourdie. Elle n'avait pas de problèmes ?) Je n'aurais pas dû te mettre avec James. Bien que tu te sois assurément bien défendue. (Ticky réfléchit.) Maintenant, si on te mettait sur un vrai article ? Que veux-tu faire ?

Avery réfléchit. Elle s'imagina en train de courir partout avec un minuscule magnétophone, demander aux gens ce qu'ils portaient et s'ils avaient aimé la soirée, voire poser des questions plus hard telles que *Metropolitan* les aimait comme leur pire souvenir d'enfance ou leur plus grosse frayeur. Mais elle ne pouvait pas. Sur la moindre image qu'elle avait de sa vie idéale à New York, c'était *elle* qui se trouvait sous les projecteurs et répondait aux interviews.

— À vrai dire… (Avery secoua la tête. Avant, tout ce qu'elle désirait, c'était que Ticky l'accepte et dise qu'elle était de taille à bosser pour *Metropolitan*, comme si c'était son sésame pour New York. Mais en réalité, ce n'était pas aussi simple. Elle ne voulait pas devenir comme McKenna ou Gemma, prêtes à tout pour arriver au top.) Vous avez toujours été un modèle pour moi, surtout après le décès de ma grand-mère, commença Avery, timide. Mais je ne crois pas que ce métier soit fait pour moi, ajouta-t-elle, espérant que Ticky ne serait pas vexée ou ne lui demanderait pas de s'expliquer.

Étonnamment, Ticky hocha la tête d'un air songeur.

— J'aimerais penser que tu changeras d'avis dans quelques années. Tu t'es déjà fait la main. Et une fois que tu as goûté aux magazines, même amèrement, tu en as terriblement envie. De plus, Dieu sait que ce métier a besoin de gens qui ont vraiment la classe. Je ne peux pas le faire toute seule, dit Ticky à regret. (Elle posa ses ongles vernis d'un rouge tapageur sur le bras d'Avery.) Mais devine quoi ? Pour ton travail et ton honnêteté, je vais t'offrir la « spéciale Ticky » : *Metropolitan* n'écrira rien de méchant sur toi. À moins que tu ne le veuilles, ma grande. Ça marche ?

Avery rayonna, incapable de croire ce qu'elle entendait. Ticky avait le dernier mot dans ce qui était – et n'était pas – dit sur presque tout le monde en ville. C'était lui faire comprendre qu'elle avait de l'importance. Exactement comme sa grand-mère.

— Je ne sais pas comment vous remercier, dit Avery, sincère.

— Tu n'as qu'à continuer à rendre cette ville intéressante, répondit Ticky en la gratifiant d'un clin d'œil avant de tourner les talons.

Avery se pencha et ramassa l'une des paillettes ridicules qui s'étaient détachées de ses chaussures.

— Attendez !

Ticky se retourna à mi-chemin, en équilibre sur un pied, comme un flamant rose sous-alimenté.

— Vous l'avez fait tomber, expliqua-t-elle d'un ton timide en tendant la paillette.

— Garde-la ! gazouilla Ticky.

Même si c'était quelque peu sentimental, Avery la rangea précautionneusement dans la pochette de son porte-monnaie Prada noir dont elle ne se servait jamais.

Bien, ce n'est pas comme si elle s'attendait à un Pulitzer.

Elle poussa un soupir de soulagement et se dirigea vers l'ascenseur.

Quand les portes s'ouvrirent, elle se retrouva nez à nez avec James. Il portait une chemise à carreaux bleus, un nœud papillon écossais, et une veste à chevrons. Hier, elle aurait trouvé son look urbain et cool. Aujourd'hui elle estimait qu'il en faisait trop.

— Ah, mon chou, tu es là ! s'exclama-t-il en l'attirant vers lui et en l'embrassant sur les deux joues. (Avery se raidit. *Mon chou* ?) J'ai hâte d'entendre tes histoires, même si je ne t'ai pas trouvé quand j'étais prêt à partir. Tu as loupé des tas de choses, l'avertit-il.

— Non, c'est toi, répliqua Avery d'un ton suave. (Elle scruta James d'un air curieux. Elle ne parvenait pas à croire qu'elle avait craqué pour l'accent et le titre, alors que ce n'était qu'un abruti obsédé par lui-même, avec un coach en shopping plutôt nul.) Mais laisse-moi te mettre au parfum : je ne travaille plus ici. Et le profil ne marche pas, parce que *Metropolitan* ne fait pas dans les sales commérages. J'ai hâte de lire ton prochain article ! cria-t-elle par-dessus son épaule juste avant de franchir les portes tambour.

r se rappelle certaines règles de la maison

— La prochaine fois, c'est moi qui t'invite pour faire la fête chez moi, dit Lucas sur un ton sérieux en tirant une longue taffe d'un joint. Il souffla la fumée vers le haut, en direction de l'entrée haute comme une cathédrale de l'hôtel particulier des Sterling. Lisa, Vince et cinq ou six autres jeunes que Rhys n'avait jamais vus faisaient cercle autour de lui, comme s'il était leur nouveau gourou, chacun tenant des tomates à la main.

— Merci, répondit Rhys d'un ton sec. Écoute, vieux, j'espère que tu ne m'en veux pas, mais vous allez devoir y aller, les gars. *Tout de suite.* (Il ouvrit la lourde porte en chêne.) Je passerai vous voir, croassa-t-il.

Ouais, bien sûr. Comme s'il allait revoir un jour les jeunes crades puants qui avaient failli ruiner sa vie.

— Je vais utiliser ces enfoirées dans ma sauce pour les pâtes. Ces tomates de famille sont une tuerie ! déclara Lucas d'un ton pensif, comme s'il était le célèbre chef italien Mario Batali et non un ado raide défoncé.

Il prit deux tomates et entreprit de les lancer en l'air dans une piètre tentative de jonglage. Rhys sentit son cœur s'accélérer. Peut-être allait-il avoir une attaque ? Le shit pouvait-il provoquer cela ?

— Enfin bref, vieux, paix. Merci pour les bons moments, dit

enfin Lucas, une fois qu'il devint évident que Rhys ne réagirait pas.

Un à un, les autres hippies opinèrent et suivirent Lucas à l'extérieur.

Bye bye, ne revenez jamais !

Rhys remonta quatre à quatre l'escalier en colimaçon jusqu'à la suite principale de ses parents, prêt à examiner les dégâts. Il souffrait d'une migraine carabinée et même s'il s'était brossé les dents, sa bouche avait le même goût que s'il avait léché le sol de tous les vestiaires de St Jude's. Il ne fumerait plus et ne boirait plus jamais de sa vie. Une fois que ses parents découvriraient ce qui s'était passé, il n'aurait plus jamais le droit de sortir, donc cela marchait parfaitement.

Il ouvrit la porte de ses parents, soulagé de ne voir aucune tomate, aucun pétard ou boîte de caviar Osciètre joncher le sol. Peut-être pourrait-il les accueillir à la porte quand ils arriveraient, leur bander les yeux et les enfermer dans leur chambre pour qu'il ait le temps de tout nettoyer ?

Super idée !

Il s'effondra sur le dos sur le lit, se massant les tempes. Il avait seulement besoin d'un instant avant de mettre un plan sur pied. Il devait bien exister un service de nettoyage capable de réparer des dégâts un samedi matin, non ? Il leva les yeux au plafond, se sentant encore plus seul qu'auparavant. La maison était une porcherie. Il était un loser. Et il avait engueulé Owen.

Ne sachant que faire d'autre, il sortit son sac de natation du placard du couloir, et trotta jusqu'à l'Y sur la 92e Rue. C'était la dernière chose qu'il devrait faire en ce moment et pourtant… c'était aussi la première. Il avait besoin de sentir l'eau autour de lui, de concentrer tous ses efforts dans un but quelconque. Il voulait avoir un centre d'intérêt, au lieu de se contenter de brûler sa vie par les deux bouts.

— Coach? dit-il quand il se dirigea vers le bureau des vestiaires.

Il allait présenter ses excuses et voir si le coach acceptait de le laisser revenir. C'était un pari risqué, mais il devait tenter le coup.

— Sterling! (Le coach tapa dans son dos.) Tu pues. (Il fronça le nez.) Enfin bref, va mettre ton moule-quéquette et file dans l'eau. Tu nages le cent mètres papillon. Ce foutu Chadwick a la vérole. Quelle lavette!

Le coach secoua la tête, ennuyé. Si Rhys était navré pour le petit troisième maigrichon et super mal dans ses baskets, il avait tout de même du mal à dissimuler un sourire.

Quand son tour arriva, Rhys se dirigea vers les blocs de départ comme dans un rêve. Il remarqua Owen dans le couloir d'à côté, l'émotion gagnant son visage quand il comprit qu'il nageait avec Rhys. Celui-ci roula des épaules, tâchant de se détendre. Il parlerait à Owen plus tard. Pour l'heure, c'était juste un combat entre l'eau et lui.

Une fois qu'il eut plongé, il fut surpris de la facilité avec laquelle il trouvait son rythme dans la piscine. Voilà bien longtemps, il pensait que la nage papillon était comme le sexe – ou comme le serait le sexe si jamais il y avait déjà goûté. Maintenant, il appréciait le pouvoir, le contrôle. Après des jours passés à fumer et à ingurgiter des aliments gras, c'était bon de chasser la paresse de son corps, et de se resservir de ses muscles. Faisant preuve d'un dernier regain d'énergie, il fonça dans le mur.

— Tu as gagné, mon pote!

Owen, dans le couloir d'à côté, ôta son bonnet de bain bordeaux et trempa sa tête sous l'eau hyper javellisée. Il tendit une main.

— Super bon travail, vieux !

Rhys eut du mal à dissimuler un sourire.

— C'est fini, murmura Owen quand ils se hissèrent tous deux hors du bassin. J'ai rompu avec elle.

Quoi ? Owen insinuait-il que Kelsey et lui, c'était terminé ? Avant, Rhys aurait fait des bonds de joie. Là, il se sentait simplement… *bien*. Comme si l'un ou l'autre lui était égal. Tout se mettait en place, mais même si cela n'était pas le cas, il savait qu'il irait bien.

Et il pensait qu'il n'avait rien appris de ses amis hippies !

Rhys se dirigea vers les vestiaires, ridiculement heureux et prêt à faire un signe de la main à l'assistance sur les gradins en métal bancal. Il y avait un tas de filles. Pourquoi ne s'en était-il jamais rendu compte auparavant ? L'une d'elles avec des taches de rousseur et une longue frange qui lui cachait presque les yeux articula silencieusement « Bravo » dans sa direction.

Le coach tapa dans le dos de Rhys.

— Génial, mon vieux ! On a gagné ! (Il secoua la main de Rhys avec enthousiasme.) Mais tu dois te réhabituer au chlore. Tes yeux sont tout rouges.

Bien sûr. Le chlore.

— Alors tu es de retour ? demanda le coach en fronçant les sourcils. Parce que si c'est le cas, j'ai deux mots à vous dire à Carlyle et toi.

— Pas besoin, monsieur, dit Owen qui les rattrapa et ouvrit la porte des vestiaires, laissant passer Rhys. Je veux que Rhys redevienne capitaine de l'équipe. S'il accepte.

Rhys passa la pièce en revue, où tous les garçons étaient occupés à se rhabiller. Les casiers bleus cabossés n'avaient pas changé, mais

Rhys sentit une immense vague de nostalgie. Il croisa le regard d'Owen, qui acquiesça simplement comme pour dire : « *Prends-le, il est à toi.* » Enfin, il hocha la tête en signe d'approbation.

— Très bien. (Le coach se fendit d'un grand sourire.) Et je dois dire que c'était très viril de ta part, Carlyle. Un pour tous et tout et tout. Je suis fier de vous, messieurs !

— Merci monsieur ! dit Hugh avec une voix suave.

Il se pencha et fouilla dans son sac bordeaux d'où il sortit un chapeau de pirate noir légèrement écrasé. Il le mit sur la tête de Rhys et toute l'équipe l'acclama.

Quand tout le monde se fut douché et changé, Owen et Rhys se retrouvèrent côte à côte.

— Hé, vieux… commença Rhys qui voulait remercier Owen pour Kelsey et le poste de capitaine et pour tout, lorsque son téléphone sonna.

Il sortit son iPhone noir. Un numéro qu'il ne connaissait pas s'afficha à l'écran.

— Allô ? fit-il, curieux.

— Rhys, Anka me joue le plus absurde des tours ce matin ! (La voix flûtée de lady Sterling sortit du téléphone. Elle avait l'air hystérique, comme le jour où, dans *Thé chez lady Sterling*, ils avaient invité tous les chiens du Westminster Dog Show et que le gagnant de l'exposition avait fait pipi sur le tailleur Chanel rose de la présentatrice.) Elle a appelé pour dire qu'il y avait eu une fête à la maison hier soir. La maison est dans un tel état qu'elle refuse même de me parler ! geignit-elle.

Rhys s'effondra lourdement sur le banc et posa les coudes sur ses genoux. Merde. Ce n'était pas bon du tout. Il avait mal à la tête.

— Rhys ?

La voix de lady Sterling monta d'une octave. On aurait dit que quelqu'un enfonçait un pic à glace directement dans le cerveau de Rhys.

— Tu as des *problèmes* ! articula silencieusement Hugh.

— Pourquoi Anka dit-elle que mes tomates de famille piquent une tête dans la piscine ? cria lady Sterling.

— C'est… hum… je t'entends mal, dit brillamment Rhys.

Il appuya sur le bouton « fin » et s'empressa de couper son téléphone. Quand ses parents rentreraient à la maison aujourd'hui et constateraient qu'Anka disait la vérité, alors ce serait sa fête.

— Tu connais une bonne entreprise de nettoyage ? demanda Rhys en gratifiant Owen d'un sourire en coin.

Il espérait *sincèrement* que ses parents ne le déshériteraient pas.

— Moi oui ! dit Hugh en les rejoignant, fiérot. Qu'est-ce que tu cherches ? Taches de vomi, traces de doigts ou petites brûlures ?

Il dégaina son téléphone et regarda sérieusement l'écran en plissant les yeux.

Pas de spécialistes en nettoyage de jus de tomate ?

— Lequel me recommandes-tu ? demanda Rhys.

Naturellement Hugh saurait. Ses parents passaient le plus clair de leur temps sur leur yacht : l'hôtel particulier du jeune homme était *de facto* la maison où on faisait la fête depuis la sixième.

Une fois que Hugh eut donné à Rhys une analyse complète des divers services de réhabilitation de la maison post-fiesta, ce dernier passa quelques coups de fil. Immédiatement, il se sentit un peu mieux. Mais il ne voulait toujours pas rentrer chez lui.

— Ma mère va me casser le cul, confia-t-il à Owen dans un soupir.

— Alors, laisse-lui un peu de temps pour se calmer. Viens chez moi, proposa timidement Owen.

— Vraiment ? Je peux ? demanda Rhys tout excité.

Roman d'amitié, deuxième acte ?

uptown girl

Jack leva les yeux sur le bow-window de l'hôtel particulier austère à quatre étages du XIXe siècle style Greek Revival[1] sur Bank Street qui appartenait à son père. À l'intérieur, elle parvenait tout juste à distinguer la salle à manger et la tignasse blanche de ce dernier qui présidait la tablée. Après qu'elle eut dit à J.P. qu'elle ne pouvait pas rester plus longtemps dans les lofts Cashman, elle avait lentement fait ses bagages et s'était rendue dans le West Village. Elle n'avait pas appelé son père avant, parce que c'eût été trop bizarre d'expliquer la situation au téléphone. La dernière chose qu'elle désirait, c'était le supplier. Elle avait espéré qu'une fois qu'elle serait là et qu'il verrait ses sacs, il comprendrait et la conduirait dans la chambre d'amis, sans poser de questions.

Mais maintenant qu'elle observait sa joyeuse belle-famille qui dînait à travers le bow-window, elle se sentait incapable d'entrer. Elle ne pouvait pas affronter la sonnette et admettre que son père avait raison, qu'elle avait besoin d'aide, ni faire face à ses sales

1. Premier style national à s'être imposé aux États-Unis aux XVIIIe et XIXe siècles, il s'inspire des formes et des proportions des anciens temples grecs. *(N.d.T.)*

mioches de demi-sœurs et à sa belle-mère Rebecca qui n'avait que huit ans de plus qu'elle.

Elle s'affala sur les marches, sentant le froid s'infiltrer à travers son jean Citizen slim. Elle ne parvenait pas à croire qu'elle avait quitté les lofts Cashman.

Elle sortit son portable, se demandant qui elle pourrait bien appeler. Il restait toujours Geneviève, mais son appartement était minuscule et sa mère, une ancienne actrice qui jouait désormais exclusivement dans des drames pour Lifetime Television, était incroyablement lourdingue et gênante. Mais nécessité faisait loi. Au moment où Jack se demandait si elle pouvait vivre avec une mère théâtrale et obsédée par elle-même qui n'avait aucun lien de parenté avec elle, son téléphone sonna.

— Oui, salut ? dit Jack, qui essaya de murmurer.

La dernière chose qu'elle souhaitait était que l'une des fouineuses de la maison regarde par la fenêtre et la voie.

— Salut, c'est Avery.

La voix de la jeune fille semblait guillerette, comme si elle avait bu trois lattes Dean & Deluca à la suite. Pourquoi *Avery* n'avait pas la même gueule de bois qu'elle ?

— Comment vas-tu ? demanda Jack, méfiante.

Elle ne parvenait toujours pas à croire qu'elles avaient laissé tomber la soirée des lofts pour traîner avec une bande de flics qui n'étaient pas en service dans un bar minable la veille. Pourtant ça avait été trop drôle !

— Bien. Un peu mal au crâne, reconnut Avery en gloussant tranquillement au bout du fil. (Jack l'imaginait dans son magnifique appartement de luxe sur la 5e Avenue. Elle se sentit brusquement toute petite et solitaire.) Comment survis-tu aux lofts ?

— Eh bien… (Jack marqua une pause.) En fait, j'ai déménagé.

C'était juste… (Juste quoi ? Trop bien ? Trop élégant ?) Ça ne marchait pas.

Ça y était. Elle l'avait dit. Pourtant, une fois que les mots se furent échappés, Jack réalisa pleinement ce qu'elle venait de faire : elle avait quitté l'appartement le plus génial dans lequel elle ne vivrait probablement plus jamais. Elle avait pratiquement rejeté J.P. même si officiellement ils sortaient toujours ensemble. Elle avait fichu la merde dans sa foutue vie.

D'un seul coup, un sanglot se mit à se frayer un chemin dans sa poitrine, mais elle ne voulait pas perdre le contrôle au téléphone. Au lieu de cela, elle entortilla une mèche auburn autour de son index, fourrant les pointes dans sa bouche. C'était une habitude dégueulasse, à laquelle elle s'adonnait uniquement en cas de contrainte émotionnelle extrême. Mais Avery ne pouvait pas la voir, après tout.

— C'est dommage. (Avery avait l'air sincère.) Veux-tu venir à la maison ? proposa-t-elle d'une voix si petite qu'au début Jack crut qu'elle n'avait pas bien entendu. Je glandouille, c'est tout, ajouta la jeune fille d'un ton hésitant.

— Bien sûr, dit lentement Jack. Mais j'ai un tas d'affaires avec moi…

Elle contempla les deux malles Louis Vuitton légèrement défoncées contre les bacs à fleurs en béton aux motifs de poisson qui ornaient le pied des marches.

— Pas grave, il y a largement la place. Sérieux, tu peux rester aussi longtemps que tu le voudras. Ce sera marrant.

Avery paraissait si sincère et si mignonne, qu'au lieu d'être embêtée, Jack fut presque… touchée.

— Bien. J'imagine que je pourrai passer, dit Jack d'un ton neutre en continuant à sucer ses pointes auburn.

Elle descendit sa malle en la faisant glisser et la traîna vers la 7e Avenue. Immédiatement, un taxi s'arrêta à l'angle.

— 72e et Seconde, débita-t-elle à toute vitesse.

Le chauffeur acquiesça, ouvrit le coffre du véhicule, hissa ses malles à l'intérieur et referma.

— Je vous remmène chez vous, dit-il galamment.

Jack hocha la tête alors qu'elle se glissait sur la banquette en vinyle noire et claquait la portière. Elle ne savait pas très bien où était son chez-elle, mais au moins, elle connaissait son premier arrêt.

quand l'amour n'est qu'à un regard...

— J'ai préparé des barres de caroube !

Edie entra sans se presser sur la terrasse éclairée par la lune, suivie d'un homme grand et large d'épaules en jean et chemisette. Il avait une cinquantaine d'années, des cheveux poivre et sel, et l'air atrocement normal à côté d'Edie avec sa maxirobe flottante et ses macarons à la princesse Leila.

— Merci ! cria Avery depuis son perchoir sur le hamac de Baby, où Jack et elle, assises dans un silence amical, feuilletaient des magazines et écoutaient l'iPod d'Avery qui passait des morceaux de John Mayer et Jason Mraz en continu. Owen et son ami Rhys avaient une discussion sérieuse sur un banc, hors de portée de voix, et Baby les rejoindrait dès qu'elle aurait terminé de vider son placard ou de concocter quelque chose dans sa chambre. Avery se sentait étonnamment satisfaite. Après la nuit précédente, c'était sympa de se détendre simplement, et de ne pas avoir à s'inquiéter de devoir impressionner quelqu'un.

— Qui en veut ? demanda Edie, pleine d'espoir, en tendant l'assiette dans le vide.

Une fois qu'elle comprit que personne n'y tenait, elle la déposa sur le sol en terre cuite et caressa distraitement les cheveux auburn de Jack.

— Salut ! dit Jack, mal à l'aise.

Elle n'était pas sûre à cent pour cent qu'Edie eût compris qu'elle n'était pas une Carlyle.

— Bonjour, chérie ! Tu es l'adorable fille qui est venue à notre dîner il y a quelques semaines !

— C'est moi !

Jack sourit poliment, essayant d'avoir l'air enthousiaste. À l'époque où elle feignait de sortir avec Owen, elle s'était rendue chez les Carlyle et avait vécu le dîner intergénérationnel le plus bizarre du monde.

— Nous n'allons pas vous *déranger*, les mésanges ! Nous prenons juste l'air nocturne ! lança Edie en fronçant les sourcils comme si elle était offensée que ses ados d'enfants ne veuillent pas frayer avec elle.

Derrière elle, Remington traînait nerveusement des pieds, souriant poliment.

— Enfin bref, Remington me parlait de ce fantastique salon de la poésie nocturne dans le Village. Nous allons donc y aller. *J'allais* vous inviter à venir.

Edie arqua un sourcil, impatiente.

— Sans moi ! dit rapidement Avery.

Elle ne risquait *pas* de suivre le cavalier de sa mère toute la nuit. Edie était-elle vraiment sérieuse avec ce type au fait ? Elle jaugea Remington. Il était plutôt beau, en fait, pour quelqu'un de l'âge de sa mère, et semblait bien plus normal que toute personne qu'elle aurait imaginé collaborer avec sa mère. Intéressant. Maintenant qu'elle en avait terminé chez *Metropolitan*, au moins elle aurait le temps d'avoir sa famille à l'œil.

Et d'en faire un roman à succès ?

— Comme vous voulez. (Edie secoua tristement la tête, ce

qui fit cliqueter bruyamment son lourd collier en bois.) Vous les jeunes, vous avez besoin d'apprendre à vivre ! ajouta-t-elle.

Remington hocha la tête en signe d'assentiment, ramassa le plateau de barres de caroube et suivit Edie dans la maison.

— Désolée pour ça, dit Avery en haussant les épaules et en sortant la Corona non décapsulée qu'elle avait planquée derrière un bac à fleurs.

— Tu en veux ?

— Bien sûr, répondit Jack en prenant la bouteille froide.

Au lieu de l'ouvrir, elle la tint contre sa tête, essayant encore de se débarrasser de sa migraine. Étonnamment, elle se sentait mieux maintenant qu'elle traînait chez les Carlyle même si elle était SDF et plus très sûre de son petit copain. La lune, ronde et pleine, se trouvait exactement au-dessus de Central Park, presque comme un élément du décor. La terrasse, avec sa vue panoramique du parc et le brouillard qui noyait le sommet des bâtiments, était presque magique.

— Hé !

Baby franchit bruyamment les portes vitrées, en jean Citizen qui lui allait très bien et tunique pourpre style Marc Jacobs. Elle avait toujours l'air hippie, mais moins clocharde.

— Oh tu es là ! dit Baby prenant note de la présence de Jack avec ses grands yeux noisette. Et *lui* aussi.

Jack suivit le regard de la jeune fille jusqu'au coin de la terrasse où Owen et son ami Rhys, assis côte à côte sur un banc en pin, contemplaient Central Park. Dans la semi-obscurité, Jack parvenait tout juste à distinguer la magnifique silhouette athlétique d'Owen. Rhys et lui n'arrêtaient pas de se taper dans la main et de rire, avec une complicité de mecs.

— Les garçons ! cria Avery d'une manière autoritaire.

Que pouvaient-ils bien manigancer ?

— Quoi ?

Owen et Rhys la rejoignirent d'un pas lourd.

— Il nous faut à boire, expliqua Avery en souriant.

C'était ce qu'il y avait de génial dans un frère aîné.

Plus vieux de trois minutes. Ça fait une grosse différence, en effet.

À ce moment l'iPod d'Avery passa de son mix de fêtes à une chanson plus lente.

— Oups !

Gênée, elle s'empressa de reprendre son iPod. C'était une chanson de Frank Sinatra ringarde qu'elle n'écoutait que toute seule.

— *Strangers in the Night*, dit Rhys. Laisse-la, je l'aime bien.

— Vraiment ?

Avery leva un sourcil. Rhys était si athlétique et viril, qu'elle ne l'imaginait pas écouter des chansons ringardes de Frank Sinatra.

— Ouais, insista-t-il en haussant les épaules.

Avery se poussa légèrement sur le hamac pour voir si le jeune homme voulait s'asseoir.

— Je suis Avery. On ne s'est jamais officiellement rencontrés.

— Rhys.

Le garçon tendit la main et Avery la serra avant qu'il prenne place près d'elle.

— Personne n'a besoin de rien à l'intérieur ? demanda Owen.

Baby secoua la tête. Avery aussi, puis serra son pull Milly rouge foncé sur ses épaules.

— Je viens avec toi ! dit Jack en se levant rapidement pour suivre Owen à l'intérieur.

— Tu as froid ? demanda Rhys en tendant comme une offrande son pull Ralph Lauren bleu roi style jeune diplômé.

— Merci.

Avery le prit timidement et s'en enveloppa les épaules. Il sentait

Romance de Ralph Lauren, ainsi qu'une légère odeur de fumée. Elle fut surprise d'apprécier sincèrement cette odeur, et également que Rhys soit assis à côté d'elle.

Dans le coin, elle remarqua Baby, assise en tailleur, qui caressait Rothko, l'air tout à fait satisfaite. Avery soupira et se poussa légèrement vers Rhys. Il lui sourit. Quelque part à l'intérieur, elle entendit le rire de Jack, suivi du gloussement d'abruti d'Owen. Il riait comme cela uniquement quand il essayait d'impressionner quelqu'un.

« *Strangers in the Night* » s'élevait dans la nuit et Avery respira profondément l'air frais d'automne. Personne ne se disputait, ne commérait, ne se câlinait ou ne pleurait. C'était si inattendu, si bizarre et si beau.

C'était New York !

gossipgirl.net

thèmes ◄précédent suivant► envoyer une question répondre

Avertissement: tous les noms de lieux, personnes et événements ont été modifiés ou abrégés afin de protéger les innocents. En l'occurrence, moi.

Salut à tous !

Vous savez, quand tout le monde déplore ce jour de fin octobre où Balthazar cesse d'un seul coup d'installer des tables à la fraîche, quand le jardin de Vespa sur la Deuxième est fermé et quand le bar sur le toit du Maritime n'ouvre plus que pour des soirées ? Il est temps de cesser de pleurnicher et de comprendre que le froid signifie simplement que la fête s'est déplacée dans des endroits privés, c'est tout – comme l'illustre une petite réunion dans un certain appartement de luxe sur la 72e et la 5e. Et nous savons tous que le mieux, quand on traîne dans les grands espaces naturels avec toutes sortes de gens, ce sont les baisses de température : se câliner devient pratiquement obligatoire.
Est-ce donc pour cela qu'**A** et **R** se pâmaient littéralement devant Sinatra ? Et pourquoi **O** a-t-il dû brusquement aider **J** à s'installer dans sa nouvelle demeure ? Et pourquoi a-t-on repéré **B** seule, avec son chat pour unique compagnie ? C'est un cliché, mais c'est la ville qui ne dort jamais… alors que se passe-t-il quand on dort sous un seul et même toit ?

VOS E-MAILS :

Q: Chère GG,
Alors voilà, nous avions cette stagiaire dans le magazine où je travaille. Elle n'était là que depuis genre une semaine et voilà que notre rédactrice en chef ne parle plus que d'elle. Elle me compare toujours à elle. Que devrais-je faire ?
— auteurrrrrrrrrrrre

R: Chère A,
Pourquoi n'exposes-tu pas tes talents en écrivant sur *elle* ? Parfois il faut innover !
— GG

Q: Chère Gossip Girl,
Veux-tu sortir avec moi ?
— Désespéré

R: Cher Désespéré,
Règle numéro un : ne dis jamais que tu es désespéré. Quant à moi, malheureusement, je ne donne qu'aux œuvres de charité bien *établies*.
— GG

Parfois, la meilleure chose à faire un samedi soir glacial, c'est de faire se reposer votre beauté, puis de vous réjouir de la gueule de bois de vos amis quand vous vous retrouvez pour bruncher le dimanche chez Sarabeth. De plus, comme la nuit porte conseil, voici quelques questions personnelles auxquelles je pourrai répondre après une bonne nuit de sommeil :
Comment **R** affrontera-t-il le courroux de **lady S** quand celle-ci

comprendra que son émission sur les « Tomates d'Enfer » est fichue ? Notre ex-fumeur de shit préféré prendra-t-il la direction du pensionnat au R-U ? Maintenant que **B** a laissé tomber les vieilles nippes au profit d'une grosse restructuration, à quoi pouvons-nous nous attendre de sa part ? **A** a-t-elle rencontré son contraire idéal, selon l'étiquette d'Emily Post [1] ? L'amitié entre **A** et **J** durera-t-elle *vraiment* ? Le soleil se lèvera demain... et nous, nous verrons ce qui se lèvera aussi. Souvenez-vous, dans la pâle lueur du matin, rien ne reste secret. Du moins, pas quand je suis dans les parages.

Vous m'adorez ne dites pas le contraire,

gossip girl

1. Célèbre auteure de guides sur le mariage, entre autres. *(N.d.T.)*

Cet ouvrage a été imprimé en France par

CPI
Bussière

à Saint-Amand-Montrond (Cher)
en mai 2009

FLEUVE NOIR
12, avenue d'Italie
75627 Paris Cedex 13

— N° d'imp. : 091645/1. —
Dépôt légal : juin 2009.